Author
もちもち物質
Illustration
桑島黎音
頭脳と異能に筋肉で勝利するデスゲーム
――頭脳戦に舞い降りた最強のバカ――
Death Game
: The Muscle Crushing the Minds and Magic
1

ライオンにとびかかられたバカは、
流石にちょっぴり怖かった。
ライオンはかっこいいが、襲い掛かられたら
それどころではない。
「わ、わああああああ！」
猛獣の檻

……ということで、怖かったバカは、
咄嗟に、手が出てしまった。
ボコオ！
と、ライオンの頬に
バカの右ストレートが突き刺さる。

裏切りの水槽

キューティーだッ！ラブリーなッ！
益荒男達《エンジェルス》ぅうッ！

「羊……なのにチキンレース、なんだね」

「これは一体なんだ!?」
「うわーい！　羊！　羊ふわふわだぁー！」
羊達の晩餐

1 Death Game

: The Muscle Crushing the Minds and Magic

CONTENTS

頭脳と異能に筋肉で勝利するデスゲーム 1

～頭脳戦に舞い降りた最強のバカ～

もちもち物質

OVERLAP

イラスト／桑島黎音

零日目昼：個室

「んん……？」

樺島剛《かばじまつよし》は目を覚ました。ぱち、と目を開けて、大きく伸びをする。

「……なんか夢見てた気がするけど忘れたなあ」

むにゃ、とあくびもしたところで、さて。

「……ところでここ、どこだ？」

樺島はなんと、自室ではない場所に居た。最近就職したばかりの建設事務所の休憩室でもない。頭の上に『？』マークをいっぱい浮かべて周囲を見回すと、じゃら、と首のあたりで音がした。

「んあっ!?　なんだこれ!?」

音を頼りに見てみると、自分の鍛えた首の筋肉の上に、金属製らしい首輪が見えた。首輪からは鎖が伸びており、鎖は壁に繋《つな》がっている！

……そして鎖の先の壁には、説明書きらしい張り紙がある。『ご安全に！』より長い文章を読むのは苦手だが、樺島は頑張ってそれを読むことにする。

『お目覚めかな？　さて、これを読んでいるということは、君は首輪に気づいているということだろう。ついでに、もしまだ気づいていなかったら左腕を見るといい。時計を準備してある。』

そこまで読んだ樺島は、左腕を見てみた。腕時計のようなものがある。だが、盤面には十二個の数字と二本の針があるのではなく、ただ、『昼』『夜』という二つのエリアと、針が一本あるだけだ。今は『昼』の中頃を少し過ぎたところであるらしい。

『昼と夜は、それぞれが人間の言う『九十分』程度にあたる。そして詳細は省くが、時計の針が『夜』に差し掛かった時にまだ君がこの部屋に残っていたら、君は死ぬことになるだろう。』

「えええええええ!? 俺、死ぬのぉ!?」

続いて衝撃的な文章が出てきて、樺島はびっくりした。とてもびっくりした。びっくりのあまり、腹の底から声が出た。壁がビリビリと震え、天井から吊《つ》るされた電球の照明が揺れた。職場でも『おめーは本当に声がでけえなあ!』と褒められる自慢の大声である。

『私としても、ゲームが始まる前に死者があまり出てもつまらない。是非、君にはここから脱出してもらいたい。』

「俺も脱出したい! 死ぬのは困る!」

すっかり説明書きと会話している樺島は、強い思いで頷《うなず》いた。ぶん、と振られた首によって鎖が大きく波打ち、ジャラッ、と重い音を立てる。

『君の首輪はご覧の通り、壁に固定されている。だが、首輪と鎖を繋ぐものは南京錠《なんきんじょう》一つのみだ。そしてその南京錠の鍵は、この部屋のどこか、君を繋ぐ鎖の届く範囲内にある。』

「そうなのか!?」

『探したまえ。君の命が失われる前に！』

「うん！　分かった！」

樺島は説明書きに応援されたような気がして元気を出した。こういう時、応援されてもいないのに勝手に元気を出してしまうのが樺島の持ち味である。


さて。樺島は立ち上がり、周囲を見回す。

床と壁と天井は、それぞれコンクリート材に見える。天井からは電球が一つぶら下がっており、ぷらぷら、と揺れながら光を部屋の中に落としていた。部屋は然程《さほど》大きくない。四畳半程度だろうか。その中に目立ったものと言ったら、クローゼットが一つと、机が一つ。先程まで樺島が寝ていたベッド。更に見る限り、机の上にはドライバーのようなものと卓上カレンダーのようなものがある。それから、よく分からない形をしたブロックのようなものも。

……それだけである。鍵は見当たらない。

樺島は只々《ただただ》、頭の上に『?』マークをいっぱい浮かべて首を傾《かし》げ、しげしげと、説明文をもう一回読み、首を傾げ、そして……。

「……分かんねえ！」

バキイ！　と、首輪を引き千切った。

これが樺島剛、通称『バカ』のやり方。全てを筋肉で解決していくストロングスタイルである。

バカの筋肉によって無残に引き千切られた首輪は、カラン、と音を立ててコンクリートの床に転がった。

こうしてバカは解き放たれたバカ、即《すなわ》ち自由の身となった。だが、部屋の扉は依然として閉じたままである。これにはバカも困った。ドアなのだから破ればいいだけなのだが、何せ彼は建築業。建物を建てるのがどれだけ大変なことかはよく知っている。それを壊してしまっては、建ててくれた人に申し訳ない。

「おおおーい！　誰かーー！」

ということで、ガンガンとドアを叩《たた》きながら呼びかけてみた。誰か開けてくれたらいいなあ、と思いつつ。……だが、残念ながらドアが開く気配は無い。

このまま待っていた方がいいかなあ、親方からも『お前はすぐに動くな！』と言われていたしなあ、と思い出しながらぼんやりとドアの前で待ってみるのだが、やはりドアが開

く気配は無い。それどころか、物音一つだって聞こえてこないのだ。余程ちゃんとした防音設備なのだろうか。

そうしている間に、時計の針は『夜』に向けてぐんぐんと近づいていく。確か、『夜』になってもこの部屋に残っていると死んでしまうのではなかっただろうか。

ならば仕方がない。『修理費用、また給料から天引きかなあ……』と思いながら、バカはスチール製のドアにタックルをかまし、バキイ！　とぶち破り、しょんぼりと部屋の外へ出たのであった。


バカは廊下に出た。蛍光灯が灯《とも》る、ごく普通の廊下である。いくつかドアがあり、表札のように何かのマークのようなものが付いた札が掲げられているのだが、生憎《あいにく》、バカにはよく分からない。

「あっ⁉　これは俺、知ってるぞ！」

だが、中に分かるマークもあった。『♀』だ。ということは、中には女性が居るのだろうか。

「大丈夫かーッ⁉」

ということで、バカはその扉を開けてみた。下心故ではない。否、ちょっとは下心もあった。だが、バカはバカ故に、下心より先に『いいか⁉　女子供は優先して守らなきゃならねえ！　それが男ってもんよぉ！』という親方の言葉を思い出してしまった。バカはバカだが、善良なバカだ。よって、『女が居るなら助けねえと！』と、完全なる善意でドアをタックルでぶち破ったのである。これで犠牲になったドアは二枚目だ。一方、バカの肩は傷一つない。

だが。

「……誰も居ねえ！」

誰も居なかった！　カラッポであった！……部屋の中は概《おおむ》ね、バカが居た部屋と同じである。クローゼットが開けてあり、その中に金庫っぽいものが見えたり、よく分からない形のブロックがその金庫に嵌《はま》っていたりはするのだが、まあ、その辺りはバカにはよく分からない。

だが、バカにも分かることはある。壁には、何も繋がっていない鎖がくっついている。つまり、バカが首輪ごと破壊してきた鎖だが、ここに居た人は正しい手順で鎖を外したらしい。

……ということは、ドアを内側から開く手段も、もしかしたらあったのかもしれない。南京錠の鍵も、バカが見つけられなかっただけで、どこかにあったのかも。バカは『俺、やっぱバカなんだよなあ』とまたしょんぼりした。バカは自分がバカであることを自覚しているタイプのバカなのだ。

……そうしてバカがしょんぼりしている内に、バカの耳にはミシミシという音が聞こえてきた。

「ん？」

なんだろうなあ、と思いながら廊下に出てみると、なんと。バカの来た方から、どんどんと水が迫ってきているのである！

「うおわあああああ!?」

バカは走った。百メートル九秒五〇台くらいの速度で走った。火事場の馬鹿力はバカにも適用される。バカの二乗であるのでとても強い。

そうして、目の前に現れた上り階段を見つけたバカは、凄《すさ》まじい脚力でそこを駆け上がり、駆け上がり、駆け上がって……。


ぱっ、と、広い空間に出た。

明るいシャンデリアの光の下、濃紺の絨毯《じゆうたん》敷きの大広間の中……。

『では、ゲームスタートだ。参加者諸君、うまくやりたまえ』

そんなアナウンスが流れ、ぷつり、と切れる。そして、リンゴン、リンゴン、と重々しい鐘の音が鳴り響く中、啞然《あぜん》とした表情の人が八名、バカの方を見ていた。

「……あっ！　人がいる！　よかった！」

……なのでバカは安堵《あんど》し、満面の笑みを浮かべた！

だが当然、安堵しているのはバカだけである。他の八名は、むしろ、逆である。

「……な、なんだ、お前は！　一体何者だ!?　答えろ！」

警戒を露《あら》わに近寄ってきたのは、老人だ。凄まじい形相で、その額には汗すら見える。

「えっ!?　俺!?　えーと、俺、樺島剛《かばじまつよし》！　よろしくな！　で、爺《じい》さんは？」

こういう時には明るい挨拶だ。バカはそう習った。そしてバカの一つ覚えである。こういう状況でもご挨拶してしまうのがバカのスタイルである。

「な、なんだ、こいつは……」

「え、だから、樺島剛……樺島がみょーじで、剛が名前だけど……」

挨拶をした老人からは、挨拶も自己紹介も返ってこなかった。バカはそれに不安と寂しさを覚えながら、他の七人を見てみる。

……他の七人も、それぞれに不安や焦りや疑いの目をバカに向けている。

バカは、『えーと、あんちゃん、あんちゃん、おねーさん、お姉ちゃん、女子、おっさん、チンピラ……』と把握した。それに、今話しかけてきた爺さんを含めて八人である。ヨシ。

「……これ、どういう状況だ？　つーか、ここに居る人達《たち》全員、爺さんの友達か？　紹介してくれよ、ぼっちは寂しいよぉー」

バカは果敢に爺さんへ話しかける。が、爺さんはじりじりと距離を取っていく。さびしい！

「う、うーむ……どこから何を言ったらいいんだろうな、我々は……」

渋いおっさんがそうぼやけば、その横でチンピラっぽいあんちゃんも何とも言えない顔で頷《うなず》く。

大人しそうなお姉ちゃんは、隣のセクシーなおねーさんに半歩くらい近づいた。不安そうである。尚《なお》、セクシーなおねーさんはゴミを見るような目でバカを見ている。神経質そうなあんちゃんは混乱し切った目をただバカに向けていて、そして人当たりのよさそうなあんちゃんは、冷静にじっとバカを見ていて……。

「……説明しよう。そうじゃなきゃ、アンフェアだよ。そのための、夜の時間なんでしょう？」

女子が一歩、進み出てきた。肩のあたりで切り揃《そろ》えられた黒髪を揺らして、猫を思わせるようなはっきりした目を、じっとバカへ向ける。

「私達は悪魔の誘いに乗って集まった者達。それぞれ叶《かな》えたい望みがあって……それを叶えるために、お互いを殺すことになる。どうやらそういうことらしいよ」

「ほえ」

説明してもらえたが、バカは、ぽかん、とした。……そして。

「……分かんねえ！」

バカは、考えるのをやめた！　否、元々、碌《ろく》に考えていないが！

バカは困った。状況が全然分かんねえ。ついでに、とってもアウェーな雰囲気だ。どうしてだ。自分がバカだからか。バカだからだろうなあ。

……そんな風に、バカは困っている。だがひとまず、バカが只々困るバカであることだけは伝わったらしい。周囲の人々は、『こいつは何だ!?』という目から、『こいつバカか？』という目に変わってきていた。

「……じゃあ、詳しく説明するけど、理解できる……？」

「ありがとう！　自信ねえけどがんばる！」

猫っぽい雰囲気の少女は、そっとため息を吐《つ》いた。そして遂《つい》に、周囲の人々の目は『こいつバカか？』から『こいつバカだ』へと変わっていた。正解である。彼はバカ。

「……まあ、頑張って理解して。じゃあ、まずは『時間』について説明するね」

「時間？」

「うん。……左腕の時計、見た？」

バカは少女の言葉につられて、自分の左腕を見る。そこには例の時計があり、針は『夜』の初めの頃を指している。

「今は『夜』。言ってしまえば、休憩時間」

「そっかー」

休憩時間ということなら、なんとなく気が楽だ。バカは働くのが好きだが、休憩も好き。

「……そして、昼が来る。昼になると、昼の扉が開けられるようになって……私達は、あれらの扉の先で『ゲーム』をして、『解毒』する必要がある」

「げどく……？」

「正確には毒物じゃなくて呪いだ、とか言ってたけど。……要は、私達はこの大広間に着いた瞬間、首輪から毒物が注射されてる。その毒は、次の夜を告げる鐘が鳴ると私達を殺す。けれど、『ゲーム』をクリアした先にある装置を使えば、首輪から解毒剤と新たな毒が注射されて……まあ、一日分の延命ができる……というわけ」

少女は嫌そうに、自分の首についた首輪を指で示す。バカは、『ほえぇ、怖ぇー……』と呟《つぶや》いた。よく分からないが、『昼の間に働かないと、夜になった時に死ぬ！』ということは分かった。

そんな時だった。

「……ねえ」

少女が、ぴく、と反応した。

「樺島君、って言ったよね」

「おう！　俺、樺島剛！」

名前を覚えてもらえた！　とバカが喜ぶ一方、少女の顔には焦燥が満ち始め……。

「首輪、どうしたの？　どうして、あなたには首輪がついてないの？」

……そして、バカは思い出した。そういや自分、首輪無かったな、と。

「あー、俺、バカだから外し方分かんなくて千切っちゃったんだよぉ……」

八人がそれぞれ、悲鳴を上げたり目を見開いたり、はたまた理解が追い付かなくて気絶したりする中、バカは只々《ただただ》、しょんぼりしていた。……彼の心には、ついでに思い出してしまったドア二枚と首輪一個の損害賠償のことが重く伸《の》し掛かっていたので……。

「ち、千切っただと!?　どうやって!?」

しょんぼりしたバカも、しょんぼりしてばかりいられない。いつの間に来たのか、神経質そうなあんちゃんがバカの前で目をかっ開いて、首輪の無いバカの首を見つめていた。

「え?　手でつかんで、こう……?」

こう、とジェスチャーしてみせたのだが、今一つ伝わらなかったらしい。『あり得ない!』とヒステリックに叫ばれてしまった。バカはしょんぼりした。俺の説明が下手なばっかりに……と。

「こ、これ……金属なのよ!?　素手で千切ったって、正気!?」

「おう!　俺、丈夫なのが取り柄なんだよ!」

セクシーなおねーさんにも化け物を見る目で見られつつ、バカは元気に答えた。職場でも『おめーは本当に丈夫だよなあ!』とよく褒められていた。筋肉と頑丈さはバカの誇りである。

「なあ、皆。つまり、樺島さんの『異能』がこれ、ってことじゃないかな」

だが、そこで人当たりのよさそうなあんちゃんがそう言い出す。

「ああ。俺達にはそれぞれ一つずつ、『異能』が割り当てられているらしいんだ。君の場合はそれが、『怪力』なんだろうね」

ふんふんとバカは頷く。まあ、聞いたことのある言葉だ。意味も分かる。状況は分かっていない。

「そっかー。じゃあ、お前は何の異能なんだ？」

「えーとね、それは……」

目の前の人当たりのいいあんちゃんは、バカの問いに対して、そっと目を逸《そ》らしてしまった。おや、とバカが首を傾《かし》げていると……。

「言うわけ無いでしょ。バカじゃないの？」

「あ、うん。俺、バカってよく言われる！　で、なんで教えてくれねーんだよ」

横から出てきたセクシーなおねーさんが、バカを見る目でバカを見てきていた。

「いい？　私達がこれからやるのは殺し合いなのよ？　手の内晒《さら》すバカがどこにいるってのよ」

「こ、殺し合い……？」

バカは困惑した。確かにさっき、『昼の間に働かないと夜になった時に死ぬ！』というルールは分かったが、殺し合いなんて聞いていない気がする！　それとも、バカがバカであるが故に聞き逃したり、理解し損なったりしているのだろうか。バカは不安になった。

「……説明がまだ途中だったね」

するると、不安そうなバカを見上げて、猫みたいな少女が何とも言えない顔で説明してくれる。こいつ優しい！　とバカは嬉《うれ》しくなった。

「ええと、昼の間にゲームをクリアしないと、夜を迎えた途端に死ぬ……っていうところまでは説明したっけ」

「おう！　ちゃんと覚えてるぜ！」

バカはバカだが、物覚えのいいバカである。職場でも『お前、筋がいいじゃねえか！バカだけど！』とよく褒められる。

「そこに、ぶら下がっているカンテラが見える？」

「おう。俺、視力いいんだよ」

ついでに、バカは視力のいいバカである。大体百メートル先の新聞ぐらいまでなら読める。が、ここではそんな視力は必要ない。この大広間の最奥、大きな立派な扉の周りに堂々と、カンテラが九個もぶら下がっているのだから。

「あれに死者の魂が入るんだって。それで、今をゼロ日目の夜として、明日、明後日《あさって》……三日間の朝と夜が繰り返された後、四日目の朝に、あの扉が開く。その先に悪魔が居て、そこで、生き残った者の願いを、死んだ者の数だけ叶えてくれるんだって説明された」

悪魔が。願いを。バカは『ほえぇ……』と感心とびっくりの声を上げた。だが、これは決して、平和な話ではないのだ。

「だから、『誰も死なない』なんてこと、信じられないよね。だって私達は全員、願いを叶えたくて、ここに居るんだから。……悪魔に誘われて、このゲームに参加しちゃう奴《やつ》らなんだから」

少女は猫めいた瞳を細めて、そう言う。まるで『誰か死ぬ』と言うように。

「……お前も、叶えたいことがあるのか？」

「あるよ」

少女は頷く。バカは、そっかあ、と頷いて……。

「で、それ、何だ？」

「言わない」

歩み寄ろうとした途端にバッサリ切って捨てられて、バカは『俺、まずいこと聞いた!?』と慄《おのの》く。だが、少女はそれにもため息を吐いて付き合ってくれる。優しい！

「……例えば、死者が一人で、生存者が八人。だとしたら……八人で喧嘩《けんか》になるでしょ」

「うん」

「でも……死者が五人で、生存者が四人。そうなったら、一人一つは願いを叶えられるわけ。勿論《もちろん》、誰かが裏切るとか、ありそうだけど……一人一つ願いを叶える、っていう条件で、『協定』を結ぶことは、できそうじゃない？」

協定、という言葉の意味は分かる。だが、バカには今一つ理解が追い付いていない。

「なら、『こいつが叶えたいのはどんな願いか』っていうのは、手を組むための交渉の材料にできる可能性が高いし、逆に言えば、『こいつの願いはコレだから、こいつが手を組みそうなのはコイツ』とか、バレちゃうってこと。或《あ》いはもしかしたら……願いがバレることで、誰かに敵対されるような人も、居るのかもね」

はて、とバカはまた首を傾げる。勿論、理解は追いついていない。

「だから、願いが何かは言わない方がいいんじゃない？っていうこと。そうじゃなくても、ここに居るほとんど全員、素性の分からない他人だし」

「うーん、分かんねえけど分かった！　とりあえず、どんな願いを叶えたいのかはナイショ、ってことだな！」

バカはバカなりに理解してと笑顔で頷いた。……少女にはため息を吐かれた。なんか違ったかもしれない！　だが仕方がない。バカはバカなので、こういう理解しかできないのである。

そして、バカはバカだが、前に進むバカだ。早速、前進すべく提案するのだ。

「で、えーと……俺、そろそろ皆の名前、知りてえんだけどさあ。自己紹介とか、しねえ？」

「じ、自己紹介だと？　君はバカなのか？　こんな、素性が分からない連中の中で自己紹介なんてしていられるか！」

バカが提案した途端、頷く人も居れば、反発する人も居た。……最初に進み出てきたのは、神経質そうなあんちゃんであった。言っていることは尤《もっと》もである。

「でも名前が分からなかったら不便だろ!? 誰か呼びたい時に『おーい』しか言えなかったら不便だろ!? そういうとこから労災が起きるんだぞ!?」

だがバカも食い下がる。これは俺、間違ってねえよなあ!? とちょっと心配になりつつ、ちゃんと主張するのだ。『労災……?』と首を傾げる人も居たが……。

「そうだね。まあ、『ゲーム』の時に不便が生じると命にかかわりそうだし……全員、偽名を名乗るっていうのはどうだろう」

人当たりのいいあんちゃんがそう言って、それから彼は、自分の首輪を指差して、言った。

「例えば……俺なら、『陽《よう》』とか。俺の首輪はどうやら、『太陽』みたいだからね」

バカは、『どういうことだろう』と首を傾げる。すると、人当たりのいいあんちゃん……『陽』は、首輪の中央に嵌《は》めこまれた円い宝石に刻まれた、『☉』というマークを見せてくれた。

二重丸とも少し違う。円の中心に一つ、点を打ったようなマークである。バカには見覚えが無い。

「これは惑星記号だと思う。僕の首輪には、『太陽』のマークが刻んであるんだ」

「ほえー」

惑星記号、なんて聞いたことも無い。バカは、『皆頭いいんだなー』と感心した。

「そういうわけで、僕は『陽』と名乗らせてもらう。ええと、こんなこと言うのもおかしいかもしれないけれど……まあ、よろしく」

そうして、『陽』は苦笑する。……『陽』は、整った顔立ちの男だ。背も、バカ程ではないが高い部類に入るだろう。そして誠実そうな雰囲気には好感が持てた。こいついい奴そうだし、さぞかし女子にモテるんだろうなー、と、バカはなんとなく思った。

「なら、私は『たま』っていうことで」

続いて、猫っぽい少女がそう名乗る。

「たま!?　確かにお前、ちょっと猫っぽいもんな！」

「……猫っぽいかはさておき、『地球』の『球』で『たま』」

ほら、とたまが見せてくれた首輪の宝石には、円の中に十字を加えた記号が刻まれていた。警察署のマークに似ている。警察署マークは円の中の十字が斜めだが……。

……たまは、猫っぽい雰囲気の少女だ。肩のあたりで切り揃《そろ》えられた黒髪と猫っぽいはっきりした目がなんとも黒猫っぽい。冷たいかんじもあるけれど、すごく親切だし、いい奴だ。それに……。

「あの、たまぁ。もしかして俺、前にどっかでお前と会ったこと、あるか？」

なんだか、バカはたまのことが気になる。そわそわする。たまにはその猫のような瞳で不思議そうに見つめられてしまったが、バカ自身も『なんだろこれ』と不思議に思っている！

「……無いと思うけれど。もしかして、ナンパ？」

「なんぱ？って何だ？」

「……うん、やっぱりいいや」

たまはそっとバカから目を逸らした。バカはちょっと寂しかったが、『まあ、たまがいいならいいかぁ』としょんぼり元の位置に戻った。

「まあ、そこはその辺にしておいてもらって……えーと、じゃあ、そっちの金髪の人はどうかな」

「俺か？　あー、じゃ、俺は『ヒバナ』ってことにしとくか」

陽に促されて名乗った彼は、チンピラっぽいあんちゃんである。逆立ててセットしてある金髪といい、いかにもガラの悪いかんじの恰好《かっこう》といい、多分、刺青《いれずみ》とか入ってるんだろうなー、と思わされるかんじである。

「俺は火星らしいからよォ」

そして首輪の宝石には、『♂』のマーク。バカは『あっ！　これ知ってる！　オスのマーク！』と笑顔になった。知っているものと行き会うと安心するのがバカの性《さが》である。

……そして、そんなヒバナの自己紹介に嘲笑が差し込まれた。

「ヒバナ、ねえ。確かに儚《はかな》く消えそうだわ」

くすくす、と笑うのは、セクシーなおねーさんである。ミニのタイトスカートに胸元が開いているトップス。緩くウェーブした長い黒髪。それら全てに見劣りしないナイスバディ！　紛れもない美女である。

「んだと!?　おいクソアマ！　てめえなんつった!?」

「あーあ、導火線も短いのね？　本当に名は体を表す、ていうか……」

やれやれ、と両手を広げてセクシーなおねーさんは鼻で笑った。バカは『あんま喧嘩すんなよお、心配になるよお……』とおろおろするしかない。

「ま、私は『ビーナス』って名乗らせてもらうわ。金星の象徴、愛と美の女神の名前よ。丁度ぴったりでしょ？」

ビーナス、と名乗ったセクシー姉ちゃんの首輪の宝石には、『♀』のマークがある。これが金星のマークらしい。

「あっ！　このマーク、さっき廊下で見たぞ！」

「へ？」

「表札にこれ描いてあるドアあった！　『メス』ってあるから、女子が閉じ込められてんのかと思ってよぉ、俺、ドアぶち破って中確認したら、誰も居なかったんだよなあ！」

ということは、あの部屋に居たのがこのビーナスなのだろう。そして、ビーナスはバカより賢いので、バカより先に脱出していたに違いない！　バカは『よかったー、無事で』とにっこりした。

「……一応聞くけど、あんた、首輪以外に何を壊したの？」

「え……ドア二枚……。俺が居た部屋のと、『♀』って描いてあった部屋のドア……。これやっぱ損害賠償かなあ、給料から天引きかなあ。でも壁ぶち破るよりはマシだったよなあ……？」

思い出して、またバカはしょんぼりする。ドア二枚の損害賠償はいくらだろうか。あと首輪……。

「あー、えーと、私もいいかね」

「あ、うん。ごめんなぁ、おっさん……」

しょんぼりしたバカにそっと割り込んできたのは、渋いオッサンである。知的な印象だが、体格は割とがっしりしている。陽よりも背が高い。バカよりは低いが。まあ、バカがデカすぎるのだ。

「では、私は……そうだな、『土屋《つちや》』と名乗ろう」

「ん？　おっさん、それ、おっさんの苗字《みょうじ》か？」

「いや、偽名だよ。私のマークは『土星』らしいからね」

渋いオッサン改め土屋の首輪の宝石には、『♄』のマークがあった。バカは『なんかうにょうにょしてるなあ』とだけ思った。

「……それで、残りは三人か。えーと、そちらのご老人は？」

土屋が話を振った相手は、最初にバカに話しかけてきた例の老人である。なんか気難しそうで、バカは『ちょっと苦手だなあ』と思う。

老人は如何《いか》にも気難しそうな顔で何か考え込んでいたが、やがて、口を開いた。

「では、私は『天城《あまぎ》』と名乗ろう。惑星記号は天王星だ。以上」

それだけ言って、また口を噤《つぐ》んでしまう。なのでバカは、ひょこひょこ、と天城に近づいていって、首輪のマークを覗《のぞ》き込む。首輪の宝石には『⛢』とあった。丁度、火星の『♂』のマークの矢印を上に向けて、ついでに陽の首輪の太陽のマークのように、円の中心に点を打ったような具合だ。

「では、そちらのお嬢さんはいかがかな？」

土屋が更に話を振った相手は、大人しそうなお姉さんである。栗《くり》色の髪を横で三つ編みにしていて、ブラウスにロングスカート、という恰好だ。

「あ、ええと、その……私は、じゃあ、『ミナ』でお願いします。水星のマークなので、『水』で、『ミナ』。どう、でしょうか……？」

ミナ、と名乗ったお姉さんの首輪の宝石は、『☿』と刻まれている。丁度、金星の『♀』のマークの円の部分に二本のツノをにょっきり生やしたような具合だ。

「いいと思う！　よろしく、ミナ！」

「あ、は、はい。よろしくお願いします、樺島《かばじま》さん……」

握手すると、ミナもおずおずと握手してくれた。なのでバカは、『こいつ、いい奴！』と認識した。バカは単純なのだ。

「……さて。じゃあ僕で最後か？」

そうして最後に残ったのは、神経質そうなあんちゃんである。着ている服はバカとは無縁のタイプである。つまり、どことなく品がいい。ものも良さそうだ。育ちがいいのかもしれない。

「さて、何と名乗るかな。僕のマークは海王星だ。海、というと、アーネスト・ヘミングウェイの『老人と海』がすぐ思い浮かぶが……」

「え? 姉、うぇーい……?」

何やら、この神経質そうなあんちゃんは頭がいいらしい。よって、バカには何も分からない。バカは困って首を傾《かし》げた。あんまり長い名前になられても俺、覚えられねえぞ、と。

「……このバカには難しい名前が理解できそうにないからな。実に安直で遺憾なことこの上ないが、『海斗《かいと》』と名乗らせてもらおう」

バカを見たあんちゃんは、結局『海斗』と名乗ることにしてくれたらしい。これならバカにも覚えられる。『こいつ、いい奴《やつ》!』とバカは笑顔になった。まあ、繰り返すがバカは単純なのだ。

「で、俺は……」

さて。そして最後にバカが名乗ろうとして……。

「いや、お前の名前は既に分かっているから名乗らなくていい。バカ島、だったか?」

せせら笑う海斗に止められてしまった。まあ確かに『俺、樺島剛《つよし》!』と何度か名乗った気がする。

「バカ島じゃなくて樺島だよ。まあ、学校じゃあしょっちゅうバカ島って言われてたし、職場では略して『バカ』って呼ばれてるから、別に『バカ島』でも『バカ』でもいいぜ！　覚えやすい方で呼べよな！」

「……お前、いじめられていたのか？」

バカをバカにするような顔をしていた海斗だが、バカがあまりに前向きだからか、心配そうな顔になってきてしまった。こいつ、やっぱりいい奴な気がする。

「……ま、そういうことならそう呼ばせてもらうわ。ヨロシクね、バカ君」

「おう！　よろしくな、ビーナス！」

心配そうな海斗とは逆に、ビーナスはにっこり笑いながら『バカ君』と呼んできた。愛称で呼んでもらえると、仲良くなれた気がするのでバカとしては嬉《うれ》しい。

「え、ええと……まあ、樺島君自身がいいなら、いい、のかな……？」

陽は、あはは、と苦笑していた。たまと土屋はそっと、海斗は大きくため息を吐《つ》いていた。ミナはおろおろしていたし、ヒバナと天城は沈黙していた！


さて。

「よし！　じゃ、もっかい確認すっぞ！」

一通り自己紹介を終えたところで……バカは、改めて名前と顔を一致させることにする。

「えーと、まずは太陽の陽！」

「ああ。よろしく」

人当たりのいいイケメンが、陽《よう》。覚えた。

「それから地球のたま！」

「うん」

黒猫っぽいかわいい女子が、たま。覚えた。

「そこのチンピラが火星のヒバナで……」

「チンピラだと⁉　てめえ喧嘩《けんか》売ってんのか⁉　ああん⁉」

チンピラがヒバナ。これも覚えた。

「金星のビーナス！　だよな？」

「ええ。愛と美の女神、ビーナス様よ」

セクシー美女がビーナス。しっかり覚えた。

「で、土屋のおっさんは土星！」

「ああ。よろしく頼むよ」

渋いおっさんが土屋。ヨシ。

「えーと、天王星？　の天城のじいさん！」

老人が天城。天城から返事は無いが、周りからのツッコミは無いので合ってるはず。ヨシ。

「それから、水星のミナ！」

「はい。よろしくお願いします、樺島さん」

大人しそうなお姉ちゃんがミナ。大丈夫だ。

「で、えーと、海王星の、海斗！」

「ああ、そうだ。やれやれ、こんなバカが居るとなると先が思いやられる」

そして神経質そうなお兄ちゃんが、海斗。完璧である！　バカにしては上出来だ！　バカは大満足で、むふう、と胸を張った！

「……で、えーと、これから何するんだっけ？　休憩？」

「そうだね。それで、昼の時間になったら『ゲーム』を始めないといけない……というかんじかな」

大満足のバカは、陽から教えてもらって、ふんふんと頷《うなず》く。確か、昼になるまでは休憩。昼になったらゲームをやって、クリアして、夜になったらまた休憩……。そんなかんじのはずだ。それはさっき聞いた。

……だが。そこで、天城が声を上げた。

「提案だ。このバカ島とやらを、ここで殺しておくのはどうだ？」

「えええええええ!?　なんでぇ!?」

バカは困惑した！　困惑している！

何せ、まさかの殺害予告だ！　バカはバカだが、自分が殺されそうになっている時には流石《さすが》に分かるのである！

「それは……ううむ、穏便ではないな、ご老人。何故《なぜ》、そのようなことを？」

土屋が割って入れば、天城は、フン、と鼻を鳴らした。

「決まっているだろう。……そいつには首輪が無い。何故だ？　本当に引き千切ったとでも？　馬鹿げたことを。……答えは簡単だ」

そして、老いて痩せた指が、揺らぐことなくバカへと突き付けられる。

「そいつは敵だ。元々首輪など付けられていない。このゲームの主催者側ということだ。違うか？」

「えええええ……そんなこと言われても俺、分かんねえよお……」

バカは只々《ただただ》困惑している。

『ゲームの主催者側』だなんて言われても、困る。バカには身に覚えのない話なのだ！

「お前は悪魔の手先だろう!?　違うか!?」

「いや、違うってぇ……なんなんだよお、首輪引き千切っちゃいけなかったのかよお」

「まあダメよねえ、普通に考えて……」

「ま、まあ、毒を打たれる前に首輪を破壊したのは、最適解ではあったわけだが……ううむ」

ビーナスと土屋にも何とも言えない顔をされてしまった。『やっぱダメだったのかなあ、でも、鍵なんて見つからなかったしなあ』とバカはしょんぼりした。

「……そもそも、この事態を悪魔達《たち》はどう見ているんだ？　僕にもこのバカ島はイレギュラーな存在に思えるぞ？　これが放置されているのだから、こいつが主催者側、という説は否定できないな」

「ゲームの趣旨、変わっちゃうものねえ。バカ君には首輪が無い。だからゲームに参加しなくても死なない。……私達に殺し合いをさせたい主催者側の意図とはズレる気がするわ」

更に、海斗とビーナスまでもがそんなことを言い出した。『そんなこと言われてもぉ』とバカはまごまごしている。

「……逆に、ここまで含めて、主催者側の意図なんじゃない？」

そこへ、たまがそう言った。

「椛島君の異能は、多分、『怪力』とかそういうものでしょ？　なら、それを与えた悪魔が、首輪を壊されることを見越していないわけがない。……だからこのデスゲームは、元々首輪を壊せるようにできてる。椛島君の手を、借りることによって。……そう考えられない？」

たまの言葉に、天城は渋い顔をして、半歩下がる。

「……だとしたら、バカ島とやらの立場が随分と大きくなるな。『ゲームバランス』を考えるなら、ありえんことだが……だとすると、こいつがここに居る意味は……」

ぶつぶつ、と何か言いながら、天城は、ちら、とバカの方を見る。バカは、『ぜんぜんわかんねえ』というバカ面なので、天城《あまぎ》が得られる情報は無いに等しい。

「ま……俺は天城のジーサンに賛成だけどよぉ」

が、そこでチンピラヒバナがそう出てきてしまった！

「そいつが首輪を引き千切れるっつうんなら、そいつは素手でも人間くらい殺せるんじゃねえか？　そんな奴と一緒に居るなんざ、気が気じゃねえ」

ヒバナはチンピラの割に理性的であった。だがその理性はバカにとっては酷な理性である。

「今なら、一対八でこいつをヤれんだろ？　なら今の内にヤっとくのもアリだろ」

「ええぇー……困るよお、俺、人殺しにはなりたくねえんだって……」

「あ!?　俺を返り討ちにして殺すっつってんのかテメエ!?　舐《な》めんじゃねえぞ!?　ああ!?」

「そうじゃないってえ！　俺は殺す気なんてねえんだから殺さないでくれ、ってことだよぉ！」

ヒバナは気が気でないらしいが、バカはバカで殺されたくないので気が気でない。

「……まあ、そうだな。殺すか殺さないかについてはノーコメントにさせてもらうが、僕としても、このバカ島がゲームをやる上で足を引っ張るだろうとは思う」

更に、海斗までもがそんなことを言い出してしまった！

「こんなバカな奴と一緒に、生死を賭けたゲームなんかやっていられるか」

そんなあ、とバカは嘆く。だが確かに、何かあった時に自分のバカさ加減が他者の足を引っ張りそうな気は、する……。バカは自己評価がちゃんとできるバカなのだ……。

「……私は逆に、生かしておいた方がいいと思うけど」

だが、たまはまだ引き下がらない。

「本当に金属を素手で引き千切れるぐらいの怪力なんだったら利用価値がある。そうじゃなくても、相手の思惑が分かるまでは生かしておいてもいい。そう思う。……バカとハサミは使いよう、って言うでしょ」

「おう！　言う！」

「お前、バカ呼ばわりされることに本当に何の抵抗も無いんだな……？」

海斗《かいと》が何とも言えない顔をしているが、バカは胸を張って『その通り！』とやっている。

「それに、樺島《かばじま》君が首輪を引き千切ったかはさておき、もう一つどこかに『首輪』があったと考えた方がいいと俺は思うんだ。俺達は九人だからね」

更に、陽がそう言ったことによって、『……ああ、確かに』と、土屋《つちや》とビーナスとミナ、そして海斗が頷いた。ヒバナは首を傾《かし》げていたので、バカはちょっぴり親近感を覚えた。

「今、俺達の首輪にある惑星記号はそれぞれ、太陽、水星、金星、地球、火星、土星、天王星、海王星……。『木星』が抜けてるだろう？　となると、樺島君の首輪は、木星の首輪だったんじゃないかと思う。どうかな」

「陽！　お前、頭いいなあ！　よく分かんねえけど！」

バカは陽の推理に感銘を受けて、満面の笑みで陽の背中を叩《たた》く。自分が本気でバシバシやったら彼らの背骨を折りかねないことは知っているので、あくまで、そっと。ぺちぺち、と。

「となると……その、樺島さんは、本当に首輪を引き千切った、ということでしょうか……？」

「おう！　そうだ！」

「バカは黙ってろ！……まあ、その、僕としても、こいつに割り当てられた首輪があっただろう、という意見には賛成せざるを得ないな。まあ、それでもこいつとは組みたくはないが……」

海斗がぶつぶつ言っているので、バカはちょっとしょんぼりしてきた。そんなに俺と組みたくないのかあ、と……。

「けどよ。どうせ皆、誰かは殺さなきゃならねえと思ってんだろ？　なら、それがコイツでもいいってことになるんじゃねえか？　おい」

しかしヒバナが退《ひ》いてくれない。ヒバナは八人をそれぞれにじろじろと見る。

「或《ある》いはよォ……このバカ以外でも、そうだ。誰を殺すか、今ここで決めときゃあ、後々のゴタゴタもねえんじゃねえのか？」

……そう。バカにはよく分からないが、どうやらここでバカ達は、殺し合いをしなければならないらしい。その問題を後回しにはできないだろう。それは、バカにもなんとなく分かった。

「ああ、もう埒《らち》が明かんな！」

だがそこで、土屋が声を上げた。少々苛立《いらだ》ったような様子だが、その苛立ちは周囲へというよりは、自分に対してのようにも見える。

「先に言っておこう。私、土屋は自分の願いを叶《かな》えるために人を殺すつもりは無い」

そして、そう宣言した土屋は、苦いながらもすっきりした表情をしていた。

「へえ……望みがあるんじゃねえのかよ、オッサン」

「……叶えたい望みはあるがね。人を殺せば、むしろ遠ざかる望みだ」

「んだよ、ムショ入ってたとか？」

「いやあ、そういうわけではないんだが……」

言葉を濁しつつ後頭部を掻《か》く土屋を見て、バカは『このオッサンかっこいいなあ』と漠然と思う。自分の意見をちゃんと言える奴《やつ》はかっこいい。バカはそう思うのだ。

「あ、あの！　でしたら、私も土屋さんと同じです！　私も、自分の望みを叶えるために誰かを殺すなんて、したくありません！」

続いて、ミナもそう、声を上げた。大人しそうなミナが声を上げたことに少なからず驚く者も居たが、バカはただ『ミナもかっこいい！』と喜んだ。

「ならば、ミナさん。私と組まないか？　私達には異能がある。ならば、一人で居るよりも二人以上で居た方が、対処できる物事が増えるはずだ」

「えっ？……あ、なるほど、そうですよね……」

土屋の申し出に、ミナは困惑しながらも難しい顔で頷《うなず》いている。すぐに答えを出すことはできないようだが……。

「……まあ、得体のしれないオッサンと組む、というのも勇気がいるだろう。だが、どのみち決断はしなければならないよ。昼になったら我々は、誰かと組まざるを得なくなるのだからね」

「ん？　昼になったら？　なんでだ？　みんな一緒じゃないのか？」

「知らないの？……あ、知らないんだったわね。あーあ……」

バカが困惑していると、ビーナスは肩を竦《すく》めてため息を吐《つ》く。やれやれ、と言わんばかりの顔で、それでも一応、説明してくれた。ビーナスもいい奴である！

「昼になると開く『ゲーム』のための部屋。あれ、人数制限があるらしいのよ」

「にんずうせいげん……？」

「そう。まず、部屋の奥にある装置は、部屋の扉を開けてから次の夜の鐘が鳴るまでの間しか作動しないらしいの。しかも、どの部屋にも四人分しか無いって悪魔が言ってたわね。それでいて、その装置は使い捨てなんですって」

バカは頭の上に『？』マークをいっぱい浮かべつつ聞いている。横で海斗と陽《よう》が『大丈夫だろうか』という顔をしているのだが、まあ、大丈夫じゃない！

「更に言うと、一度ゲームの部屋に入ったら夜になるまで出られないの。……つまり、うっかり五人以上入ったら、最低でも一人以上は解毒できずに死ぬことになる、ってわけ」

「な、なるほど……？」

バカにもなんとか分かる説明になったので、バカは安心した。『一つの部屋に五人以上入っちゃいけない』。覚えた。

「部屋の数は……全部で九つだね。つまり、一日につき三部屋までしか開けられない」

「『誰も死んでねえなら』な？　生き残ってる奴が四人以下になるなら、一日目で七部屋開けちまってもいいんだよなァ？」

ついでに陽とヒバナからそんな補足もあったので、バカは、ふんふん、と頷いた。こっちはまだよく分かっていないが、まあ、『一日に三つまでしか部屋は使っちゃ駄目』ということは覚えた。

「さて。そういうわけで、誰と組むか、ということになる」

土屋がそう切り出したところで、バカも真剣に頷く。

とりあえず、状況は分かった。今ここに居る皆は、三チームに分かれなければならないのだ。

「では……誰か、希望がある者は？」

土屋がそう切り出すと、真っ先にミナが手を挙げた。

「わ、私、その、土屋さんと組みたいです」

「そうか……！　嬉《うれ》しいよ。なら、是非よろしく頼む」

ミナの言葉に、土屋は少しほっとしたような、嬉しそうな顔をした。人が信頼を勝ち得た時の顔だ。よかったなあ、とバカは他人事《ひとごと》ながら嬉しくなった。

「あの、でも、できればもう一人は女性がいいです。その、少し不安なので……」

「あら。じゃあ私が入ってもいいわよ。どう？」

更に、もう一人も決まった。これで、土屋・ミナ・ビーナスの三人が一チーム目になるということだろう。流石《さすが》のバカにも『9÷3＝3』ぐらいは分かる。つまり、一チームは三人だ！

「やった。土屋さんとミナなら、嫌じゃないもの。……私、絶対にチンピラとは組みたくないから」

「あぁ!?　そりゃ俺のことか!?」

……ビーナスはどうも、ヒバナのことが嫌いらしい。喧嘩《けんか》はよくない。バカはおろおろした！

「となると、残り六人だね。……ええと、たまさんはどうしても女性一人になってしまうけれど……何か、希望はあるかな」

最初に、陽がたまにそう、声を掛ける。すると、たまは少し考えてから、ぴっ、と陽と……バカを指差した。

「なら、陽。あなたと、樺島君。これで三人でいい？」

これに驚いたのは、陽とバカである。

「あ、ああ。俺は構わない。けれど……一応、理由を聞いてもいいかな」

陽がそう問う横で、バカは嬉しく思いつつも『なんで俺？』と首を傾げている。そう。陽にとってもバカにとっても……或いは、他の人達《たち》にとっても、たまの選択は中々、不思議に思えた。

「それなら簡単。私、別に誰でもいいから」

つん、とした様子のたまに、陽はけらけら笑った。逆に安心したらしい。

「でも、樺島君には興味がある」

「えっ……？」

が、たまがそんなことを言うので、バカはちょっぴりドキッとした！　バカはバカだが元気な男の子である！　なんだか気になる女の子にこんなことを言われたら、どきどきするのである！

「どう考えても色々とおかしいし」

「あっ、うん……」。

が、直後に、スンッ……と大人しくなった！　ついでにちょっとだけ、しょんぼりした！　上げて落とされるのはちょっと辛《つら》い！

「……まあ、首輪を引き千切れるぐらいなら、役に立つだろうし」

「おう！　任せろ！　筋肉で解決できることなら全部解決できるぞ！　頑張って役に立つよ！」

「それはそれで怖いなあ……ははは……」

まあ、ひとまずバカはニコニコ満面の笑みだ。陽はいい奴だし、たまもいい奴だ。この三人組なら、仲良くやっていけそうである！

……が、残った三人はというと。

「じゃ、後は海斗とヒバナと天城《あまぎ》のじいさんか！……なんか、性格悪そうなのだけ揃《そろ》っちまったなあ、大丈夫か？　お前ら、喧嘩せずに仲良くやれるか？」

「オイコラこのバカ！　テメエやっぱここでブッ殺してやるかぁ!?　ああん!?」

「なんだよぉー、俺はお前が一番心配だよぉ……ヒバナお前、喧嘩ばっかしそうじゃねえかよぉー」

バカは心配である。何せ早速キレられてしまった。こういうところも含めて、心配である！

「ま、まあ、樺島君は置いておくとして……どうだろう。そちらの三人は問題ないかな」

だが、陽が割って入ると、流石にここでキレ散らかすのも賢くない、とヒバナは理解したらしい。けっ、と吐き捨てるようにそっぽを向いて、頷いた。

「おう。俺はそこのクソアマと一緒じゃなきゃそれでいいぜ？」

「あーら、よかったわ。こういうところは気が合うみたいね、私達」

「へっ、言ってろ」

どうも、ヒバナとビーナスは仲が悪い。バカは心配である。……が、『あれっ？　ビーナスと一緒じゃなきゃ別にいいってことは、もしかしてヒバナ、俺とは一緒でもいいのかな!?』とちょっと嬉しくなった。もしかしたらヒバナもキレやすいだけでいい奴なのかもしれない。

「海斗《かいと》は？」

「……正直なところ、不安しか無い」

続いて、陽は海斗にも確認して、そして、ご尤《もつと》もな意見を頂いてしまった。

「だが……まあ、いい。そっちのバカに足を引っ張られるよりは、こっちの方がマシだ」

「えええ……そんなに俺のこと、嫌かぁ……？」

「言っておくが、僕はお前のことをまだ信じていない。お前と同じ扉に入ったが最後、そこで殺される可能性だって十分にあると思っている」

「殺さねえよ！　そんなに俺、信用無いか!?　まあ、無いかぁ！」

海斗に嫌われているのは少しショックだが、まあ、仕方ない。『いいかぁ!?　信頼ってのはな！　少しずつ積み上げていくモンなんだぞ！　急に信頼されると思うな！』と親方も言っていた。

「天城さんはどうかな」

そして、陽は最後に天城に声を掛ける。すると天城はちらり、と陽を見て……。

「……ああ、構わん。それから、陽といったな。少し、話がある。ついてこい」

陽も、周り全員もポカンとする中、天城は背を向けて歩いていく。バカが駆け上がってきた階段の方だ。階段の下はすっかり水没してしまっているが、その手前で話すつもりなのだろう。というか、その辺りしか二人で話せそうな場所は無い。

陽は、少し困ったようにたまの方を見た。たまは肩を竦めてみせた。それを見た陽は、意を決したように、そっと、天城の後を追って階段前へ歩いていった。

「じゃ、俺も」

「いやあんたはやめときなさいよ。どう見てもあれ、ワケアリなかんじじゃないの」

ついでにバカも行こうとしたのだが、ビーナスに止められた。なんだか仲間外れにされたような気がしてちょっぴり寂しいバカであったが、まあ、天城の爺《じい》さんにも何かあったっていいよな、と諦めた。

しばらくして陽と天城が戻ってきた。陽は複雑な顔をしていたが、バカが『大丈夫か？いじわる言われてないか？』と聞いてみたら、『ああ、大丈夫』という言葉が笑顔と共に返ってきた。ちょっと気を遣われてるなあ、と、バカは感じた。バカもこういうところには然程《さほど》鈍感ではないのだ。

「次。ヒバナ。話がある」

「……ああ？　ジジイが俺に何の用だ」

「いいから来い。時間が無い」

そして更に、天城はヒバナにも用事があるらしい。また背を向けて歩いていく天城に、ヒバナはなんとも困惑していたが、やがて、ずかずか、と階段の方へ歩いて行った。

「……なんだろうなあ」

「さあ……」

なんだか不穏なものを若干感じ取りつつ、バカは他の六人と共にまた待つのだった。

……そうこうしている間に、時計の針は進んでいき……ぱっ、と、部屋が明るくなった。『昼』が来たのだ。それと同時に、大広間の壁に面した九つの『昼のドア』が光る。どうやら、これで中に入れるようになったようだ。

「時間だね。天城さんとヒバナを呼んでこよう」

陽《よう》はまだ戻ってきていない天城とヒバナの方を見て、そちらへ歩き始めた。これから『ゲーム』とやらをやるのだから、当然、できるだけ早く入って、夜までの時間を長くとるべきなのだろう。

そしてバカも、なんとなく『早くしようぜ！』という気分である。そわそわしながら、陽が向かっていった先、天城とヒバナの方を見る。

すると、天城が戻ってきた。陽が近づいていったと思ったら、陽の言葉を聞くでもなく、さっさと大広間の方へ戻ってきて……そして。

「では、さらばだ。悪いが、私は先に行かせてもらう」

……そこにあった昼のドアを開けると、一人で中に入り、ドアを閉めてしまったのだった。


「おい！　クソジジイ！　待ちやがれ！」

皆が唖然《あぜん》としている中、ヒバナもすぐ追いかけてきて、バン、と『昼のドア』を叩《たた》く。

だが、天城が閉めたばかりの扉はびくともしない。

『昼のドア』に灯《とも》っていた光は、いつの間にか消えていた。どうやら、『一回開いて閉じました』という扉はこのようにして開かなくなるらしい。

「あっ……のジジイ、何考えてやがる！　おい！　天城ィ！　てめえ！」

ヒバナの叫びには返事がない。それを確認したヒバナは、ガン、とドアを蹴って、それから苛立《いらだ》ったようにあたりをうろうろと歩き始めた。

「な……天城さんは一人で行ったのか!?　僕と、ヒバナと組むと決まったというのに!?

全く、自分勝手にもほどがあるな！　僕もああはなりたくないものだ……！」

海斗も当然、ヒバナ同様、天城と同じチームのはずだった。置いていかれて苛立っている。当然だろうなあ、とバカは思う。

「なあ、陽。天城のじーさん、ルール分かってなかったのかなあ……」

「い、いや……あれは、分かった上でやっていたと思うよ。彼の意図は、分からないけれど……」

心配するバカの横で、陽は少し暗い面持ちである。……つい先程、天城と話していただけに、何かあるのだろうが……。

「ヒバナ。あんた、天城と何話してたの!?　言いなさい！」

そして一方、ビーナスがヒバナに詰め寄っていた。ヒバナもヒバナで天城に呼ばれて、しかも直前まで話していたので、何かあるのでは、と思われたのだろう。

「は、はあ!?　べっつに大したこと話してねえよ！　ただ、『私はお前を信用していない』とかふざけたことぬかしやがったぐらいで……！　むしろ何のために俺を呼んだんだって意味わかんねーぐらいだっつうの！」

だがヒバナはそう言って怒り狂いつつ、困惑してもいるようだった。

バカには、状況がよく分からない。チームを決めたのに、それを無視して天城は一人で行ってしまった。これが意味するところもよく分からないし、理由もよく分からない。

……だが、誰かに聞こうにも、誰もこの状況を説明できそうにない。

天城が消えていったドアを、バカはただぼんやりと眺めるのだった。

「……まあ、我々も進むしかないな」

さて。天城ショックはさておき、土屋《つちや》がそう、ため息交じりに切り出した。

「幸い、まだそれぞれの部屋に一つずつ人数の空きがあるな。ビーナスはヒバナと一緒になりたくないらしいから……陽とたまさんと樺島《かばじま》君のチームにヒバナが入って、私、ミナさん、ビーナスさんのチームに海斗が入る。それでどうだ？」

「ああ。僕はそれでいい。よろしく頼む」

「俺も別に文句ねえよ……クソ」

あぶれてしまった海斗とヒバナは、それぞれ別のチームに吸収されることとなった。人数制限が四人まででで助かった。バカはさっきまで気づいていなかったが、九人を三部屋に分ける時、人数制限が四人までなら、三人ずつに分ける以外にも、一、四、四、の組み合わせなどもいけるのだ。

「むしろ、このチームの方が不安は少ないな。ありがたい」

「けっ、そんなに俺と組むのが不安だったってか？」

海斗はヒバナと天城と自分の三人で組むより、土屋チームの方が安心できるらしい。海斗が明らかにほっとした顔なので、バカは『よかったなあ』とにこにこする。

「んじゃ、ま……よろしく頼むわ」

そしてこっちはこっちで、陽、たま、バカのチームにヒバナが入ることになる。バカは、一応ちゃんと挨拶してきたヒバナの手を握ってぶんぶん振って、『よろしく！』と挨拶を返した。挨拶は大事だって親方も言っていたので！

「さて……では、また、夜に会おう。全員でね」

「ああ。そっちも、気を付けて」

やがて、土屋達《たち》のチームは天城《あまぎ》が入ったドアの二つ隣のドアへと入っていった。

「……じゃあ、俺達も行こうか」

そしてバカ達のチームもそれに倣って、反対に二つ隣の『昼のドア』の中に入ることになる。

……さあ、いよいよ『ゲーム』とやらが始まる。

一日目昼：猛獣の檻

ドアを開けた先は、広い広いコンクリート造りの部屋。そして、部屋の中には鉄格子でできた壁が迷路を形作っている。

だが、部屋の形状よりもまず先に、見るべきものがあった。

「……流石《さすが》は悪魔のやることだね」

「成程なあ、こういうことか……くそ」

「こ、これ、どうすんだよ、おい！」

たまと陽が苦い表情を浮かべ、ヒバナが表情を引き攣《つ》らせ、そして……バカは、目を輝かせた。

「うわー！　ライオン！　ライオンだぁー！」

……鉄格子越しに見えるそこには、ライオンが！　ライオンが居た！

「うおー！　ライオン！　ライオン！」

ライオンである！　何の脈絡もなく、唐突に現れたライオンである！　ほんとにほんとにライオンである！　バカは大興奮である！

「このバカ！　落ち着け！」

「静かに！」

ライオンに大興奮のバカであったが、すかさずヒバナと陽にそれぞれ右肩と左肩を摑《つか》まれて止まる。止められなかったらそのまま鉄格子をぶち破ってライオンに触りに行っていただろうが、流石のバカも止められたら止まるのだ。

「……成程ね。ライオンを避けながら、上手《うま》くゴールしろ、っていうことかな」

たまは冷静にライオンと鉄格子の迷路を観察している。道順を見ているようなので、バカは『すげえなあ』と感心した。

何と言っても、この迷路は鉄格子でできている。その分、先が見えるのはいいのだが、見えすぎてどうにも、どういう道になっているのか分かりにくい。バカは目こそいいものの、目で見たものを頭の中で平面の地図に起こすようなことはできない。バカなので。

「……この迷路、出口に繫《つな》がってない」

そして、たまはそう結論を出した。バカはただただ、『すげー』と感心するしかない。

「出口に？……ああ、そういうことか」

更に、陽はたまの言葉を聞いただけで、何かを理解できたらしい。バカには何も分かっていない。

「おい、どういうことだよ」

ついでに、ヒバナにも何も分かっていなかったらしい。苛立ったように陽に詰め寄るヒバナを見て、バカはちょっぴり安心した。『バカは俺だけじゃなさそうだ！』と。

「ああ。ええとね……多分この迷路の壁の一部は、動くようになっているんだと思う」

陽はそう言うと、ちら、と入り口傍《そば》の壁を見た。普通の家の部屋だったら電灯のスイッチがあるであろう位置に、重機によく付いているようなレバーが設置してあった。

「そこにレバーがあるし。恐らく、あれを使うと道が変わるようになっているはずだ」

「レバー!? ほんとだ! とりあえず下げていいか!?」

「バッカヤロ! 何しようとしてんだこのバカ!」

『あっこれ知ってる! レバーだ!』と手が動いたバカだったが、ヒバナが後頭部をスパン! と勢いよく叩いたことによってバカはまた止まった。

「樺島君。慎重に動いた方がいいと思う。鉄格子が動いた結果、ライオンが居る空間と私達の居る空間が繋がる可能性があるから」

バカに対して、たまはため息混じりにそう言った。ついでに、ちら、とライオンを見て、たまは眉間に皺《しわ》を寄せる。

「あのライオン、様子が変だよ。多分、興奮剤とか、打たれてるんじゃないかな」

「或《あ》いは、そもそも本物のライオンじゃないかもな……。これは悪魔のデスゲームだからね。ライオンがどう凶暴化しているか、分かったものじゃない。まず間違いなく、あのライオンは人間を襲う。出くわしたが最後、命は無いと思って動いた方がいい」

陽もそう言って、それから、やれやれ、とばかり、ポケットからペンを取り出した。

「うーん……どうしようかな。とりあえず、動きそうな壁がどこか、見える範囲で見ていこうか。それからレバーの位置も把握して……たまさん、手伝ってくれるかな」

「うん」

そのまま、陽《よう》とたまはしゃがみこんで、コンクリートの床の上に地図を描き始めた。

……となると、頭脳労働ができない残り二人が、暇になる。

「……なー、ヒバナぁ」

「んだよ」

壁にもたれて腕を組んでいたヒバナに、バカは話しかけた。

「暇だよなあ」

……バカはそう話しかけてみたのだが、ヒバナは舌打ちをして無視を決め込んでいる。

どうやら、バカにされたと思ったらしい。バカとしては、別に『お前は頭脳労働できないもんな！』というような意図は全く無く、ただ純粋に暇を持て余していただけなのだが。

「ただ待ってるだけってのもなあー……」

返事が無かったので、バカはもう独り言ということで喋《しゃべ》り続ける。ヒバナは面倒そうにしている。

「……よし！　暇だし歌うか！」

「やめろ！　うるせえだろうが！　黙ってろ！」

が、流石にバカが歌い出そうとしたらヒバナが止めに入って来た。バカが渋々歌うのをやめると、ヒバナはまた舌打ちして壁へ戻っていった。

「……じゃあ、うん。ちょっと散歩してくる」

仕方が無いので、バカは静かにできる暇潰し……すなわち、散歩をすることにした。

「あ？　散歩だぁ……？」

「うん。たまー、陽ー。俺、ちょっと散歩してくるな！」

「え？　ああ、うん。現状、ライオンの居る空間と僕らの居る空間は繋がっていないから、大丈夫だけれど……あ、レバーには触らないでくれ」

「分かった！　レバーには触らないようにして散歩する！」

ヒバナは訝《いぶか》しんでいたが、陽から許可が出たので、バカは元気に歩き出す。

壁を見てみると、さっき陽が言っていた通り、壁のあちこちにレバーがぽつぽつと設置してあった。だが、バカは言われたことは守るバカなので、レバーには触らない。ちゃんと両手を上げて、『俺はレバーに近づかない！』のポーズである。

そのポーズのまま、バカは真剣に、しかしうきうきと鉄格子の間を進んでいく。……そうしていくと、やがて、ライオンがバカを見つけて近づいてきた。

「うわあ、ライオンだぁ……！」

バカは目を輝かせてライオンを見つめる。ライオンは鉄格子越しにバカへと近づいてきて、じっとバカを見つめた。ぐるるるる、と唸《うな》る声も聞こえてきて、バカは大変に興奮した。何と言ってもライオンである！　かっこいい！　ライオンである！

ほわあ、と感嘆のため息を漏らしながら、バカはライオンをじっくりと観察して……。

……その時だった。

「あれっ」

がち、と、ライオンが鉄格子に噛《か》みつく。更に、暴れ出す。どうやらたまの言う通り、このライオンは非常に興奮しているようだ。

「あんま暴れるなって。鉄格子食べても美味《おい》しくないぞ」

ほらほら、とバカはライオンを宥《なだ》めようとするのだが、ライオンはまるで聞いていない。このライオンはバカよりも人の話を聞かないらしい。バカがオロオロしている間にもライオンは更に暴れ、がるるる、と唸り、その目は憎悪と狂気に彩られてしかとバカを見据え……。

バキン！　と鉄格子が折れた。


「おわああああああ!?」

「樺島君!?」

バカが声を上げると、陽とたまもライオンが鉄格子を破ったことを知った。

「なんてこった……！　そうか、鉄格子の向こうにいれば安全だなんて保証すら、無かったのか！　くそっ！　樺島君！　すぐに右へ！」

「急いで！　鉄格子を動かすから！　速く！」

二人とも状況を分析して、バカを救うべく動き出す。……だが、バカは咄嗟《とっさ》に動けない。

「わ、わあああああ！」

ライオンにとびかかられたバカは、流石にちょっぴり怖かった。ライオンはかっこいいが、襲い掛かられたらそれどころではない。

……ということで、怖かったバカは、咄嗟に、手が出てしまった。

ボコオ！　と、ライオンの頬にバカの右ストレートが突き刺さる。

途端、ライオンは吹き飛び、ガシャン、と大きな音を立てて奥の鉄格子にぶつかり、白目を剝《む》いてびくんびくんと痙攣《けいれん》するのみとなり……。

……そして、死んだ。この世は弱肉強食。つまり、筋肉の強い方が勝つ。そういうことである。

皆が沈黙していた。たまも陽も、ヒバナでさえも啞然《あぜん》として沈黙していた。そしてバカは『やっちまった！』と真っ白になっていたし、ライオンは永遠に沈黙している。

「……ごめん！　うっかりライオン殺しちまった！　急だったから！　急だったからぁ！」

「お、落ち着いて樺島《かばじま》君！　大丈夫だから！　大丈夫だから！」

バカは混乱して『わああああああ！』とライオンの死体の周りを駆け回り始めたのだが、陽が止めに入った。

「え、ええと……」

そして駆け寄ってきてくれた陽とヒバナ、そしてのんびり後から来たたまに囲まれて、バカが落ち着きを取り戻しつつある中。

「……本当に、ライオンを素手で倒せるとは思わなかったな……」

……陽が苦笑して、ちら、とライオンの死体を見ると、たまとヒバナも、それぞれ何とも言えない顔で頷《うなず》くのだった。


「樺島君。どうかな。落ち着いた？」

「あ、うん……ありがとなあ、陽、お前、いい奴《やつ》だなあ」

そうしてバカは落ち着いた。ライオンに襲い掛かられてびっくりしたし、咄嗟に殴り殺してしまって反省もしている。だが、陽に言わせれば『別に、ライオンが死んだとしても問題はないんじゃないかな……』とのことだったので、バカも『なら、弱肉強食ってことだな。すまん、ライオン。俺、お前の分まで強くなるから！』と気持ちを切り替えた。

「……この調子だと、首輪を素手で引き千切ったっていうのも本当みたいだね」

たまは、ライオンの死体を見てそんなことを呟《つぶや》く。ライオンの頭蓋骨は、まあ、頬から脳天にかけて砕けている。たまが、つん、とつつく度、そのあたりは骨がバッキバキになっている手触りがするはずだ。

「うん……あ、実演するか？　鉄格子、丁度いいのあるし……」

「いや、別にやらなくていいだろお前バカか？」

「ほら、こんなかんじに」

「やらなくていいって言っただろこのバカ！」

うにょん、と曲げた鉄格子を見せたら、ヒバナにキレられてしまった。そんなに怒らなくっても！　と思ったバカは、そのまま鉄格子を千切り取って、きゅい！　きゅいっ！と曲げて……。

「ほら、プードル」

プードルにしてみた。まあ、つまり、バルーンアートの鉄棒バージョンである。

「いらねえよ！」

「ダメか!?　これ、近所の子供達《たち》にめっちゃ人気なのに！　あっ、お花もできるぞ！」

「お前の近所どこだよ！　マジでありえねえ！」

ギャーギャーと喚《わめ》くヒバナと、ショックを受けるバカ。その二人の間に、そっと陽が割って入る。

「なあ、陽！　これ可愛《かわい》いよなあ!?」

「いや、まあ、うん、よくできてるよ。いや、でもそうじゃなくてね……」

そして、陽は実に頭の痛そうな顔で、尋ねてきた。

「あの、樺島君。俺、気になってたんだけれど……樺島君はその異能をいつから持っているのかな」

「へ？」

バカが首を傾《かし》げていると、陽は歯切れ悪く、尋ねてくるのだ。

「その怪力。どうも君の話を聞く限り、このデスゲームが始まる前から、持っているように聞こえるけれど……」

言われて、思い出す。バカは、ふん、ふん、と過去を振り返って、そして……。

「えええ……んなこと言われてもよお……俺、ずっとこうだし……」

その、バカにとって実に当たり前の結論に至る。そう！　このバカは、デスゲームなんて関係なく、元々がこの怪力なのだ！

おかげで職場をクビになること数回！　今の職場でも、『まあ、お前、重機みてえなもんだろ？　がっはっは』と大らかな扱いを受けている！　それが、この樺島剛《つよし》！　通称バカ！　なのである！


さて。バカが一生懸命に『俺の怪力は元々のモンなんだよう』と説明してみると……いよいよ、陽もたまも、ヒバナも、難しい顔になってきてしまった。

「だとすると、君はその怪力以外にも異能を持っているということになるのか？」

「え、分かんねえけど……」

そう。『異能』だ。バカ以外の皆は、それぞれに『異能』というものを持っているらしい。だが、バカにはその『異能』についての自覚は特に無い。

「別に、何も変わってねえしなあー……」

試しに正拳突きを虚空に向かって繰り出してみたが、特に変化は感じられない。自覚できるものは何も無かった。

「……最初に閉じ込められてた部屋に、異能についての説明書きが無かった？」

「え、無かったけど……」

「金庫の中。本当に、無かった？」

「そもそも金庫、見てねえよお……」

たまに詰め寄られても、バカにはどうすることもできない。バカは何も知らないし、何も分からないのだ。何故《なぜ》なら、バカなので。

「……じゃあ、どうやって部屋を……あ」

「そうか……樺島君は、ドアを破って最初の部屋を脱出したんだったね……」

そう。バカはバカである。バカ故に、絶対に正規の手段ではない方法で最初の部屋を出てきてしまった。そのせいで、得られるはずだった情報を失ってしまっているらしいのだ！

「あああ……くそー！　金庫っていうのも破壊して中身持ってくればよかった！」

「いや、その場で読んで捨てるように書いてあったんだけれどな」

「俺、バカだからどうせ分かんねえもん！　だったら陽とかたまとかに読んでもらって教えてもらった方が絶対いいだろ!?」

「う、うーん、信頼してくれているのは嬉《うれ》しいんだけどね……ああ、どこから何を言ったらいいのか……とにかく、これだとお手上げだな」

頭を抱えるバカの横で、『頭を抱えたいのはこっちなんだよなあ』とばかりに陽《よう》がため息を吐《つ》いた。だが、そんな陽も落ち込むバカの背をぽんぽん叩《たた》いて慰めてくれるので、やっぱりこいつはいい奴に違いない。

「……まあ、『自覚ごと塗り替える形で怪力を手に入れてる』っていう説も、まだ有り得るからね」

ついでに、陽はそう言ってくれた。バカはまた首を傾げるしかないのだが、陽は苦笑いしながら説明してくれる。

「いきなり鉄格子を折り曲げられるくらいに力が強くなったら、まともに行動できないんじゃないかな。ドアノブを捻《ひね》るとか、歩くとか、それすら。……だから、力を扱うためにはその経験とか記憶とか、そういうものごと手に入れる必要があるのかもしれない」

「妙な話だけどなァ。……っつっても、確かめる方法もねえのか。クソが……」

陽は取りなしてくれているし、ヒバナも一応は納得してくれている、というか、諦めてくれているようだ。

そして、たまは……。

「……あなたが異能を手に入れたのは、本当に『今回』？」

たまは、ふと、冷たく鋭い目をバカに向けていた。

「このデスゲームの前に、別のデスゲームに参加していて、これは『二回目』だったりする？」

「に、にかいめ……？」

「答えて」

たまから鋭い目を向けられて、バカはたじろぐしかない。何せバカはバカなのだ。たまが言っていることは分からないし、けれど、たまになんだか敵意を向けられていることは分かる！

「えええ……。言ってる意味が分かんねえよぉ。大体、二回目、って……このゲームって、何回もあんのか？　俺が知らないだけか？」

バカはたじろぐ。たまは、『二回目』と言った。『このデスゲームの前に別のデスゲームに参加していたことはあるか』と。つまり、たまは『別のデスゲーム』のことを知っているらしい。

「或《あ》いは、悪魔と……ゲームが始まる前に、取引してる？」

「えええええっ!?　知らないよぉ、俺、悪魔と会ったこと、まだ無いよぉ……」

更に、悪魔との取引まで疑われてしまった！　これにはバカも困惑するしかない！

……そうして、少し様子のおかしいたまに疑われて、まごまごおろおろしていたバカだが……。

「たまさん。そこらへんにしておこうか。これ以上彼に聞いても、情報が出るとは思えない」

そこに、陽が割って入ってくれた。すると、たまは先程までの鋭い雰囲気を収めて、ふ、と細く小さく息を吐きながら、そっと俯《うつむ》いた。

「……そうだね。ごめん。さっきのは、忘れて」

「あ、うん。忘れるのは得意だぞ、俺！」

忘れろ、と言われたら忘れる。バカは覚えていることよりも忘れることの方が得意なので、少し安心した。苦手なことを言われるよりは、得意なことを言われた方が安心できる。

……だが。

「あー……その、たま、元気か？　あんま元気じゃないような気がして……その、俺、バカだからさあ、どうしていいのか、わかんねえんだけどさあ……」

なんとなく、たまは元気じゃないように見える。だからバカは心配だ。どうしたらいいのかは分からないが、それでも心配なものは心配だし、できることがあるなら教えてほしい。その通りにやれるかは分からないが、精いっぱいやるつもりはある。このバカはバカだが、やる気と元気、そして優しさはたっぷりあるバカなのだ。

「……そう思うなら、まずは奥に行くべきかな」

たまはさらりと躱《かわ》して、奥の方を見た。ライオンの死体の更に向こう……ゴールの方である。

「なんか、予想より早く進んでる気がするけど……もう、昼は三分の一が終わってるんだから。私達が死ぬまで、あと六十分も無い」

「げえっ！　それはやべえ！」

「迷路を進もう。ライオンは樺島《かばじま》君が倒してくれたから……後は、ゴールに辿《たど》り着けるように道を作っていくだけだし。二十分くらいで終わりそう」

そして、たまは早速、壁へと向かっていく。あそこにあるレバーを動かすのだろう。レバーで鉄格子を動かしながら、迷路の道順を変えていって、それでゴールに向かう、らしいが……。

「たま！　なら俺、役に立てるぞ！　見ててくれ！」

今のバカは、たまに元気になってほしくてとてつもなくやる気を出しているのである。つまり。

「うおおおおおおおおおお！」

「タックルで鉄格子破るバカがどこに居んだよ！」

「え!?　何!?　聞こえなかった！　呼んだかー!?」

「呼んでねーよバカがァ！」

ということで、バカはゴールまで一直線に、ぶち当たった全ての鉄格子をへし折って道を作った。まるで海を割るモーセのようであるが、その実体は人の話を聞かないバカである。

「……これ、本来なら九十分ぎりぎりまで使うような想定なんだろうね。もっと迷うだろうし、ライオン避けながらだったらもっと掛かるんだろうし」

「うん……いやあ、驚いたね。ははは……」

だが、バカはこれでよかったのだと満面の笑みだ。何せ……呆《あき》れ返った様子のたまは、ちょっぴり笑顔になっているので！　たまが笑ってくれたので、ヨシ！


ということで、部屋の奥の通路を進んで、ちょっと階段を上って、また通路を進んで……そうしてバカ達《たち》はゴールへ辿り着いた。バカは先陣を切って、『ほえー、ここがゴールかぁ』と、奥の部屋へ踏み込んでいく。尚《なお》、他の三人はバカの後から付いていく。これなら罠《わな》があってもバカが筋肉で突破してくれるので安全というわけだ。

「おー……なんかある」

部屋の中は、鉄格子の迷路の部屋よりずっと狭く、薄暗い。また、部屋の隅には椅子や机、ごたごたとした雑貨などが積み上がっていて乱雑な印象を受ける。だが、その中心でぼんやりと光るものがあり、それらが何よりよく目立つ。

「これが解毒装置、ということかな」

それは、不思議な機械だった。バカが建設事務所で見てきた機械の類にちょっぴり似ている気もするが、違うところがたくさんある。まず、椅子がある。立派な椅子だ。建設事務所の粗末なパイプ椅子とは全く異なる、ふかふかの、座り心地の良さそうな椅子だ。次に、その椅子の横には、ショベルカーのようにアームが伸びていて、ショベルカーならショベルが付いているであろう位置に、ヘルメットのようなものが付いていた。更に、アームが出ている機械本体部分にはガラス張りのようになっている部分があって、そこには四つ、光る球のようなものが装填されているのが見えた。ピンポン玉くらいの大きさのこの光る球が、解毒剤なのだろう。多分。

「ええと……椅子に座ればいい、ということなんだろうな。さて、誰からいく？」

「じゃあ俺からやる！」

陽の呼びかけに、バカは元気いっぱい手を挙げた。こういう時には一番槍《いちばんやり》を務めるのが自分の仕事だとバカは思っているのだ。

「いや、俺から行かせてもらうぜ。文句ねーよなあ？」

だが、元気に挙手したバカを押し退《の》けて、ヒバナがのっそりと椅子に座った。そして、ヒバナが椅子に座ると、途端にアームが動いて、ヘルメットがヒバナの頭に被《かぶ》さる。

おおー、とバカが目を輝かせてこの光景を見ていると、やがて、ヘルメットの後ろから更にアームのようなものが伸びて、首輪に触れた。すると。

「っ！」

ヒバナが表情を強張《こわば》らせた。

「だ、大丈夫か!?」

陽がすぐさまヒバナの様子を見ると、ヒバナはもう一度眉をピクリと動かし……やがて、むすっ、とした顔に戻って、おう、とだけ返事をした。……そうしていると、やがてアームが戻っていき、ヘルメットが外れて、そうしてヒバナは立ち上がった。

「な、なあ、ヒバナ。さっきの大丈夫だったか？　なんか、痛かったのか？」

「あ？　毒打たれた時と似たようなもんだ。解毒剤とやらを打ってんだろ？　それだよ。……つーか、実際、新しい毒が打たれてるんだったかぁ？　くそ……」

「実際のところは毒じゃなくて呪いらしいけどね」

「大して変わんねーだろ。この首輪がどーなってんのか知らねえけどよォ、なんかぶっ刺さってるみてーな痛みはあるしな」

ヒバナはのそのそと椅子の前から退《ど》く。椅子に座ってから一分ぐらい、だっただろうか。まあ、短時間で終わるものではあるらしいが……痛みがあるというのなら、痛ましいことだ。

ついでにバカは予防接種の時のことを思い出して、何とも言えない顔をした。バカは注射が嫌いである。痛いのは嫌いだし、何より、バカの鋼の肉体に敗北した針がしょっちゅう折れる……。大体、二回に一回は針が折れる……。

「じゃ、さっさとやっちまえ。ちょっとばっかし痛ぇが、そんだけだ」

「そうか……。じゃあ、お先に失礼するよ」

ヒバナが退くと、すぐに陽が椅子に座る。そして同じようにヘルメットが被さって、アームが首輪に触れて、そして、陽もちょっと痛そうな顔をした。

……そうして陽も無事に解毒が終わったらしい。続いて、たまが同じように椅子に座って、解毒を行った。

「よし！　じゃあ俺だな！」

ということで、最後はバカの出番である！……と思ったのだが。

「いや、樺島君には必要ないんじゃないかな……」

「えっ!?」

陽《よう》に止められて、バカは首を傾《かし》げる。これをやらないと死んでしまう、というような話だったような気がするのだが、違っただろうか。……と、バカが困惑していると。

「首輪をブッ千切っちまったてめーには要らねえだろーがよ、このバカが」

「え、なんで!?」

「私達に毒物が注射されたのは、最初の夜の鐘が鳴った時だから。それまでに首輪を破壊していた樺島君には、そもそも毒物が注射されてないでしょ、っていうこと」

たまにも解説してもらって、ようやくバカは納得した。

そうであった。バカはバカなので忘れていたが、バカだけは毒物を注射されていない！

「ってことは俺、もしかしてこのドアの中、入る必要、無かったのか!?」

「ま、まあ、そういうことになる……ね……」

陽が『気づいてなかったのか』と何とも言えない顔をしている横で、バカは唖然《あぜん》とし……。

「……でも、ここに入ってなかったら、ライオン見られなかったしなあ」

まあ、やっぱりここに入ってよかった！　と納得したのだった。だが同時に、陽はそれに納得できないらしい。

「えーと、樺島君。確認のために言うけれど……君は、本当に、『ゲーム』はしなくていいはずなんだ。そしてこの『ゲーム』は、どうやら命の危険を伴うみたいだ。君は必要のないゲームに参加して、不必要に命を危険に曝《さら》していることになるのだけれど……それを止めなかった俺達についても、何も思わないのか？」

陽は、何か、申し訳なさそうな顔をしている。たまも、ちょっとしている。ヒバナは横を向いているのでよく分からない。だが、バカは彼らを見る前から結論を出しているのだ。

「え？　うん！　ライオン面白かったし！」

バカは、ライオンを見られた興奮でいっぱいで、大満足である。そして、それ以外は特に何も考えていない！　それだけなのだった！

「……あっ、別の部屋にはライオン、居ないのか!?」

「……居ない気がするね」

「そっかー……でも俺、虎とかも好きだし！　あっ！　ウサギとかヒヨコとかも好きだぞ！　あと、キリンとか！　カバとか！　羊とかもいいよなあ！　フワフワで！」

バカははしゃいでいる。そんなバカを見て、陽とたまは顔を見合わせて、それから、『これでいいんじゃないかな』『そんな気がしてきたよ』というような顔をしていた。ヒバナは『そもそもここは動物園じゃねえよ』と呆れ返った顔をしていたのだが、まあ、バカはそれらに気付くことなく、ただ次に出会えるのは何かなあ、とはしゃぐばかりであった。

「……残り時間、まだあるね。四十五分ぐらいかな」

そうしている間に、時計の針は『昼』の半分くらいを示すようになった。つまり、残り時間は四十五分程度、ということだろう。

「その間は大広間に戻れないみたいだ。ほら」

陽が示す先……部屋の奥には、扉がある。だが、その扉は開く気配が無い。恐らく、夜の鐘が鳴る時に初めて、この扉が開くのだろう。

「それまでは待ち、ってことかよ。あー、ったりぃ」

ヒバナは開かない扉の横の壁にもたれて、ちらちらと扉を見ながら気だるげにしている。まあ、待つだけだと退屈ではある。『じゃあ鬼ごっことかするか？』と言おうか迷ったバカだったが……。

「まあ、時間に余裕があるからね。折角だから、少し、話でもしようか」

バカが鬼ごっこを提案する前に、陽が椅子を持ってきた。部屋のごちゃごちゃした中から見つけてきたらしい。

「少し、状況を整理しないか。ついでに……この後の動き方について、確認しておきたいんだ」

陽はそう言うと……少し表情を曇らせ、唇を引き結び、そして。

「大広間に戻った時に死者が出ていた時にどうするか、今から考えておくべきだと思う」

そう、切り出したのだった。

「死者が、出ていた時、どうするか……」

バカは陽の言葉を復唱する。

死者。そう。ここでは誰かが死んでも、おかしくないのだ。むしろ、誰かが死ぬことを当たり前のものとして、このデスゲームは成り立っているらしい。

「こっちは……まあ、樺島君が色々解決してくれたから、これだけ時間が余ったし、誰も怪我《けが》せずにゴールできた。……でも、本来の想定なら、誰か一人は死んでいただろう。あの迷路……しっかり検証はしていないけれど、誰か一人を囮《おとり》にして進むことを前提にできていたように思う」

「えっ、そうなのか？」

バカは少し考えてみて、考えても分からないことが分かった。なので陽の話を引き続き聞く。

「あの迷路は……ライオンの心配をしなくて済むなら、レバーを動かす手数がずっと少なくて済む設計だったと思う」

陽はそう言って、それから、少し迷うように続けた。

「それから、ライオンが嚙《か》み付いた時、鉄格子が壊れたよね。本来は……『誰か一人がライオンに襲われている間に、他の人が進む』。そういう解法が想定されていたんだと思う」

……陽の言葉に、バカはぞっとする。

「お、俺、嫌だぞ、そういうのは……」

「ははは。ありがとう。そうだよね。そうだ。誰かを犠牲にして進みたいと思う人は、そうは居ない。……だが、このゲームは明確に、人を殺すことを推奨している。誰かを犠牲にすれば簡単にゲームがクリアできるように……或《あ》いは、誰かを犠牲にしないととてつもない難易度になるように、設計されているんだ」

バカは困惑する。そういうものだ、と、なんとなく分かってはいたが、分かっていなかった。実感できていなかった。

誰かが死んでしまうようにできているゲーム。誰かを殺すことで叶《かな》う願い。……やっと、バカはこのゲームの意味が分かってきた。

「だから……大広間に戻った時、全員が揃《そろ》うことが当たり前だと、思っていない方がいい」

陽の言葉に、たまは少しばかり沈んだ顔をしていて、バカはしょんぼりとしっかり落ち込んでいて、そして、ヒバナは……。

「けっ。くだらねー」

そう吐き捨てるように言って、鼻で笑った。

「今更かよ。そのくらい覚悟してココに来てんじゃねえのか？　悪魔の誘いに乗った癖に、今更『誰かが死ぬ覚悟』なんてモンが要るのかよ？　あ？」

ヒバナは蔑むように、あるいは強がるようにそう言うと、また横を向いてしまう。……つまり、まあ、内心の整理が付いているのかどうかは定かではないが、少なくとも、ヒバナは『このゲームはそういうものだ』と納得した上でここに居る、ということなのだろう。

「……そうだ。なあ、ヒバナ。君は、樺島《かばじま》君を殺すことに賛同していたよね」

俯《うつむ》いていた陽が、ゆるり、と顔を上げてヒバナを睨《にら》むように見る。すると、ヒバナはちら、と陽の方を見て、また鼻で笑った。

「ああそうだ。どう考えてもこいつはイレギュラーだろうが。悪魔側かもしれねえ奴《やつ》をわざわざ生かしておく必要もねえだろ」

「だとしても、あの場でそれを表明するメリットは薄かったんじゃないかな。天城《あまぎ》さんにも言えることだけれど、本当に相手を殺そうとするなら、わざわざ敵対を表明しておくのは得策じゃない。それに、樺島君が温厚だからそれで済んだけれど、もし樺島君が……」

「このバカがあの場で俺と天城のじいさんを殺そうとしたとしても同じことだろ。そうしたらいよいよ、『全員がどっちかについて戦う』以外にねえ」

ヒバナはそう言って、きゅ、と少々苦い顔をした。

「異能を晒《さら》す奴も出てくるだろうし、死ぬ奴も出てくるかもな。だがむしろそうなった方がいい。だろ？」

……バカは、『本当にそう思うのか？』とヒバナに聞いてみたいような気がした。勿論《もちろん》、そう思っているから、ヒバナはそう言っているんだろうが……なんだか違う気もして。

「それに、あの場で『バカを殺そうぜ』って提案するのが、意味が無かったとは思えねー。少なくとも、土屋《つちや》のおっさんとミナ。あの二人は天城のじいさんに賛成してなかったわけだが……他の連中はどうだ？　本当に、賛同してなかったと思うか？」

「……成程ね。積極派だと知られておくことには、確かにメリットがある。同じく人を殺して叶えたい願いがある人達《たち》を味方に付けやすくなるからね」

「そーいうこった」

バカには分からなかったが、陽とたまはヒバナの言う意味を理解したらしい。苦い顔で何か頷《うなず》いている。『やっぱこいつら頭いいんだなー』と、バカは感心した。

「ま、そういう訳だ。どうする？　お前ら、俺と手ェ組むか？」

やがて、ヒバナはそう言って、にやりと笑う。途端、陽はその表情に緊張を過《よ》ぎらせたが……。

「……組んだとしたら、どうするの？　誰かを殺す相談？」

たまは、そう、冷静に尋ね返す。全く動じたところが無い。

「へー。んだよ。案外骨あるじゃねえか」

「そうかな」

暫《しば》し、ヒバナとたまは見つめ合う。だが、少しして、ヒバナはすぐにまた、にやりと笑う。

「まあ、そういう相談をしてもいい。だが、まずは乗る気があんのか、ってとこはハッキリさせてもらうぜ」

たまとヒバナがじっと見つめ合い、陽が緊張感を表情に漲《みなぎ》らせて黙っていると……。

「……やめとく」

やがて、たまはそう言った。

「『人を殺さない』方についた方が得そうだから」

たまは、首をゆるゆると振って、顔にかかっていた髪を流すと、こて、と小首を傾げつつ説明を始める。

「現状、殺人に積極的な姿勢を見せているのは、あなたと、天城さん。ちょっと迷ってるかんじだったのが、海斗《かいと》君。……逆に、人を殺すことに反対しているのが、土屋さんとミナさん。あと……樺島君」

「え？　俺？」

「そう。違う？」

急に話を振られてバカはびっくりしたが、よくよく考えてみれば、そんなに考えるまでも無い。

「おう！　俺、誰も殺したくない！」

「その筋力でかよ……」

「力は人を守るためと、ものを作るために使うもんだ！って親方が言ってた！」

そう。バカはこれでも善良な、正義のバカなのである。

職場の親方の言いつけをしっかり守り、自分の中にもなんとなく善悪の感覚を備えている！　まあそれとは別に、とんでもなくバカではあるが……。

「でしょ？……となったら、もう、結論が出るよね？」

そうしてたまは、にやりと笑う。

「ついでに言えば、ビーナスさんはヒバナ君と仲が悪そうに見えた。なら、人を殺す殺さないはさておき、ヒバナ君の味方にはならなそう。この時点で五対三なんだから、陽《よう》はこっちに付くだろうし、これだけの戦力差があったら、海斗君もこっちに寝返るんじゃないかな」

たまの理詰めにヒバナが表情を歪《ゆが》める。ついでに、ちら、とバカの方を見てきたので、バカは笑顔を返しておいた。するとヒバナは益々《ますます》苦い顔になってしまった。……バカは何か間違ったのかもしれない。ちょっと申し訳なくなった。

「つまり、勝算が無いから、少なくともそっちと表だって組むことは無いよ、ってこと。何があっても、土屋さんとミナさん、それに樺島君を敵に回すことになるのは確かなんだから」

「ああ、そうかよ。けっ……」

と、いうことで、バカにはよく分からなかったが、たまがヒバナを言いくるめたらしい。

バカは『やっぱ、たまってすげえなあ』とにこにこした。

「……その上で、さっき、陽が言ってたことだけれど」

それからたまは、また話を切り出した。

「『死者が出ていた時にどうするか』については……『誰が死んだかによって変わる』としか言えないかな」

「へー。つまり、土屋かミナが死んでたらこっちに付く、ってか？」

「え？　うーん……」

だが、ヒバナの問いには首を傾《かし》げるばかりである。ヒバナは『んだよ』と不満げだが……。

「……いや。より怖いのは、人を殺すことに積極的だった人達が死んでいた時のことだと思うんだ」

そこで、陽がなんとも苦い顔でそう零《こぼ》した。

「……例えば、海斗が死んでいたら、どうかな」

どうかな、と言われて、バカは考える。考えて……首を傾げることになった。バカにはちょっと難しい問題だった。

「『人殺しをしない』と言っていた土屋さんとミナさん、または特に立場の表明をしていないビーナスさんが人を殺したことになる。まあ……疑心暗鬼が加速するだろうね」

だが、陽がさっさと解説してくれたので、バカにも理解が追い付いた。

……確かに、人が死ぬということは、殺した誰かが居るというわけなので、こう、怖い。

それくらいはバカにも分かる。

「……ちなみに、天城さんが死んでいたら、まあ……うん」

「単に一人で行動して、一人で死んだ、ってことになるから、その時はいよいよヒバナ君の立場が悪くなると思うよ。人殺し積極派は孤立無援になっちゃうんだから」

……そうしていいよいよ、ヒバナは表情を引き攣《つ》らせることになった。だが……。

「そういうわけで、取引しない？」

ずい、と、たまが身を乗り出した。

「天城さんと何を話していたのか、教えて。教えてくれたら、誰が死んでいたとしても、とりあえず次のゲームも一緒のチームになってあげるよ。一人でゲームを攻略するのは難しいって、分かったでしょ？　でも、次のゲームでは、誰も組んでくれないかも。……四対四対一にだって、割り振りはできちゃうんだから」

……ということで。

「……なんか、実が無い」

「だァから！　そう言っただろうがよ！」

ヒバナから話を聞いたのだが、たまも陽も微妙な顔をしている。尚《なお》、バカは『ほえー』と気の抜けた顔をしているばかりである。

「ええと……整理するけれど、天城さんからあった話は『私はお前を信用していない』

『悪魔連中のことも信用していない』『バカ島に気を付けろ』。そういう主張だった、っていうことだね？」

「だっての。あーあー、ガッカリだった、ってか？　ならお生憎様《あいにくさま》だったな！　けっ」

陽がまとめてくれた通り、天城はヒバナにそんなようなことを言っていたらしい。

バカにも分かる。なんというか、『実が無い』。

「ったく、あのジジイ、何のために俺にそんな話してやがったんだかよぉ……」

ヒバナは、がしがし、と逆立った金髪の頭を掻《か》いて舌打ちしている。

「……時間稼ぎだったんじゃない？」

すると、たまがそんなことを言い出した。

「一人で部屋に入るため、ギリギリまで時間を潰したかった。そういう風に思えるけれど。……陽の方はどうだった？」

「ああ……そうだね。ええと……」

陽は少し言い淀《よど》んで、それから申し訳なさそうに口を開く。

「……樺島君が居るところで言うのも気が引けるんだけれど、『樺島のことは信用するな』ってさ」

「ええええー……俺、天城のじいさんによっぽど嫌われてんのかなあ」

バカには身に覚えのない話なので何とも言えない。だが、天城は最初に会った時から、バカにはちょっと冷たい態度だ。バカが嫌いなんだろうか。嫌われるようなことをしてしまっただろうか。バカはちょっと、しょんぼりした。

「他は？　他は何話してやがったんだよ。このバカが信用できねえって話だけじゃねえだろ？」

「それがね……本当にそれに終始してたんだよ。樺島君が如何《いか》に信用ならないかをずっと力説されていた、っていうか……ごめん、流石《さすが》に、ちょっと本人には言いたくない」

「言いたくないぐらい酷《ひど》かったのか!?　えっ!?　俺、そんなに嫌われてんのぉ!?　マジでぇ!?」

そうしていいよ、バカは打ちのめされる！　そんなに嫌われていたとは！　懇々《こんこん》と十分ちょっと力説される程度には、天城に嫌われていたとは！

「陽ー！　俺、そんなに信用ねえかなあ!?」

「う、うーん……ええと、確かに色々と不審だなあ、とは思うよ。けれど、だからと言ってそんなに取り立てて信用できない相手だとも思えないな」

「陽ー！　ありがとう！　俺は陽のこと信じてるぞ！」

「そ、そうか。それはありがとう……」

まあ、落ち込んでいても仕方がない。バカは前向きに生きていくことにした。

「とりあえず、外出たら天城のじいさんに聞いてみるよ。俺、なんか嫌われることしちまったのかもしれねえし……」

「そ、そうか。うん、前向きで良いと思うよ……ははは」

そう。前向きに。前向きに。問題は全て、体当たりで！　それが、バカの流儀なのだ。これしかできないし、それでいいとバカは思っている。

それから少し、皆で休憩した。『少し休んでおいた方がいいかもしれないね。こんな極限状態じゃ、休める時に休んでおかないと』と陽が提案したため、皆、それぞれに椅子に座って少しゆっくりすごしたのだ。尚、バカは爆睡した。しっかりぐっすり、眠った。おかげで目覚めたバカはすこぶる元気である。おはよう！

「……そろそろ、時間かな。なんだか最後の方はよく分からない話になってしまったけれど……」

さて。そうして陽が時計を見たところで、バカもぱちりと目覚めて時計を見る。……もうそろそろ、時間だ。

「私はとりあえず、次はヒバナと組む、っていうことが決まったから、まあいいかな」

「ったく……裏切るなよ」

「その保証はしてないけど」

「んだと!?」

ヒバナとたまも仲が悪いのかもしれない。バカはおろおろしながら『喧嘩《けんか》すんなよぉー』と止めに入っておいた。

「よし。扉が開くぞ……」

そうこうしている内に、リンゴン、リンゴン、と鐘が鳴り、『夜』がやってくる。皆、一瞬身構えたが、毒にやられて死ぬ人は居ない。どうやら、無事に解毒はできていたらしいし、バカは首輪を引き千切ったことによって毒を受けずに済んでいるらしいことがやっと証明された。

「よし、行こう」

陽に促され、開いた扉の外へ出る。するとそこは……。

「……大広間の、上の階、なのかな」

概《おおむ》ね、大広間と同じような間取りの部屋に出た。唯一違うことは、部屋の中央が吹き抜けになっていること。そして吹き抜けの下には、大広間がある。そして、さっきには無かったはずの階段ができていて、大広間へ戻れるようになっていた。どうやら、大広間からゲームの部屋へ入ると、その次の夜に大広間の上階で、参加者が入ったゲームの部屋に繋《つな》がるドアが開くらしい。こうして大広間に戻ってこられる、ということのようだ。

見渡してみれば、バカ達《たち》が出てきた所の他にあと二つ、開いている扉がある。……そして。

「ほんっとーにありえない！　どういう神経してんのよ！」

そんな声と共に、ビーナスが出てきた。

「な、何を言っているんだ！　あの状況ではああするのが自然なことだ！　大体、悪魔のデスゲームだぞ!?　あの程度で文句を言われる筋合いは無いね！」

「だからってミナを突き飛ばす!? 土屋《つちや》さんにだって迷惑かけたって自覚あんの!? 最低! 最低よ、あんた!」

「あ、あの、ビーナスさん。私は大丈夫ですから……」

「うーむ……どうしたものかなあ」

続いて、ビーナスが罵倒する先で海斗《かいと》が弁明していて、ミナが取りなそうとしていて、そして最後尾から土屋がやってきた。……皆の雰囲気が、非常にギスギスしている。

「……喧嘩してるぅ」

バカは、思った。『皆、仲良くしようよぉ……』と。

「……まあ、とりあえずそっち四人も、居るね」

「あっ! そっちも戻ってたのね!? ちょっと聞いてよ! こっちで海斗が……」

早速、こちらを見つけたビーナスがずんずんとこちらへ歩いてくる。だが、その前にたまが立ちはだかった。

「報告は後にしようよ。まずは……怪我人《けがにん》は?」

そうして改めて、向こうの四人の様子を見る。どうやら全員、無事らしい。だが、土屋の衣服が多少のダメージ加工になっていて、明らかに血の染みのようなものがシャツに見えていたり、ミナの三つ編みがほぐれてしまっていたり、海斗の髪が大いに乱れていたりする以上、何かがあったことは間違いないだろう。特に、土屋に。

「まあ、今は全員無事だよ。ありがとう。そちらは？」

「何もねーよ。このバカが素手でライオン殴り殺したからなぁ……」

「素手でライオン……!?　一体何があったんだ!?」

「気になるよね。気持ちは分かるよ。でも報告の前に確認しなきゃいけないことがまだ、ありそう」

土屋が『素手でライオン!?』と慄《おのの》いている中、たまは冷静に振り返り……『三つ目の』扉を見た。

「……天城《あまぎ》さんが、まだ来ていないみたいだから」

開いた扉の先には、誰も居ない。

開いた扉の先は、しん、と静まり返っている。そして、暗くて先がよく見えない。

「お、おーい……天城のじいさーん……」

バカが声を掛けてみるも、何も、返事は無い。

……一歩、部屋に入ってみる。更に、もう一歩。二歩。

そうしていくと、やがて、バカ達が入った部屋の先にもあったような装置が見えてきた。

だが、その装置に装填されている玉は光っていない。

「……期限切れ、ということか」

陽《よう》がバカの隣にやってきて、そう、難しい顔をしている。

バカもバカなりに覚えている。確か、この装置は大広間から各部屋への扉を開けた昼の間だけ、四回限定で使えるのだった。つまり、もう、この装置は使えない。そういうことなのだろう。

「玉が……ああ」

そして、陽は機械に装填されている玉を見て唇を引き結ぶ。

「四つ、あるな……ううむ……つまり、天城さんはこれを使わなかった、否、使えなかった……」

後からやってきた土屋もそれを見て、なんとも苦い表情を浮かべた。

「ちょ、ちょっと？　大丈夫なの？　入っても平気そう？」

「ああ……今のところは何もないぞ、ビーナス。まあ、安全だろうな」

そうこうしている内に、そっと、ビーナスも入ってきた。続いて、ミナとたま、ヒバナと海斗も入ってくる。

「で、天城のジジイは？」

「まだ見つかっていない、が……最悪の事態を想定しておいた方が、よさそうだ」

土屋が苦い顔で機械の方を見せると、ヒバナもそれを見て『ああ、そういうことかよ』と頷《うなず》いた。

「ま、まだ間に合う……かもしれません、よね？　探しましょう！」

「ああ、勿論《もちろん》だ。よし、先へ進んでみようか」

ミナと土屋がさっさと奥へ向かうのを見て、バカ達も追いかけていく。途中からは、バカが先頭になることにした。トラップがあっても、ライオンが来ても、バカが先頭なら大丈夫なのだ。

……そうして階段を下りて、少し通路を進んだところで。

「これは……」

「じいさん！　じいさん！　おい！　しっかりしろ！」

立ち尽くす者も、駆け寄る者も居た。バカは当然、後者だ。バカは部屋の中央にある椅子……その椅子の上に拘束されている天城へと駆け寄っていき、そこに座っていた天城の肩を摑《つか》んで揺さぶる。

……すると、天城の顔に着けられていたガスマスクのようなものが落ちた。そして。

「……嘘《うそ》だろ、爺《じい》さん」

天城は、動かない。開いたままの目は、何も映していなかった。

バカは咄嗟《とっさ》に、脈を取る。流石のバカでも、脈の取り方くらいは知っている。

……だが、脈は無い。

『俺の測り方が下手なだけかも』と思って、手首だけでなく首筋も見てみるが、それでもやっぱり、脈が無い。バカは、もうどうしていいのか分からない。

「すぐに治療を！」

そこへ、ミナが割り込んでくる。ミナの手からは水色の光がふわりと溢《あふ》れて、天城へと吸い込まれていく。……だが、天城に変化は無い。

「ああぁ……そんな……」

「……手遅れだったか」

ミナがその場に崩れ落ち、後からやってきた土屋が苦い顔で俯《うつむ》く。

「ミナさん。今のは？」

「……治療を、と思ったんです。私の異能を、使って……」

たまの問いかけに、ミナはそれだけ答えて、後は項垂《うなだ》れてしまった。天城が死んでいるのを間近に見て、ショックを受けてしまっているらしい。

「これは……死んで、いるのか……」

「……協調性の欠片《かけら》も無い人だったけれど、流石《さすが》に死なれると、ちょっとね」

海斗とビーナスも、なんとも痛ましげな表情で天城を見ている。……そしてバカも、しょんぼりと落ち込んでいた。

「俺、天城のじいさんに、どうしてそんなに俺のことが嫌いなのか、聞きたかったのに……」

バカにとって天城は、自分の身に覚えのないところで自分を嫌っていた人、という認識である。ついでに、ちょっと気難しそうな爺さんだなあ、とか、ちょっと自分勝手だなあ、とか、色々と思うところはあったのだが……。

「仲良くなれたかもしれないのに……」

……それでも、同じ場所に居合わせた者同士、仲良くなれたらいいな、と、なんとなく、思っていたのだ。ある意味ではバカにとって一番気になる相手であった天城が死んでしまって、バカは何とも宙ぶらりんな気分になってしまう。

「……これは一体、どういう状況だったんだろうね」

バカが落ち込んでいる間にも、たまは動いている。

たまの言葉を聞いて、バカも部屋の中を改めて見回してみる。

部屋の中には、椅子が四つ並んでいる。椅子四つは円状に、かつ背を向くように配置されており、椅子の中央には大きな瓶がある。大きな瓶からは管が伸びていて、その先にはガスマスクのようなものが付いている。さっき、天城の顔から落ちたものがこれだ。

そして、色々な色の液体が入ったガラス瓶が五つ、真ん中の机の上に乗っていた。……ついでに、空になったガラス瓶も、五つ。壁際には棚があって、そこにはもっと多くの瓶が並んでいる。

「……わかんねえなあ、これ」

バカには、この状況がどういうものだったのか、さっぱり分からない。バカがもうちょっと賢かったら、分かったのだろうか。

「……こりゃ、毒でも盛られたのかよ」

「多分、そう。……となると、何かのヒントを見て、瓶の中身を水瓶《みずがめ》に五つくらい入れて、そこから出てきたものを吸ったか、飲んだか……っていうかんじなのかな」

ヒバナは装置を見てなんとなくゲームがどんなものか推測しているようだったし、たまはもっと細かく分析できているようだった。バカにはできない芸当である。

「うむ……一人でやる時と四人でやる時とで、大分『ゲーム』の質が変わりそうだ。もしかすると、一人の方が有利なゲームもあるのかもしれない」

土屋の言葉を聞きながら、バカは『でも俺は一人だとなんにもできねえよぉ……』と思う。今目の前で死んでいる天城についても、そうだ。一人じゃなかったら、助かったのかもしれないのに。

……そう思うと、またなんとも悲しくなってくるのだった。

「さて……ご遺体だったとしても、このままにしておくのは忍びないな。どこかに寝かせるか」

「うん……。よっこいしょ」

土屋《つちや》の提案に従って、バカは天城を抱き上げた。

「とりあえず上の階まで運ぼう。ガラクタの山にベッドとかソファとか、あると思うから」

バカは天城を抱き上げると、たまの案内に従って上階へ向かう。……だが、その前に。

「……陽、だいじょぶか？」

「え？」

バカは、ずっと黙っている陽のことが気になっていた。陽は何か考え込んでいる様子で、どこか、上の空で……天城の死がそれだけショックだったのだろう。

「あ、ああ……その、すまない。結構、ショックだったのかな。うん……」

陽は我に返ったようにそう言って、苦笑を浮かべてみせてくれた。

「無理もねえよ。多分、天城と一番喋《しゃべ》ってたの、陽だもんな」

だから情けなくなんかないぞ、という気持ちで、バカは陽にちょっとだけ、笑いかけた。満面の笑みを浮かべる元気は無かったので、ちょっとだけ。

「あんま無理すんなよな。悲しい時は悲しいってちゃんと思った方がいいって、親方が言ってた」

「……そうか。うん、ありがとう。そうだな……悲しい、か……」

陽はそう呟《つぶや》いて、また考え込む。やっぱり悲しんでいるというよりは考えているようで……つまり、悲しむ余裕すら、無いのかもしれない、とバカは思った。

「しょうがないって。な？　ちょっと休もう。多分、椅子とかもあると思うから。あったら俺、引っ張り出すからさ！　言ってくれよ！」

多分、陽は疲れてるのだ。バカはまた頑張って笑って見せて、皆の後を追いかける。陽もバカの後から付いてきて、そうして、上階……吹き抜けのフロアにまで、皆で戻る。

……その後、天城《あまぎ》が居た部屋の先、解毒装置がある部屋のガラクタの中から、簡易的なベッドのようなものを土屋が発見してくれたため、天城の死体はそこに寝かされることになった。

「……天城ぃ」

改めて、眠る天城を見下ろすとなんとも悲しい。バカはしょんぼりと肩を落とす。

「……さ。非情なようだけれど、私達《たち》、このままここには居られないわ。あと六十分もしたらまた、次のゲームが始まるんだから」

だが、ビーナスの言う通りだ。しょんぼりし続けても居られない。バカは、ガラクタ置き場から見つけたブランケットを天城にそっとかけてやってから、ビーナスやヒバナに続いて大広間へ戻る。

……戻る前、バカは最後に一度だけ、ちら、と天城を振り返った。もう一度、天城が動いてくれたらいいのに。そんな気持ちになりながら……しかし、そんなことは起こらないんだろうなあ、と、理解してもいた。

「さて……色々と状況が変わってしまったが、今のところはとりあえず、お互いのチームでどんなことが起きたか、情報共有しておこうか」

さて。そうして全員集まったところで、改めて情報共有の時間だ。

「こっちは樺島《かばじま》君が素手でライオンを殴り殺して、タックルで鉄格子を破ったよ」

ということで、たまが早速、そう説明してくれた。

「詳しく。詳しく説明してくれ！　まるで意味が分からない！」

が、海斗《かいと》が混乱してしまった！　それはそうである！

「えーとね、俺達が進んだ先には、鉄格子でできた迷路があったよ。それで、ライオンが一頭いた。ライオンは興奮状態で、人間を見ると襲い掛かってくるように仕組まれていたんだ」

海斗には陽《よう》が説明してくれるようなので、バカは安心して陽に説明を任せることにした。

こういうのは上手な奴《やつ》がやった方がいいのだ。バカの出る幕ではない。

「壁の数か所、迷路の途中含めていくつかのレバーがあって、それを動かすと鉄格子の壁の一部が動いて、迷路の道順が変わるようにできてた。本来なら、そうやってライオンから逃げながらゴールを目指す……んだったと思うよ」

「ところがどっこい、そこのバカがライオンは素手で殴り殺しちまうわ、その後、タックルで鉄格子破っちまうわ……俺達は難なくゴールした。以上だ」

最後の説明というか愚痴というか、そういうものをヒバナが引き取って、そうしてバカ側の説明は概《おおむ》ね終了した。……説明すべきことがこれだけで済んでしまうのだから、つくづくバカの働きは大きかった！

「成程……ということは、そちらは結構、時間にゆとりをもってクリアできたというわけか」

「うん。……そっちは、そうでもなかったのかな」

さて。こちら側の説明が終わったら、いよいよ土屋側の説明なのだが……。

「そう！　酷《ひど》いのよ!?　こいつ……海斗が、解毒装置の前でミナを突き飛ばしたの！　自分が先に座るためにね！」

ビーナスがそう声を荒らげると、その向かいに居た海斗が、慌てて喋り出す。

「時間が無かったんだ！　全員間に合うか分からない状況だったのに、自分の命より他人の命を優先しろというのか!?」

「だからって女の子を突き飛ばす!? 最低よ!」

「死ぬか生きるかという時に男も女もあるものか!」

「結局、全員が解毒装置を使う時間はあったたっていうのに、一人で勝手に焦って滑稽だ、って言ってるのよ!」

「あの状況では解毒にどれくらい時間がかかるのか分からなかったんだぞ!? 仕方が無いだろう!」

……海斗とビーナスが、言い争っている。バカにはぼんやりとしか状況が分からないが……どうやら、向こうのチームは向こうのチームで、大変だったらしい。

「あ、あの、ビーナスさん。私は大丈夫ですから……」

「ダメよ、ミナ! こんな協調性の無い奴、野放しにしておいたら今後何するか分かったもんじゃないでしょう!?」

「それを言うならそっちこそそうだろう!? 君が道を間違えなければもっと時間にゆとりがあったはずだが!?」

罵り合いである。今、罵り合いが発生している! バカはおろおろした!

「二人とも、そこまでにしておけ!……ええと、なんだ。こちらのゲームの話も、しておいた方がいいだろうな」

結局、土屋が喧嘩《けんか》する二人の間に割って入って、それから改めて、土屋のチームで何があったかを教えてくれることになった。ビーナスと海斗は不満げだったが、バカは、『とりあえず止まって良かった』とほっとした！

「こちらのゲームは、罠《わな》が仕掛けられた部屋を抜けていく、というものだった。足元のスイッチを踏んだり、床ギリギリに張ってあるワイヤーに足を引っかけたりすると矢が飛んできてね……まあ、それで手間取って、さっきビーナスが言っていた通り、ということになるのだがな……」

「ひえええぇ……」

バカはちょっと想像して、『こええ！』と身を竦《すく》ませた。ゲームや映画にありがちなトラップの類は、想像するだけでも怖い。

「まあ……それで、私がうっかり矢を受けてしまってね」

それから、土屋は土屋のジャケットの内側、シャツを見せてくれた。

「うわあああああああ……」

「これが中々すごくてね。しっかり貫通してしまったよ。はっはっは」

バカはもう、『うわあ』しか言えない。何せ、シャツには血液がべったりと付着していて、更に、何かが刺さったかのような穴が開いているのだから！……だが、シャツの穴の向こうにあるのは傷の無い肌だ。これはどういうことだろう、とバカが首を傾《かし》げていると……。

「まあ、見ての通り、今は大丈夫だ。ミナさんが異能で助けてくれたからな」

土屋がにっこりと笑って、そう言った。そしてミナが、『お役に立てて良かったです』と、もじもじしながら笑って……それから、皆に向けて、言った。

「私の異能は、『治癒』です。鐘と鐘の間に一回ずつ、怪我《けが》を治すことができます」

「異能、かあ……」

バカは、ほえぇ、と感嘆のため息を吐《つ》いて、『本当にあるんだなあ』と感心していた。

……異能、というものが、人間の力ではない特殊な能力のことだということくらいバカも知っている。だが、具体的な例がまるで思い浮かんでいなかったので、ミナの告白を聞いて、『そっかー、そんなかんじかあ！』と納得した。

「成程ね……ミナさんが異能で土屋さんの怪我を治した、ということか」

「ああ。素晴らしいものだったぞ。刺さってしまった矢がするりと抜け落ちてね。そして、血が止まって、すぐに肉も皮膚も戻った。痛みも、もう無い。……改めて、ありがとう、ミナさん」

「い、いいえ！　私の方こそ……土屋さんが居なかったら、きっと、あの罠を突破できていませんでしたから……」

ミナは恥ずかしそうにしている。土屋は感謝の目をミナに向けており、非常に雰囲気が良好だ。バカはそんな二人を見て安心する。『やっぱり喧嘩してるより仲良しの方がいいよな！』と。

「まあ、異能、ということならこれで二人分、判明したことになるのかな。ミナさんが治癒の異能。それで樺島君が怪力……」

「俺のパワーは元々だってぇ」

「う、うーん……まあ、樺島君はそう言っているけれど、異能の説明書きを読まずに来ちゃったっていうなら、推測するしかないしなあ……」

陽が説明するのにバカは反論を挟むのだが、陽は苦笑いしている。バカも、『もしかして本当に、俺って元々のパワーよりも強くなってるのかなあ』と首を傾げるしかない。

「うーむ……まあ、恐らくこの『ゲーム』は、異能を使わせることを目的にしているのだろうな。そうすることで、より異能を使った殺人とその推理を促進しようとしているのだろう。少なくとも、今後我々が『素手で撲殺された形跡のある生き物の死体』を見つけたら、樺島君が犯人だと思うだろうからね」

バカは、ふむふむ、と聞いているが、今一つ、意味は分かっていない。ただ、『俺はバカだから、俺がどういう奴か早めに知っておいてもらえてよかったなあ』とは思っていた。自分を開示してしまうことで、後は頭のいい人達に判断を任せてしまう。それがバカの、バカなりの処世術なのである。

「相手の異能を知っていればいるほど、この『ゲーム』は有利になる。まあ、確かにその通りよね」

そんな折、ビーナスがそう言って笑う。それから、ちら、と意味ありげにヒバナを見て……ヒバナが、『んだよ』というような顔をしたところで。

「……ってことで、ここで告発するわ。ヒバナの異能は『炎から剣を生み出す異能』だ、ってね！」

なんと！　唐突に、そんなことを言い出したのである！

「え？……は、はああああ!?　なっ、な、何言ってやがるんだ、てめえ！」

ヒバナが立ち上がった。他の者達も、唖然《あぜん》としている。唯一、ビーナスだけが余裕の笑みを浮かべていた。

「ついでに告白するわ。私の異能は、『占い師』。各夜につき一回だけ、他者の異能を調べることができる異能なの」

占い師。……そんな異能もあるのかぁ、と、バカは只々《ただただ》、感心するばかりだ。

「ちなみに、一番最初に占ったのはミナよ」

「わ、私……ですか？」

「ええ。だから、ミナと組みたかったの。ミナと一緒に居れば怪我をしても安心でしょ？」

しかも、ビーナスは既に能力を有効利用している！　すごい！　バカは心底感心した！

「そう。じゃあ、ヒバナ君を占った理由を聞いてもいい？」

「特に理由は無いわ。強いて言うなら、そうねえ……一番、野蛮そうだし、敵に回る可能性が高いと思ったのよ。だったら、手の内は見ておきたいじゃない？　だからもし天城さんが生きていたら、天城《あまぎ》さんを占っていたかもね。彼も協力する気は無いみたいだったから」

たまの問いにもビーナスは淀《よど》みなく答えて、そして、ふふん、とばかりにヒバナを見た。

「そういうことで、ヒバナ。あんたのネタはもう割れたの。下手な動きはしないことね」

「テメェ……」

ヒバナは、只々苦い顔をしている。手の内がバレてしまったということは、今後、不利に立たされることが多い、ということなのだろう。バカにはよく分からないが。

「それにしても……ううむ、このゲームは本当に、悪魔のデスゲーム、なのだな……」

そんな折、土屋《つちや》が何とも苦い顔でそう零《こぼ》す。

「死者の魂が、あのカンテラに入る、のだったか……」

……土屋の視線の先には、四日目の昼になったら開くという例の門と、その周囲に飾られたカンテラ。……そしてそのうちの一つに、炎のようなものが中で燃えているカンテラがある。

今しがたカンテラに気づいたバカは、カンテラを見て、『あれが天城のじいさんの魂かぁ……』とぼんやり思う。火は明々と燃え盛って、元気そうだ。魂だけの状態にされてしまったというのなら痛ましいが、とりあえず、魂が元気そうでよかった。バカはまず、そう思うことにする。

「魂、が……」

そして、そのカンテラに全員が注目する。

……そう。あのカンテラの火は、この場に居る全員の争いの火種でもある。

「……八人で、一つの願いが叶《かな》う、ってか」

ヒバナが目を細め、海斗《かいと》が唇を引き結ぶ。ミナは怯《おび》えたようにそっと目を逸《そ》らして、土屋は苦い顔で炎を見つめた。たまと陽《よう》とビーナスは表情の読み取りづらい顔でじっとカンテラを見つめている。バカはそんな七人を見ながら、『喧嘩にならねえといいなあ』と思うのだった。だが……喧嘩になるのだろうなあ、とも、思う。

ここに集まっている者達《たち》は皆、叶えたい願いがあるのだと、たまが言っていた。つまり……あの一つの炎を巡って、きっと、喧嘩になってしまうのだろう。

「で、次のチームはどうするの？　私、悪いけど、もう海斗とは組みたくないわ」

それから、気を取り直すようにビーナスはそう言う。それからビーナスは海斗とヒバナを見て顔を顰《しか》めた。……余程、嫌らしい。

「俺もイヤ、海斗もダメ、だとよ。我儘《わがまま》な女だよなあ」

「全くだ。やれやれ、まるで自分が世界の中心だと言わんばかりじゃないか」

「あら。嫌われて当然のことをした奴なんて、つまはじきにされて当然じゃない？　偉そうな口を叩《たた》く前に自分の行いを反省するのね！」

ビーナスの言葉に、ヒバナと海斗はなんとも嫌そうな顔をする。実にギスギスした雰囲気だ。だが、ヒバナはにやりと笑う。

「ま、いいぜ。テメェなんざどうでもいい。俺はたまと組むぜ。そういう約束なんでな」

そう。ヒバナは既に、仲間を手に入れているのだ。よって、仲間外れにはならないのである！

「えっ……そ、そうなの？　たま」

「ああ、そうだ。だよな？　たま」

「……まあ、いいけど」

ビーナスは驚いた様子だったが、ヒバナは得意げ、そしてたまは『しょうがないな』というような顔で落ち着いている。バカは素直に、『ヒバナ、ぼっちにならなくてよかったな！』と心から喜んだ。バカは善良なバカなのだ。

「ならそこに僕も入ろう。いいかな？　ヒバナ、たまさん」

するとそこに、海斗も寄ってきた。彼もまた、ぼっちにならないために動き出したらしい。

「俺はいいぜ。あのクソアマに嫌われたモン同士、仲良くやろうや」

「……まあ、増えてもいいけど」

たまは、ちら、と、バカと陽の方を見た。

「それは、他の二人にも聞いた方がいいんじゃない？」

たまの他に、ヒバナと海斗がメンバーになるなら、バカと陽、どちらかはあぶれてしまうことになる。バカはようやくそれに思い至って、『それはちょっと寂しい！』と思った。

だが、海斗が心配そうな顔をしているのを見たら、バカは『俺も寂しい！』なんて言えない。自分が寂しくなくなるために海斗に寂しい思いをさせてしまうのはかわいそうだ。

「うーむ……なら、考え方は二通りあるな」

そこへ、土屋が声を上げる。

「こちら三人が一チーム目。そして残り五人を二人と三人に分けて、計三チームにする方法。そしてもう一つが、こちらに一人受け入れて、四人と四人の二チームで進む方法だ」

バカは指折り数えて、『成程、そういうことか！』と理解した。逆に言うと、指を折って数えないと理解が遅いのがバカのバカたる所以《ゆえん》である。

「そうねー……もしこっちにもう一人入れるんだったら……うーん、たまなら入ってもいいと思ってたんだけどね？　でも、たまがヒバナと組むっていうんだったら……」

ビーナスは、うーん、と唸《うな》りつつ考えて……それから、にっこり笑ってバカを指差した。

「うん。バカ君なら一緒でもいいわよ」

「えっ？　俺？」

「ええ。どう？」

「うん、俺はそれでもいいけどぉ……」

バカは特に誰が嫌いということは無い。なので、指名されたら名誉と思って土屋チームに入ることもやぶさかではない。

「いや、もう一つあるよ」

が、そこに陽が発言する。

「三人と五人に分かれることも、できるんだ。……樺島《かばじま》君は、ほら、首輪が無いからさ……」

「あっ」

そしてバカはようやく思い出す。自分には解毒装置が必要ない、ということに。つまりバカに限っては、本来ならばありえなかった『五人目』になることができるのである！

「……じゃあ、三択か。ええと、こんなかんじ」

そこで、陽が大広間の机の上に紙を広げて、ペンを取り出して何やら書き付けていく。紙はガラクタ置き場で拾ったのか、元々大広間にあったのか。まあ、とにかくこれでバカにも分かるように、メンバーの振り分けが明示された。

一つ目は、『土屋、ミナ、ビーナス』、『たま、ヒバナ、陽』、『樺島、海斗』。

二つ目は、『土屋、ミナ、ビーナス、樺島』、『たま、ヒバナ、陽、海斗』。

三つ目は、『土屋、ミナ、ビーナス』、『たま、ヒバナ、樺島、陽、海斗』。

……バカはそれを見て、ふんふん、と頷《うなず》く。すると、横からビーナスも紙を眺めて……じと、と陽を見た。

「……陽。あんた、たまチームに入りたいのね？」

「ああ……いや、別に、俺じゃなくてもいいんだけれどね。俺の希望を通せるなら、そうしたいな。ほら、ヒバナの能力が割れている以上、多少の安心材料ではあるし、そうでなくても、信頼関係が既にある人と組みたい」

陽は気まずげにそう言って、それからたまの方を見た。が、たまは別の方を見ている！

……バカは、『そっかぁ、陽もたまのこと、気になるのかなあ……』と、ちょっとそわそわした！

「おいおい！　そうなると、僕がこのバカを一人で見る羽目になるのか？　冗談じゃない！」

「ええー、そう言うなよぉ、海斗ー、仲良くしようぜー」

「僕の手には余りそうだ。このバカと誰かの二人チームが生じるというなら、僕以外の誰かがその重荷を背負ってくれ！」

……が、この案は海斗に不評であるようだ。

「……まあ、樺島君が決めることになりそうだね」

そうしてたまが、バカに言った。

「樺島君、どのチーム編成がいい？」

……そう。選択は、バカに委ねられたのだ！

バカは、迷った。迷って、迷って、迷った。

……たまのことは気になる。なんだか気になる。だからできたら一緒のチームがいい。それに、陽はいい奴《やつ》だ。ヒバナも悪い奴じゃない。海斗はよく分からないが、折角だから仲良くなりたい。

一方、土屋はかっこいい奴だ。ミナもかっこいい。そしてビーナスはバカを誘ってくれた。なので迷っている。バカは、大いに迷っている。迷って、迷って、頭から湯気が出そうだ！

……そうして、他の皆が考えるバカを見限ってそれぞれ休憩したりなんだりしている中、バカだけはひたすらに考え……そして！

「……滅茶苦茶《めちゃくちゃ》、迷ったんだけど……」

「知ってる」

「本当に時間いっぱい考えたなあ、樺島君……」

バカはようやく、決断を下した。どちらの選択肢にも未練があるので、ものすごく渋い顔ではあるが。否、ものすごく渋いものを食べてしまった幼子のような顔であるが。

「俺、土屋とビーナスとミナのチームに入る……」

「おお、そうか。ならよろしく頼むよ、樺島君！」

しおしお、としながら決断したバカを、土屋は苦笑混じりに歓迎してくれた。ミナも笑顔で喜んでくれたし、ビーナスも『まあ、バカ君は何かと便利そうよね』とにっこりしている。

「ええと、樺島君。一応、理由を聞いてもいいかな」

「三人と五人になるよりは四人と四人の方が良くねえか？　違ったか？」

「うわっマジかよ、バカの割には考えてやがるぞコイツ」

陽に理由を説明したらヒバナが横で慄《おのの》いた。バカは『俺は考えるバカ！』と堂々としているが。

「あと、知らねー奴が多いチームに入った方が、友達が増える！」

「……おい、バカ。てめえまさか……俺達のこと、ダチだとでも、思ってやがんのかァ……？」

「うん！……えっ⁉　違うのか⁉」

最早《もはや》、ヒバナからバカへの攻撃は一切通用していない。ヒバナは最早項垂《うなだ》れ、そしてバカは『もう友達ってことでよくねえか？　いいよな？』とにこにこそわそわしているばかりであった。

「まあ、そういうことなら理に適《かな》っている。じゃあ、二パターン目にする、ということだね」

陽は、シャッ、と音を立てて机の上の紙……バカに説明するために書いてくれたのであろうそれに、〇をつける。

先へ進むメンバーは、『土屋、ミナ、ビーナス、バカ』の四人と、『たま、ヒバナ、陽、海斗』の四人だ。

「さて……では、そろそろ進もうか。もう昼になってしまった」

「あっ!?　ほんとだ!?　いつの間に!?」

「バカ君がうんうん考えてる間に、ね……」

そうしているうちに、昼のドアに光が灯《とも》っている。もう昼になってしまったようだ！

「では早速、扉に入ろう。……樺島君。どこがいい？」

「え!?　俺が決めるのか!?　うーん……」

「……また延々と悩まれたらたまったもんじゃないわ。はい、ここね」

そうして、ビーナスがさっさと入るドアを決めてくれた。陽はさっきの紙の上に大広間の見取り図を描いて、『じゃあ、部屋割りはこういう具合……』とそれもメモしてくれた。

バカは早速、ドアの前に立つ。……そして。

「じゃあ、陽、たま、ヒバナ、海斗！　また後でな！」

「ああ。気を付けて」

バカは、残る四人に手を振って、元気にドアを開け、中に入っていくのだった！

二日目昼：裏切りの水槽

部屋の中に入ってすぐ、バカは目を輝かせた。

「うおおおおお！　魚ー！」

部屋の中央には、大きな大きな円筒形の水槽がある。その中にはでっかい魚が泳いでいて、さながら水族館のようであった。

「へえ……綺麗《きれい》じゃない」

「なんだか心癒されますね！」

デスゲームの中にも美しいものはある。バカもビーナスもミナも、しばし、水槽に目を奪われた。……だが。

「いや、諸君。あまり安心してもいられないようだぞ。どうやらこの水槽の底に、鍵があるようだからな」

土屋《つちや》は一人、表情を険しくして水槽を睨《にら》む。……言われて見てみると、確かに、水槽の底に鍵のようなものが見える。そして、この部屋から先に進むためのドアには、分かりやすく錠が掛けてある。あそこの鍵が、この水槽の底の鍵なのだろう。

「そして、ここの魚はただの魚じゃないだろう。ううむ、ピラニアの一種か？　大分大きいが……」

「へ……？　ピラニア……？」

更に、土屋はそう言って魚を睨んだ。バカは、『そっか、これ、ピラニアっていうのか……』と頷いて……。

「ピラニア……旨《うま》そうな名前だなあ……」

じゅる、と涎《よだれ》を垂らしかける。

「……もしかしてバカ君、ピラフとか想像してない？」

「或《あ》るいは、ビリヤニとか、ラザニアとか……確かに似た名前の食べもの、ありますよね！」

旨そう、とにこにこするバカに、ビーナスが『こいつ大丈夫かしら』と表情を引き攣《つ》らせ、ミナは『確かに名前が美味《おい》しそうですよね！』と優しく声を掛けてくれた。そしてバカは、ちょっぴりお腹《なか》が空《す》いた！

「えーと……そうですね、これは恐らく、ゴリアテタイガーフィッシュかと」

お腹を空かせたバカが出来上がったところで、ミナが解説してくれた。ミナは魚に詳しいらしい。

「アフリカに生息しているお魚です。現地では焼いたり煮込んだりして食べることもあるようです」

ミナの解説に、バカは『おお！』と目を輝かせる。食べられるなら食べたい。バカは丁度、お腹が空いてきてしまったところなのだ！……だが。

「それから……人を噛《か》みます」

「えっ」

「なので……その、とても、危険なお魚です、ね……」

……このお魚、食べるのはちょっと、難しいのかもしれない。

「あー……では、早速だがこれをどうにかしていかなければな」

バカの意識を『食べたい』から引き戻すかのように土屋が手を打って、水槽の攻略を始めることになる。

「どうやら配管を見る限り、中央の水槽の水は向こうの水槽へ移し替えることができるようだ」

「ああ……成程ね。水の四分の三くらいは、向こうに移し替えられる、のかしら」

土屋とビーナスの視線を辿《たど》っていくと、確かに、中央の水槽の下の方からパイプが伸びていて、そのパイプはポンプらしい機械を通して、空のでっかい水槽へと繋《つな》がっている。

「では水を動かす仕掛けを探しましょう。水位を下げて、鍵を取りやすく……あら？」

だが。ミナは空の水槽を覗《のぞ》き込んで、表情を曇らせた。

「……これって」

「どうやら、『水槽の中に入って』電源を入れねばならんようだ。そして、水位の調整などは外から行うことになるようだな」

どうやら、水を移す先の水槽の『中』に、ポンプの電源ボタンがあるようなのだ。それでいて、水量の調節レバーなどは、水槽の『外』にある。……つまり。

「つまり、誰か一人が溺死するリスクを抱えなければならない、ということだろう」

水槽の中に入った誰かは、水槽の外に居る誰かに命を握られる。そういう仕組みであるらしい。……まあ、バカにはよく分かっていないのだが！

「……まあ、私がやるべきかな」

すると、土屋が早速、ジャケットを脱ぎ始めた。

「若い者達《たち》を犠牲にするようなことはしたくないのでね。誰か、水槽の外で水量の調整を頼む」

「えー、俺、バカだから調整とか分かんねえよぉ……だったら俺が泳ぐよぉ……土屋のおっさんの方が頭良さそうだし、俺が潜った方がよくねえかぁ？」

早速、バカは土屋を止めに入った。なんだかよく分からない難しい仕事を残されても困る。バカは『いいか!?　適材適所ってモンがあるんだ！　お前は頭脳労働は避けろ！』とにかく肉体労働だ！　いいな!?』と親方に教えてもらったことを思い出していた。

「だから、これは俺がやるよ！」

「……樺島《かばじま》君。いや、しかし……」

「あと、俺も水泳したい！　どうしてもっていうんなら、一緒に潜ろうぜ！」

土屋は渋る様子を見せていた。バカはバカなので、『あっ!?　もしかして土屋のおっさんも実は頭脳労働ができない奴か!?』と勘繰っていたが、まあ、それはそれだ。土屋が多少バカだったとしても、バカよりバカということはあるまい。

「俺、やる気だけはあるから！　あと筋肉！」

「えっ、あっ、あのっ!?　かかかかか樺島さんっ!?」

ということで、バカはやる気のアピールのために、ぽいぽいっ、と服を脱いだ。勢い余ってパンツも脱ぎ掛けたところで、『あっ、そういえばミナとビーナスが居るんだった！』と思い出して、パンツは穿《は》いたままでいることにした。

「バカ君ってホントにバカ!?　ミナとか私とかが居る前でホイホイ脱ぐもんじゃないでしょうが！」

「ごめんってえ！　その分は働いて返すからあ！」

そうしてバカは笑顔でビーナスに謝ると……。

「……ん？　樺島君、君、おい、まさか」

「じゃ、鍵取ってくる！」

……意気揚々と、中央の水槽に向かっていった。

「待て待て待て待て！　待ちなさい！　こら！　その水槽には……その、なんだ！　ピラニアより危険な魚が居るんだぞ!?」

そして、流石《さすが》にそんなバカを土屋が止めた。

「ま、まあ、待ちなさい、樺島君。すまないな、私の説明が足りなかったな」

土屋は大分疲れ切った顔でそう言うと、バカにも分かるようにもう一度説明してくれる。

「ええとだな、魚を除去できるか、あるいは、水に入らずに鍵を手に入れられるくらいまで水位を下げる必要がある。そのために、中央の水槽の水を横の水槽に移す作業が必要なのだろうが……」

うんうん、とバカは頷《うなず》きながら聞いて……それから、ん？　と首を傾《かし》げる。

「なーなー、つまりさあ、魚全部取ればいいんだよな？」

「まあ、そういうことになる。現実的に考えると、水位をギリギリまで下げて、その間に鍵を取る、ということになるだろうが……」

「あっ、だったら大丈夫だ！　魚の取り方なら、親方に教えてもらったから！」

バカは『なら安心！』と納得して、また意気揚々と中央の水槽へ向かっていくと、勢いよく踏み切って、走り高跳びの要領で三メートル近くある水槽の縁まで一気に登った。そして。

「あっ、お前ら、耳塞いどいてくれ！　えーと、あと、物陰に隠れたほうがいい、かも……って言えって親方が言ってた！」

バカが満面の笑みでそう言ったので、土屋とミナとビーナスは顔を見合わせ……そして、そっと、耳を塞ぎ、そして、じりじり、とバカから離れ、コンクリート壁の後ろに入った。

バカはそれを見届けると、満面の笑みで……水槽に、ざばり、と顔を突っ込み、そして。

「我らぁあああああああああ！」

バカは、水中で叫んだ。

途端、水が、ズドン、と大きく揺れ、ぴし、と水槽に罅《ひび》が入る。だが、まだバカは止まらない。

「こぉおおこにぃい！　集ぉおおいしぃいー！　キューティーでッ！　ラブリーなッ！　益荒男達《エンジェルズ》ぅうッ！　おおぉおおぉおー！　キューティーラブリーエンジェル建設ー！　あぁあああぁ！　キューティーラブリーエンジェル建設ぅううう！　ああぁあああぁあああああ！」

歌った。

バカは、腹の底から、魂の限りに歌った。その結果、水槽には罅が入り、当然のようにゴリアテタイガーフィッシュは死に、ぷかぷかと水面に浮かんだ。

ぴゅーぴゅーと水槽の罅から水が漏れ出る中、バカは元気に水の中へと飛び込み、悠々と三メートル程度の潜水をこなし、そして。

「鍵、とれたぞー！」

ゴリアテタイガーフィッシュの死骸の間からざばりと元気に顔を出し、笑顔で鍵を振って見せる。

「……何だ、今のは」

土屋が唖然《あぜん》としていた。ビーナスも唖然としていた。ミナは気絶していた。そしてバカは只々《ただただ》、笑顔で答える。

「あっ、今の!?　今のはなー、俺の職場の社歌ぁ！」

そうしてバカは水から出て、ぶるぶるぶる！　と勢いよく体を震わせると体表に付いた全ての水滴を払い落とした。そうしてから改めて服を着て、バカは三人の元へ戻る。

「鍵！　とれた！」

「あ、ああ……ええと」

戻って来たバカに対して、土屋は困惑していたが……やがて、にこ、と微笑《ほほえ》みを浮かべた。

「……よくやったぞ、樺島君！」

「おう！　役に立ててよかった！」

……土屋は、いい奴《やつ》なのである。いい奴なので、一生懸命やったバカを傷つけないように、とりあえず褒めてくれたのである。そしてバカは、褒められて喜んだ。皆の役に立てること、そして皆に褒めてもらえることが、バカの喜びなのである！

「……ミナが気絶しちゃったんだけど、どうすんのよ、これ」

「う、うーむ……ひとまず、解毒装置には本人の意識が無くとも、座らせることができそうだからな……解毒だけしておこう。後は、目覚めるまで待つ、ということになるか……」

さて。とりあえず、この部屋のゲームも無事、解決した。が、ミナがさっきのバカのクソデカボイスによるキューティーラブリーエンジェル建設社歌で気絶してしまったらしいので、さっさと解毒だけして、それからはミナの回復を待つことになる。

ミナはバカが運んだ。『女子は確か、コンクリの袋みたいに運んじゃいけないんだよな！　こういう風に運べって親方が言ってた！』と思い出したバカは、ちゃんとミナをお姫様抱っこして、しゃなりしゃなりと歩いた。ビーナスが何とも言えない目でバカを見ていた。

バカが取ってきた鍵で土屋《つちや》が錠を外したら、さっさと奥の部屋へ進む。案の定、そこには解毒装置があったので、そこにミナを座らせて、ミナの解毒を終えてしまう。

「あうっ……う、ううん……？」

「あっ、よかった。目が覚めたのね」

そしてミナは、解毒の時の注射か何かの衝撃で目を覚ましたらしい。よろよろと椅子から立ち上がるミナをビーナスが支えてやる間に、土屋がガラクタ置き場の中から適当な椅子を持ってきて、そこにミナを座らせてやる。

「よし。では先に失礼するよ」

「どうぞ。時間はたっぷりあるしね」

続いて土屋も解毒を終え、その次はビーナスだ。そうして三人全員が解毒を終えたところで……。

「で、さっきのは何だったのよ！」

「ん？」

「あの歌みたいな奴！　何!?　何だったの!?」

ビーナスがバカに食って掛かった。だが、バカは動じることなく笑顔で答える。

「あ、社歌か？　えーと、俺、キューティーラブリーエンジェル建設フローラルムキムキ支部ってとこに勤めてるんだ！　そこの社歌ぁ！」

「フローラルムキムキ……!?」

「ああ！　所長が、『やっぱりこれからの時代はムキムキであってもフローラルでなければハラスメントとされかねない』って、『北埼玉支部』から『フローラルムキムキ支部』ってかっこいい名前に変えてくれたんだぜ！」

「かっこいい!?　君の基準ではかっこいい名前なのか!?　い、いや、しかし、埼玉県がフローラルムキムキ県になったら嫌だろう!?」

「いいじゃんフローラルムキムキ県！　あっ、そういや日本って、名前ほとんど同じ県あるよな？　ああいう県も名前変えたらどうかなあ！　ほら、福なんとか、五つぐらいあるだろ？」

「三つだな！　だがまずは福井と福岡と福島に謝りなさい！」

バカはバカなので、日本地図の中身をほとんど覚えていない。長崎と沖縄の区別すら、今一つ付いていない。その程度である。だがとりあえず、北海道は分かる。何故《なぜ》ならチーズ蒸しケーキに描いてあるからである。

「……悪夢？　ねえ、ミナ。これ、悪夢？」

「も、もう、何が何やら……」

ビーナスはげんなりしていたし、ミナはまた気絶しかねない顔になってきた。そしてバカは鼻歌でフンフンと、『キューティーラブリーエンジェル建設社歌』を歌っていた。ゴキゲンである！

「さて……こんなに時間が余るとはなあ。流石に予想外だ」

「そうか？　俺の方はさっきもこんなかんじだったぞ？」

「ああうん、分かったぞ。樺島君が居ると途端にゲームが凄《すさ》まじい速度で終わるわけだな……」

さて。土屋がビーナスと樺島と土屋自身の分も椅子を持ってきて、それぞれが着席することになった。だが、着席してみたところでやることが無い。何故なら、凄まじい速度でゲームが終わってしまったので。

「本来なら、誰が水槽に入るかで揉《も》めていただろうし、鍵を取るのも簡単にはいかなかったのだろうな。或《ある》いは、どちらかで死者が出ていた可能性もある……そう考えると、これは非常に珍しい状況なのだろうな。ふう……」

土屋はそう言って、椅子の背もたれに体重を預けた。なんというか、精神が疲れてしまったらしい。その気分はバカにもなんとなく分かる。原因がバカであることは分かっていないが。

「まあ……バカ君が色々と規格外ってことは分かったわ。どう考えてもおかしいでしょァレは」

「そうかぁ？　俺の職場では結構皆やってたぞ？」

「あんたの会社どうなってんのよ！」

　バカの記憶には、社員旅行先で『この辺りには外来種のニジマスが住み着いてしまって、在来種が追い出されてしまったんですよね……』と解説された川で皆で社歌を歌って、その晩はニジマスバーベキューになった時のことが鮮明に残っている。尚《なお》、これらをやる都合で、キューティーラブリーエンジェル建設の社員旅行は大体、『食べられる外来種に占拠された川や池』ということになっている。カミツキガメとか。アメリカザリガニとか。ジャンボタニシとか。

「……まあ、こんなバカ君だから、今後も扱いには注意が必要よね。下手な奴の味方に付かれたら厄介だし……」

　バカが『そういやお腹《なか》減ったなあ』と思っていると、ビーナスが唐突に、バカの話を始めた。

「そう、ね……ねえ、バカ君。バカ君は、誰の味方に付く予定？」

「え？」

「人間の魂は一つ。それで、願いを叶《かな》えたい人は……土屋さんとミナとバカ君を除いたとしても、残り五人。バカは絶対に喧嘩《けんか》になるわけじゃない？」

そうだった。バカはビーナスの話を聞いて思い出したが、そう。そうなのである。この後……三日目を終えたら、その先の四日目には必ず、喧嘩が待っているのだ。

「いや、俺、誰の味方とか、そういうの、やりたくねえよぉ……」

「そう？　まあ、そうならしょうがないけれど……」

喧嘩のことを考えると気が重い。バカはできるだけ、自分の手に負えないことは考えたくない。バカが考えたところであんまり意味はないし、考えてもバカが疲れてしまうだけなら考えなくてもよいだろう、とバカは思っている。……だが。

「でも、少なくとも海斗《かいと》には気を付けた方がいいわ。多分、あいつ、土屋さんを殺そうとしたのよ」

ビーナスがそんなことを言い出したので、バカはびっくりした！

「えっ……えっ!?　どういう意味だ!?」

バカが一人、おろおろしていると、ミナも困ったようにおろおろしていたし、土屋は『難しい顔で黙り込んでしまった。なので、喋《しゃべ》るのはビーナスだけになる。

「さっきも説明を聞いてたと思うけど、私達《たち》が入った部屋の『ゲーム』は、トラップを起動させてしまうと矢が飛んでくる、っていうものだったわ。つまり、トラップを起動させないように慎重に進めば、矢は飛んでこないのよ」

「俺、絶対に苦手なやつだと思う！」

「でしょうね。……で、私達はバカ君には難しいであろうそれを、やったのよ。少しずつ、安全を確認しながら進んでいて……それで多分、海斗が、わざとトラップを起動させたんだわ。土屋さんを殺すためにね」

バカは少し困った。状況を上手《うま》く想像できない。だが、『何かミスすると誰かの命にかかわることがある』ということは、建設業をやっている以上、なんとなく実感できるものだった。

「……そ、それ、うっかり、だったんじゃねえかなあ」

だからこそ、バカはそう思うのだ。誰かを殺そうとして労災を起こす者なんて居ない。いや、居るのかもしれないが、バカの知る範囲には居ない。

労災というものは、事故なのだ。誰かが悪意を持っていたというものではなく。……だからこそ、海斗のそれも、そういうことなのだろう、と思うのだが。

「この状況でも『うっかり』なんて言える？　その『うっかり』で人が死ぬところだったのに？」

だが、ビーナスは手厳しい。そして、ご尤《もっと》もでもある。労災は労災だ。絶対に、出してはいけないのだ。事故があったら、痛い思いをしたり、悲しい思いをしたりする者が出てしまう。だから、バカ達キューティーラブリーエンジェル建設の社員は、皆で気を付けながら働いているのだが……。

「それに、『うっかり』だったとしても同じことでしょ？　『うっかり』で人を殺すような奴には注意が必要。『うっかり』で人を殺すような奴とは組みたくない。それで十分よ」

「そ、そっかぁ……」

……バカは、幾度となく失敗してきた側として、ビーナスの言葉にしょんぼりしてしまう。

同時に、『俺は職場で沢山ミスしたことあるけど、見捨てられたことはなかったから、やっぱり幸せだなあ』と思うのだ。

「……まあ、実のところ、私自身は海斗がトラップを起動したところを見たわけでもないのでな。何とも言えない。私自身がうっかりトラップを起動していたのかもしれないし、もし、ビーナスが起動していたとしても、まあ理屈の上ではおかしくないからね。海斗のせい、と断ずる気はない」

一方、土屋はそう言ってため息を吐《つ》いた。

「ちょ、ちょっと！　私があなたを殺そうとしたって言うの!?」

「そんなことを言うつもりも無いさ。だが、ここで仲違《なかたが》いしていても悪魔の思うつぼだ、とは言わせてもらおうかな」

土屋の言葉に、ビーナスは少しばかりぽかんとして、それから、苦い表情を浮かべた。

「……そういえばそうだったわね。土屋さんもミナも、自分の願いを叶える気はないいんだったっけ」

「そうだな。……逆に君にとって、悪魔は『手を組むべき相手』か」

「かもね。ま、引き際は見誤らないつもりだけど……でも、願いは叶えたい」

ビーナスは自嘲気味に笑って、ふと、表情を陰らせる。なんとなく、苦しそうだ。

「叶えなきゃ、いけないのよ。どうしても。そのために、ここに来たんだから……」

どうもビーナスは、思いつめているような、そんな様子である。そんな彼女を見ていると、バカとしてはなんとも落ち着かない。そわそわする。そわそわしちゃうのだ！

「……な、なあ。考えてたら、腹減ってきちゃったよな？」

「は？」

なので、バカはそう提案するのだ。悲しい時にも腹は減る。そして、お腹いっぱいになったら、少しは元気が出るというものだ。

つまり、バカが取るべき行動とは……！

「なあ！　さっきのピラフ、食べていいか!?」

食料の調達！　即《すなわ》ち、先程の社歌漁によってぷかぷか浮いているお魚を持ってくることである！

「ピラニアだな。いや、あの魚はゴリラタイガーフィッシュ、だったか……？」

「ゴリアテタイガーフィッシュ、ですね。一応、食べることはできますよ。ただ、調理するための火も器具もありませんが……」

「いや、ガラクタの中にナイフはあったぞ。捌《さば》くことはできそうだ」

「そっか！　なら俺、刺身好きだから大丈夫！　やったー！」

許可を貰《もら》ったバカは、ひゃっほう！　と元気に駆けていく。今のバカを突き動かすものは、他三人への気遣い四分の一、自分の食欲四分の三ぐらいの割合である。まあ、バカは他者を励ましたい優しいバカではあるが、それ以上に、お腹が空《す》いてきた単なるバカであるので。

バカは水漏れが激しい中央の水槽にまた戻り、そこでゴリアテタイガーフィッシュを両手に抱えて、また解毒装置の部屋へ戻った。

「よし！　お前らも食うか？」

「いや私はいい」

「私もいいわ……」

「え、ええと……じゃ、じゃあ、私は、一切れだけ……」

バカは意気揚々と持ってきたのだが、三人の反応は今一つである。まあ、それでもビーナスが寂しそうな顔から呆《あき》れ返った顔になっているので、一応、バカの試みは成功したと言えよう。

「そうか？　まあ、まだあるから食べたくなったら言ってくれよな！　取ってくるから！で、えーと、どう切ればいいんだろうなあ、これ……こうか？」

そして早速、バカはナイフを片手に、ゴリアテタイガーフィッシュに向かい合う。『こう？　こう？』と、眉根を寄せつつ、どう包丁を入れたものか悩む。勿論《もちろん》、答えは出てこないが。

「ふふ……樺島《かばじま》さん。貸してください」

すると、ミナがくすくす笑いながらそっとやってきて、バカの手からナイフを持っていった。そしてそのままゴリアテタイガーフィッシュへと向き合うと……すっ、とナイフを入れ始めた。

ミナがナイフを動かすと、すぐさま内臓が取り出され、続いて背骨が外れた魚のフィレが出来上がる。まるで魔法でも見ているかのような光景に、バカは思わず息を呑《の》む。

「うわっ、ミナ、すげえなあ！　魚、捌けるのかぁ！」

「はい。少しだけなら……」

バカが褒め称《たた》えると、ミナは照れたようになりながらも慣れた手つきでゴリアテタイガーフィッシュを捌いていき、やがて綺麗《きれい》にフィレになったゴリアテタイガーフィッシュは、そのまま刺身へと変えられていく。

「驚いたな……。ミナさんは料理人か何かなのか？」

「いいえ。お料理は趣味です。あっ、でも、飲食店でアルバイトをしています」

「へー、なんだかイメージ通りだわ」

ミナは照れつつもさくさくと魚の身を切り分けていき……そして。

「あああっ!?　樺島さん！　そこは身じゃないです！　肝です！　内臓です！」

ミナが悲鳴を上げた。……そう！　バカは丁度、ゴリアテタイガーフィッシュから取り出された内臓を、もにもにと食べていたのだ！

「だ、大丈夫ですか!?　樺島さん、大丈夫ですか!?」

「ん！　これもいける！」

「いいえ！　お味じゃなくて！　その、寄生虫とかぁ！」

「うん！　よく噛《か》んで食べれば大丈夫だって親方に教わった！」

ミナが『あわわわわわわ』と慌てている横で、バカはすこぶる元気に魚のモツを食らっている。元気だ。バカは元気だ。そしてバカだ。

「え、ええええ……やだぁ、いよいよバカだわ……」

「う、ううむ……秋刀魚《さんま》の内臓はオツな味だが、流石《さすが》に生で食べるのはな……」

ビーナスと土屋《つちや》は、最早《もはや》すっかり匙《さじ》を投げているらしく、茫然《ぼうぜん》としているばかりだ。バカはただ一人ご機嫌なまま、もにもにとモツを食べ続けるのであった。

……が。

「おっ!?　なんか入ってる！　種かな!?」

「ミカンじゃないんだから……え？　何か入ってるの？」

モツをもにもに食べていたバカは口内のそれに気づいて、もにもに、と口を動かして……ぺっ、と、吐き出した。

「うわ、やめてよ汚い……え？」

「……うん？」

「……これ、何でしょう？」

始めこそ嫌がっていたビーナスだが、今やそんなビーナスも含めて全員が、バカの手の上に吐き出されたそれを見つめていた。

そこには、三叉の槍《やり》めいたマーク……つまり、海王星のマークが付いた鍵があったのである。


「……鍵、よねえ」

「鍵だな」

鍵である。バカはしげしげと見つめてみるが、やっぱり鍵である。どう見ても、鍵である。

「鍵……え？　どこのだ？」

だが、バカの問いには誰も答えない。……そう。誰も、答えられないのだ。誰もこの答えを知らないのだろう。

「……少し、探してみよう。もしかしたら、この鍵で開く何かがあるかもしれん」

やがて、土屋がそう言って立ち上がる。時計を見てみると、まだ、時間は三十分以上あるようだった。少し部屋の中を探すくらいなら、十分に可能だ。

「ミナさんはもう一匹、魚をおろしてみてくれるか」

「え？」

更に、土屋はそんな指令を出した。ミナは首を傾《かし》げ、ビーナスも首を傾げ、そしてバカは納得して深々と頷《うなず》いた。バカは『そっかー、土屋のおっさんも腹減ってたんだなあ』と思ったのである。当然、違う。

「他の魚にも同じようにこれが入っているのか、確認しておきたい。我々が運よくこれを見つけてしまっただけなのか、我々に見つけられるようにわざと設置されているのかどうか、知りたいんだ」

が、バカの推測は全く当たっていなかった。どうやら、土屋には土屋の考えがあるらしい。バカにはよく分からないが……。

「わ、分かりました！　あの、樺島さん！」

「分かった！　とってくる！」

ということで、早速バカは動く。命令を出された時のバカの動きは速い。何をすべきか自分で考えるのは少し苦手だが、人に頼まれたことをこなしていくのは得意な方だ。そして。

「十四取ってきた！」

「そんなには要らんなあ……」

「ええええ!?　多い方が良くないか!?」

バカは、両手いっぱいのゴリアテタイガーフィッシュを抱えて戻ってきた。土屋もミナもビーナスも、それぞれに遠い目をしたり、呆れ返ったり、『こんなにいっぱい捌けるかしら……』と心配したりしていた。

さて。そうしてミナが頑張って魚を捌き始めたところで、土屋とビーナスとバカは部屋の探索を始めることになる。

「鍵穴とか、鍵がかかっていそうなものを見つければいいんだよな？」

「ああ、そうだ。……樺島君は体格がいいからなあ。天井や壁の高いところなんかもよく見えるだろう。そういうところもしっかり見てみてくれ」

「おう、任せろ！　俺、これでも視力はいい方なんだ！」

「……その視力っていうのも多分、一とか一・五とかじゃないんでしょうね……。十とか十五とか、桁が違う気がするわ……」

ビーナスが頭の痛そうな顔をしている一方、バカは目をキラキラと輝かせつつ、一生懸命に鍵穴を探し始める。まずは、土屋に言われた通り、天井から。

「うーん……特にねえなあ」

目を凝らして見てみるが、鍵穴らしいものは見当たらない。続いて、壁も全部、見てみることにするが、やはり、壁にも無い。

天井、壁、ときたら、次は床である。バカは部屋中をうぞうぞと這《は》いまわって床を確認した。だが、やはり鍵穴は無かった。

「無いなあ……」

見落としているだけかなあ、と、バカはそのまま壁も這い回り、ついでに天井も這い回り始めたのだが、ビーナスに『虫みたいで気持ち悪いわね……』と言われてしまったので、しょんぼりしながら床に落ちてきた。

「床にも壁にも天井にも、鍵穴っぽいのは無かったぞ」

「でしょうね。はあ……」

報告してため息を吐《つ》かれてしまったので、バカは余計にしょんぼりする。……だが。

「あるとしたら、土屋さんが調べてるあっちでしょ」

ビーナスが指差す方には、例の水槽……『人が中に入って水を注がれる予定だった方の水槽』の中を調べる土屋の姿があった。……そして。

「おーい！　あったぞー！」

そう、土屋の声が聞こえてきたのである。

……ビーナスが、『ほらね？』と言ってきたので、バカは『すげえ！』と拍手を送った。

「あったぞ。ほら、ここだ」

見ると、土屋が言っていた通りに鍵穴があった。

……それは、水槽の底。床に当たる部分に、確かに、鍵穴があるのである。

「開けてみるかぁ？」

「そうだな……ふむ、まずはミナさんの方も確かめてからにしてみようか」

だが、開けてみるのは皆が揃《そろ》ってからの方がいい。土屋の提案に従って、バカは水槽の外に出て、ミナを呼んでくることにする。

「あっ、樺島さん！　見てください！　このお魚、みんな、お腹《なか》の中に鍵が！」

「うわっ鍵がいっぱいだ！」

……そして、そこで魚の腹から出てきたらしい鍵、総数十個が並べられているのを見て驚く。

「つまりこの鍵は、どの魚であれ、一匹でも捌いてみれば必ず見つかる類のものか。ふむ……」

「つまり、見つけることを想定して、設置されている、んですよね……？」

「そうかしら？　本来だったら見つからないでしょ。……普通にゲームを攻略していたら、お魚、捌く？」

「捌いたぞ！」

「まあ今回はね。バカ君がお腹空かせてたからね。でも普通はやらないわよ」

この鍵が見つかったのは、必然か偶然か。どちらの意見も尤《もっと》もなように聞こえる。バカは大いに頷いた。理解はあまりしていない。

「……まあ、普通はやらないことではある。だが、何かの拍子に魚を切り開いたら比較的すぐ見つかる、ということは確かだな。『普通やらない行動を取ったら鍵が見つかるようにできている』とは考えていいと思う」

土屋はミナとビーナスの意見を集約して、難しい顔をする。

「言ってしまえば、『おまけ』のようなものだろうか」

「おまけ？」

バカが首を傾げていると、土屋は力強く頷いてくれた。

「ああ。見つけなくてもゲームはクリアできる。だが……見つけられれば、何かが手に入る」

「何か、ってなんだよぉ」

更にバカが首を傾げると、土屋は笑って……それから、水槽の中に踏み入り、床の鍵穴の前に屈《かが》みこむ。

「それを今から確かめるのさ」

カチャリ、と鍵が回る。皆が緊張しながらそれを見守っていると……。

「……これは」

「あっ、かわいいですね！」

土屋が床の小さな扉の中から取り出したのは、人形だった。

「海斗《かいと》に似てるなあ。へー、なんかかわいいなあ」

人形は、海斗に似ている。人形であるのでどこか可愛《かわい》らしい姿ではあるのだが、背格好や服装、『むっ！』としたかんじの表情までもが、海斗に似せてあるのだ。

本物の海斗は神経質でちょっと厭味《いやみ》ったらしいあんちゃんだが、こうやってデフォルメされてお人形になっているとなんとなく可愛い、というのはバカにも理解できる。……だが。

「……これはまずい、か……？」

「ん？……ん!?　これ食うのか!?」

「いや、違う。味の話じゃあない！　ええと、なんだ、その……」

土屋は歯切れ悪く言いつつ、人形をじっと見つめて……。

「……呪いの人形、じゃ、ないだろうな、これは」

そう、言った。

呪いの人形。そう聞いたバカは、ピンときた。

「呪いの人形……あっ！　神社の木から採れる奴《やつ》！」

「と、採れる……？」

「おう！　職場の先輩が神社の木からいっぱい採ってきて、それで納豆作ってた！」

「どこから何を言ったらいいのか分かんないわねもう」

バカは、あの時先輩からごちそうになった納豆が美味《おい》しかったことを思い出してにっこりした。

同時に、先輩の言葉も思い出す。

先輩は言っていた。『いいか？　樺島《かばじま》。本来、この人形ってのは、人間の恨みつらみが籠ってるもんだ。だが、それに大豆を詰めて発酵させたら、そういうのが全部吹き飛びそうな気がしねえか？　だから俺はこれで納豆を作り続ける。この世に人の恨みつらみと藁《わら》人形《にんぎょう》がある限り、ずっとな……』と。そう言いながら大豆を茹《ゆ》でていた先輩の横顔はかっこよかった。

「ま、まあ、納豆は置いておくとしても……うむ、藁人形には五寸釘《ごすんくぎ》を打ち付ける、というイメージがあるが、これもその類なんじゃないかと思ってな。悪魔のデスゲーム、というくらいだ。そういう非現実的な効果の人形があってもおかしくはないだろう？」

バカは、『そっか、藁人形は人間の恨みつらみが入ってるんだもんなあ』と納得する。

だから先輩はあれで納豆を作るのだ。……それと同時に、この海斗人形にも、そういうのが詰まっているのだろうか、とバカはちょっぴり心配になってくる。

「そうね。皆、ブードゥー人形、って知ってる？」

そんな中、ビーナスがそう、話し始める。

「元々は呪いの道具だったみたい。これを憎い相手に見立てて、針を突き刺すのよ。そうすると、相手に苦痛を与えることができるんですって。でも、現代では身代わりになってくれるお守りだとか、幸運を呼び寄せるグッズだとか、そういう扱いになってるわ。心配要らないんじゃない？」

ビーナスはそう言うと、笑って土屋《つちや》に手を差し出した。

「それ、私がもらってもいい？　結構かわいいし、気に入っちゃったんだけど」

土屋は、じっとビーナスを見つめる。ビーナスも、微笑《ほほえ》みを湛《たた》えたまま土屋を見つめている。

「……そういえば、ビーナス。海斗君が私を殺そうとした、と言っていたな？」

「ええ。私、見たもの」

「ならば私がこれを持っているのが一番いい。そうは思わないか？」

土屋の言葉に、ビーナスは少し驚いたような顔をしてみせた。

「あら。それが呪いの道具だ、って言うつもり？　まさか、それに針を刺したら海斗が本当に苦しむとでも？」

「さてな。そのあたりは、私より君の方が詳しそうだが」

それからまた二人はじっと見つめ合い……しかし、先に諦めたのはビーナスだった。

ビーナスは、はあ、とため息を吐きつつ、『やれやれ』とばかりに首を振った。

「そう。なら、それはあなたに預けておくわ。……全く、食えないおっさんねぇ」

「そりゃあどうも。生憎《あいにく》、私は頑固オヤジで通っているようなオッサンだ」

土屋は苦笑しつつ、海斗人形をハンカチに包んで、大事に自分の胸ポケットに入れた。

ビーナスは呆《あき》れたような微笑みを浮かべていたし、ミナは少し、おろおろしていた。

そしてバカは、『そっか、土屋のおっさん、ああいう人形、好きなのか……』と納得していた。当然、誤解である。

「……ああ、そろそろ時間だな」

それから、土屋が腕時計を見てそう呟《つぶや》く。バカも確認してみると、丁度、昼が終わるところだった。なので、全員揃って移動して、解毒装置の部屋までやってきた。それとほぼ同時に、リンゴン、リンゴン、と鐘の音が向こうの方から聞こえてくる。

「よし、行ってみようか……ん？」

だが。

「……ドアが、開かないな……？」

何故《なぜ》か、ドアは閉じたままである。

土屋が訝《いぶか》し気《げ》にドアに近づいて、ぐ、とドアを押す。だが、ドアは動かないようだった。

「えっ？　開かないの？」

「あ、ああ……。む、どうしたものかな、これは」

土屋は更に、ぐぐ、とドアに力を込めているのだが……どうやら、ドアを開けられないらしい。

……と、いうことで。

「えーと、じゃあ、俺のタックルの出番だな！」

「……そうだな。ここには君が居るんだった」

土屋が、にこ、と何とも言えない生暖かい笑みを浮かべる中、バカは元気に進み出る。

バカは助走のため、ドアから十分に距離を取り、姿勢を低くタックルの構えを取る。一方、他三人はバカとドアからできる限り距離を取った。バカが吹っ飛んできてもドアが吹っ飛んできても何とかなるように、ということらしい。

「よし！　じゃあいくぞー！」

「ああ、くれぐれも気を付けてやってくれ」

ということで、バカはいよいよ、ドアに向けて床を蹴り……。

「うっ……！」

うめき声を聞いたバカは、動いてしまってから慌てて急ブレーキをかけ、べちん！　とドアにぶつかって止まってからなんとか、そちらを見た。

……するとそこには、啞然《あぜん》とした土屋とミナ……そして、ごぷ、と、血を吐いているビーナスの姿があった。

二日目夜：大広間

「ビーナスさん！」

すぐさまミナが駆け寄って、蹲《うずくま》るビーナスの傍らに膝をつき、異能を使い始める。

さっき見たのと同じように、水色の光がミナの手に満ちて、それがビーナスを癒していく。ビーナスは荒く呼吸しながらもなんとか、顔を上げた。

「ビーナス！　おい！　大丈夫か!?」

「な、んとか、ミナのおかげで……助かった、わ……」

ビーナスがなんとか持ち直したのを見て、ミナはへなへなとその場に座り込んだ。『よかったぁ』と呟く彼女の横にバカもへたりこんで、共に『よかった！』『よかった！』と喜びあった。

「ふむ……すまない、ビーナス。落ち着いていないところ申し訳ないが、何があった？」

そこへ、土屋が深刻な表情でそう、問いかける。するとビーナスは憔悴《しょうすい》した表情のままに頷《うなず》いて、話し始めてくれる。

「急に、胸が潰れるみたいな痛みが、あって……」

「……首輪の毒か？」

「わから、ない……けれど、多分、違……」

ビーナスの答えを聞いて、土屋は、ふむ、と首を傾《かし》げる。ミナは不安そうにしているし、バカは何も分からないのでおろおろするしかない。

「そうか……まあ、今はとにかく、他の四人との合流を急ぐべきだろうな。ビーナスのこれが、残り四人の誰かの異能によるものでないとも言えない。そうではないと、信じたいが……」

土屋はまた深刻そうにそう言うと、ビーナスを椅子に座らせ、それからバカを見つめた。

「……ということで、樺島君。やってくれるか」

「おう！　任せろ！　タックルだよな!?　それなら俺、得意だぞ！……よし！　タックルーッ！」

「タックルしながら『タックル』と言うのか、君は……」

ということで、バカはドアにタックルした。すると。バキイ！　といい音がして、ドアが吹っ飛んだ。……そして、ドアの向こうにあったらしい、諸々《もろもろ》も。

そう。ドアから吹き抜けの上階に出てみれば、なんと、そこにはつっかえ棒の如《ごと》く、机やら何やらが置かれていた形跡があった。

「机……？　これが、つっかえになっていた、ということでしょうか……？」

無論、それらは全てバカのタックルによって吹き飛び、或《ある》いは木っ端微塵《こっぱみじん》に粉砕されて、吹き抜けの手摺《てすり》すら破壊して大広間の中央にまで散らばっている。だが、状況を見るに、この部屋を封鎖するようにバリケードが築かれていたらしい、ということは確かだろう。

「これは……残り四人がやった、のか……!?」

愕然《がくぜん》とした土屋の横で、バカは『予想以上に色々吹っ飛んじまってる！　あああ！　損害賠償！』とショックを受け、そして、ミナはおろおろと戸惑っていた。

「あ、あの、土屋さん。それは不可能なはずです。だって私達《たち》、鐘が鳴ってすぐ、ドアを開けようとしました。でも、その時には既にドアは開きませんでした。残り四人だって、ゲームの部屋に入っていたはずです。なら、彼らがこちらのドアの向こう側にバリケードを築く時間なんて、無かったはずで……」

「いや、ミナさん。やろうと思えば、彼らはできた。……昼の間、ゲームの部屋に入る『前』にね」

ミナの反論の前で、土屋は暗い面持ちのまま、じっと床の木っ端に視線を落として説明した。

「私達四人が部屋に入ったのを見届けた後、彼らもまた、すぐに部屋に入った。そう、我々は思っていたが……部屋に入る前に急いで私達の部屋の出口前にバリケードを築くことは、十分にできたはずなんだよ」

「そ、そんな……」

ミナはショックを受けているし、バカも流石《さすが》にちょっとは内容を理解して、ショックを受けた。

つまり、たまと陽《よう》とヒバナと海斗《かいと》の四人組が、バカ達四人を部屋に閉じ込めようとした、ということになる。何かの間違いじゃないのかな、とバカは思うのだが、バカはバカなので、反論の材料を一切持っていない。……だが。

「……まあ、その場合、『何故』ということになるが」

ふう、とため息を吐《っ》きつつ、土屋は少々首を傾げた。

「へ？」

「いや、こちらには樺島君がいる。そしてそれは、残り四人も分かっているだろう？　なら、バリケードが破壊されることは想定できたはずなんだ」

土屋の言葉に、ミナはぽかん、としつつ、周囲に散らばった木っ端を見て納得の表情になった。

「……ほら、現に、このバリケードも樺島君のタックル一つで吹き飛んでしまった。そして、たまさんと陽とヒバナについては直接樺島君のパワーを見ているわけだし、海斗にしたって、話は知っているはずだ。そもそも、四人がゲームの部屋に入る前にバリケードを築こうとしたら、四人全員が共犯でなければ成り立たないからな。まあ、難しいだろう」

そう。このバカがとんでもないパワーの持ち主だということは、既に全員が知っているのだ。一日目のゲームでバカが鉄格子を壊したり曲げたり、ライオンを撲殺したりしていることは全員に伝わっているのだ。そんなバカの前にバリケードを築いたところで、そんなものは猫の前の障子、バカの前のバリケード。そんなことは全員知っているはずなのである！

「つ、つまりどういうことだよ。俺、バカだからわかんねえよお……」

「あー、すまない樺島《かばじま》君。私も確かなことは言えない。ただ、推測するに……」

そうして、バカにせっつかれた土屋は、苦笑しながら言った。

「……悪魔が私達の仲違《なかたが》いを勃発させるために仕組んだことなのでは、とは考えられる」

「そ、そっかあ！　よかった！　なら、悪い奴《やつ》は居ないってことだよな!?　な!?」

「まあ、そう考えることもできる、と私が思っただけであって、真実とは限らない。残り四人が本当にやっていないとも言い切れないしな……」

土屋は歯切れが悪かったが、バカは元気になった。そうだ。誰も悪いことをしていないのであれば、それが一番いい。バカはそう思う。

「じゃあ、残り四人に直接聞いてみようぜ！　向こうももう、戻ってきてるだろ!?」

なので、バカは意気揚々と、元気に階段に向かって歩き出した。恐らく、下で待っているのであろう残り四人……たまとヒバナと陽と海斗に、直接話を聞くために。

だが。

「……あれ？」

バカは、大広間に下りて、きょろきょろと辺りを見回して……そして、首を傾げた。

「いないなー……あれぇ？」

そう。そこには、誰も居ない。たまも、ヒバナも、陽も、海斗も、誰も居ない。

「居ない、か……これは……ううむ」

土屋《つちや》はいよいよ顔面蒼白《がんめんそうはく》になりながら、バカに続いて大広間を見回し……そして、また、上階へと戻っていく。バカも土屋に続いて戻っていけば、ミナも付いてきて、そして。

「ゲームの部屋のドアは、空いている、わけだが……」

……そして、たまチームの入った部屋を逆走すべく、足を踏み入れて……。

「くそ……このゲームは……こういう、ものなんだな……」

部屋の奥には、憔悴しきった顔で呟く陽の姿があった。

そして、陽の視線の先、ドアのすぐ傍《そば》の、床の上には……。

「こ、これは一体……!?」

土屋が愕然とし、ミナが両手で口元を押さえて目を見開き……バカはすぐさま三人へと駆け寄る。

「たま！　ヒバナ！　海斗！　しっかりしろ！」

……たまとヒバナと海斗。その三人が、床に倒れていた。

バカはすぐさま三人の様子を確認する。だが……呼吸が無い。脈も、無い。

「み、ミナ！　なんとかならねえか!?　これ、海斗とヒバナ、吐いてるけど！」

バカは、ミナに声を掛けた。さっきビーナスにやったようにやってくれれば、と。……

だが、ミナは動かない。

「ミナ！　頼むよぉ！」

「……や、やってみます」

バカが再度頼んで、ようやくミナは動く。……だが、海斗の横に膝をついて手をかざしたミナの手に、水色の光は宿らない。

「え？　あれ？　何も起こらねえ……」

バカがぽかんとしている中、ミナは、只々《ただただ》、泣きそうな顔をする。

「私の異能は……鐘が鳴るごとに一回、使えます。逆に言えば……一度異能を使ってしまえば、次の鐘が鳴るまで、異能を使えないんです」

そう。これは、悪魔のデスゲームだ。

人ならざる力を与えられ、しかし、その力には残酷な制約がある。

ミナは先程、ビーナスに異能を使った。だから……もう、ここの誰をも、救えないのだ。

「えっ……あっ、そっか……そうだった……！　じゃあ、どうしよう！　どうすればいい!?　とりあえず、ええと、人工マッサージか!?　ん!?　心臓呼吸!?　どっちだ!?」

バカはバカなりに考え、バカなので混乱しつつ、しかしバカなので即断即決、すぐ動く。

とりあえず、手近なヒバナの体に跨《また》がって、心臓の位置……確かここらへん、とバカが思う位置に両手を乗せて、優しく、優しく……うっかり胸骨を粉砕しないように気を付けながら、先輩達に教えてもらったように、心臓マッサージを始める。……だが、ヒバナが目覚める気配はない。

「陽！　これは一体、何があった⁉」

その間に、土屋が生きている陽に声を掛ける。すると、陽は絶望と後悔の滲《にじ》む表情で俯《うつむ》いた。

「……分からない。ただ、鐘が鳴って、ドアが開いて……その途端、先頭に居たヒバナと海斗が、倒れたんだ」

「ドアが開いて、倒れた……？」

「ああ。何が起きたのか分からなかった。俺も、すぐに体調に異変を感じて……」

陽はのろのろと喋《しゃべ》る。まだ、気持ちも状況も整理し切れていないのだろう。

「最初は、解毒に失敗したんだと思った。装置が誤作動したとか、そういうかんじなのか、と。でも……いや、どうだったんだろうな。原因は、分からない」

頭痛を堪《こら》えるように頭を押さえて、陽はそれでも話し続ける。

「けれど、このままだと命が危ない、と、思った。だから……俺は、異能を使ったんだ。俺と……手が届くところに居た、たまさんに」

ちら、とたまの方を見て……それから、陽は土屋を見上げて、言った。

「俺の異能は、『無敵時間』だ。だから、俺と、たまさんは……」

陽の言葉がそう、響く中。

「ん、あれ……ああ、そっか、私……」

「うわぁぁあああぁぁああ！　たまぁあああああああ！」

たまが、目を覚ましたのであった。

……きっと、バカはさっき、たまの脈を測り間違えていたのだろう。たまは生きている。絶望ばかりの中に残った、数少ない希望だ。バカ達は皆、たまを見て、そこに僅かな救いを見出《みいだ》す。……少なくとも、『最悪』では、なかった。そう、思いたかった。

「ああ、落ち着いて、たま。時間が飛んだように感じるかもしれないけれど、無敵時間の効果が切れた直後だからだ。俺と君とで効果時間に誤差が生じたみたいだね」

陽が簡単に説明すると、たまは『そっか』と頷《うなず》き……それから、ヒバナと海斗の遺体を見つけて、目を見開く。

「ねえ、二人は……」

そしてその頃には、バカも心臓マッサージを止《や》めていた。……もう、どう頑張っても二人の命は戻ってこない。それが、バカにも分かってしまったから。

「……よかった、と喜ぶ気にはなれんが、それでも、救いはある、と思いたいな……」

土屋はたまを見つめて疲れた笑みを浮かべた。

「陽君。たまさん。君達が生き残ってくれたことは、我々にとって少なからぬ希望だ。ありがとう」

土屋の言葉に、陽もたまも、複雑そうな面持ちで、しかしそっと、頷いた。

……この十分程度で、随分と一気に色々なことが変わってしまった。ビーナスは死にかけたし、ヒバナと海斗は死んでしまった。だが、生き残った者も居る。それは、救いであった。間違いなく。

「ありがとう。……やっと、少し落ち着いてきたよ。俺から改めて、説明するべきかな」

やがて、少し落ち着いたらしい陽が、そう前置きしてからまた、話し始める。

「俺も、土屋さん達が入ってくるほんの少し前に目が覚めたところだったんだ。だから、状況はほとんど分かってない」

「ふむ……気絶していた、ということかな？」

「うーん、そう、なのかもしれない。というのも、『無敵時間』中は、自分と自分が触れていた相手に対するあらゆる攻撃を無効化できる一方、副作用として意識を失うんだ。当然、その間は一切行動できないし、一切の情報を得られない。自分だけ時が止まったような状態になる、と言ったら分かりやすいかな」

バカは説明を聞きながら、『そっかー、じゃあ、無敵だからってタックルして全部吹っ飛ばすようなのはできねえのか』と理解した。……バカの頭の中には、ブルドーザーが全てを薙《な》ぎ倒していく様子が再生されていたのだが、アレはダメらしい。まあ、バカは既にブルドーザーのようなものだが……。

「それで……効果が切れて、目が覚めて、気づいたら、もう、ヒバナと海斗が……」

「……そうか」

ひとまず、これで合点はいった。陽とたまは、『無敵時間』のおかげで助かったらしいが、その代わりに意識を失っていた。そのため、海斗とヒバナに何が起きたのか、正確なところを知ることはできなかった、と。だが、さてもとりあえず、二人は生き残った。

……そういうことなのだ。

「さて……こちらも、話さなければならないことがいくらかあるな。こんな状況で悪いが、少し時間をくれるか？」

それから土屋はそう言って、陽を大広間へと誘う。その間に、バカは海斗とヒバナを抱き上げて、そっと、手ごろなベッドとソファに寝かせた。……二人の体はもう徐々に冷たくなってきていて、そこに『死』があることが分かった。それが只々、悲しい。バカはちょっと泣いた。

「樺島君が声だけで水槽の中の魚を仕留めた話は今更のような気がするから割愛するとして……」

「いや、すごく気になるな、それ……」

「それから、ちょっと振り向いた時に樺島さんが天井に張り付いていたのが見えたのですが……」

「それも気になるな……いや、でもそのあたりは末節の部分なんだろうね……」

泣いてばかりもいられない。バカは自分の両頬を『ぱしーん』と叩《たた》いて気合を入れてから、皆の待つ大広間へてけてけと戻り、勇ましく着席した。すると、丁度話題になっていたバカに皆が注目したが、バカは『ん？』と首を傾《かし》げることになる。

「ああ……ええと、今、樺島君のところの社歌の話をしていたところだ」

「ん？　社歌？　あっ、たまと陽《よう》も俺んとこの社歌、聞くか？」

「樺島君。歌うなら普通の音量で頼むぞ、普通の音量でな。普通のって分かるか？　君が会社で歌う音量だとダメだぞ？　喋る時くらいの声で歌いなさい」

　土屋にものすごく念入りに念を押されたので、バカは『分かった！』と頷き、小さな声で『ああー、キューティーラブリーエンジェル建設ぅー』と歌った。たまも陽も、何とも言えない顔をしていた。が、たまは一応、ぱちぱちと拍手してくれたのでバカはにこにこしながらお辞儀しておいた。

「まあ、それで……こういうものが、こちらで見つかってね」

　それから、土屋はポケットを探り、中から海王星の鍵をじゃらじゃらと沢山出した。

「……同じ鍵がたくさんあるね」

「ああ。どの魚を捌《さば》いても鍵が出てくるようになっていたらしい。つまり、鍵の発見は偶然ではなく、これも悪魔の意図するところなんだろうと思われる」

　海王星の鍵ばかりが沢山ある状況というのも中々おかしなものだが、しょうがない。魚を十一匹も捌いたのだから。

「そして、鍵穴を見つけて床の扉を開いてみたら、中にこれが入っていた」

それから土屋が海斗《かいと》人形を取り出すと……。

「……『毒殺』?」

海斗人形の顔には、『毒殺』と。さっきまで無かった文字が、書かれていたのである。

「こ、この文字……さっきは、ありませんでした、よね?」

「ああ……これは、いよいよ身代わり人形、なのか。ビーナスは『幸運を呼ぶお守りでは』と言っていたが、ううむ……」

土屋がため息を吐《つ》くと、陽とたまは困惑の表情で人形を見つめる。バカとミナもそうだ。

海斗の人形に浮かんだ『毒殺』の二文字は、確実にバカとミナに衝撃を与えた。

「ねえ、ちょっといいかな」

そうしてバカ達《たち》が黙っていると、たまがそっと、提案した。

「……もしかして、他の部屋にも、同じように他の人の人形が、あるんじゃないかな」

そういうわけで、バカ達は例のライオン鉄格子迷路へやってきた。

「魚のお腹《なか》に鍵があったんだよね。だったら……」

たまは、よいしょ、よいしょ、とライオンの死体を転がして、ごろん、と仰向《あおむ》けにさせた。

「ライオンのお腹にも、入ってるかもしれない」

「……私、その、ライオンは捌いたこと、無いです……」

「まあ、ある人は居ないだろうなあ。ううむ……」

だが、たまが期待を込めた目でミナを見つめる一方、ミナは尻込みしている。まあ、ライオンを捌ける人なんて、居ないだろう。バカもやったことは無い。

「……俺が主催者側なら、腹の中だなんて分かりにくい場所に鍵を置かない気がするな」

そんな中、陽は一人冷静にそう言うと、ライオンの頭の方へと回り込んだ。

「だから、こっちじゃないかと思うんだけれど……よいしょ」

そして、陽はライオンの顎を摑《つか》むと、ぐぐ、と力を入れ始める。

「ん？　陽、どうしたんだ？」

「口の中を、確認、したいん、だけど……！　はは、意外と固いな……！」

「なんだぁ、言ってくれよぉ。そういうのは俺やるよぉ」

陽が頑張っても、ライオンの口はあんまり開かなかった。なので、バカがライオンの口に手を突っ込んで、グワッ！　と顎を開く。ついでに『メキャッ！』と音がしたが、まあ問題は無いだろう。こういうのはバカの得意分野だ。固いジャムの瓶の蓋だって、鍵を失《な》くしちゃったスチール製のドアだって、番号が忘れ去られちゃった金庫だって、全て、バカのパワーで開けられるのだ！

「おお、これは……！」

「やっぱりね。魚ならともかく、ライオンだったら腹よりはこっちだと思ったんだ」

そうして、ライオンの口の中からは一つの鍵が発見される。……そこに刻まれているのは、太陽のマークだ。

「……太陽の鍵、か。ということは、僕の人形がどこかにある、っていうことかな」

陽は複雑そうな顔でそう呟《つぶや》いた。鍵があるなら陽の身代わり人形もあるのかもしれない。

「探すなら急ごう。夜の時間だって、そう長くはないから」

たまが促して、全員が一斉に部屋の中を探し始めることになった。

バカは今回も元気に、床と壁と天井を這《は》い回った。『うわあ、本当に天井を這い回ってる』と陽が慄《おのの》いていたので、バカは笑顔でピースサインを送っておいた。『それ、片手離しても落ちないんだね……』とたまが悟りを開いたような顔をしていた。バカは嬉《うれ》しくなったので、両手でガッツポーズをしてみせた。流石《さすが》に落ちた。

「……ん。見つけた」

そんな中、たまが壁の一角で鍵穴を見つけたらしい。それは、鉄格子を操作するためのレバーのすぐそばだった。そこに、小さな鍵穴がある。

「ふむ……成程な。本来ならば、仕掛けを解こうとすると鍵穴が見つかり、後から鍵を探すことになる、という具合なのだろうね」

水槽の部屋では、誰かが入る予定の水槽の底に鍵穴があった。今回は、レバーの傍《そば》。確かに、『見つけてくれ』と言わんばかりの鍵穴だ。

「まあ、こうでもなければ、わざわざライオンを倒したり魚を捌いたりする気にはならんか……」

「そうだね。それに、これでいよいよ人形が悪魔の意図したものだって分かった。悪魔は私達にこれを、見つけさせたいみたい」

たまはそう言うと、陽の手から鍵を受け取って、早速鍵穴に差し込んで、回す。

「……ね？」

そして開いたそこには、案の定、陽を模した人形があったのである。

「ちょっとかわいいね」

「ですよね？　海斗さんのお人形も、ちょっぴりかわいくて……」

陽の人形は、やはり女子に人気である。ミナとたまが『かわいい』『かわいい』とやっている。なのでバカもそこに入っていって『かわいい！』とやってみた。案外、馴染《なじ》んだ。

「可愛《かわい》がってもらえるのはちょっと嬉しいけれどね。それは俺が預かっていいかな」

だがそこに、陽がやってきて手を差し出す。

「その人形がどういうものなのかは分からないけれど、針を刺されたくはないから」

「……そうだね」

そして、たまは陽の言葉に頷《うなず》くと……。

「じゃあ、先に効果を確かめておこうよ」

そう言って、手の中の陽人形にもう片方の手を伸ばし……。

「え」

……指先で、こしょこしょ、とくすぐり始めた。

「っ!?」

途端、傍目《はため》からでも分かる程度に、陽の体が跳ねた。たまはそれを確認して更に、こしょ、と陽人形をくすぐり続ける。

「ま、待って。たま、ちょ……っと、待っ！」

「こ、こーらこらこら！　たまさん！　やめてあげなさい！　やめてあげるんだ！」

陽がその場に蹲《うずくま》ってすぐ、土屋《つちや》が半笑いで止めに入ってやったため、たまは、こしょ、と動かした指を最後に、陽人形をくすぐるのを止《や》めた。陽は蹲りながら、ぜえぜえと荒い呼吸を繰り返していたが、やがて、ゆる、と顔を上げて、力のない目でたまを睨《にら》む。

「……たまぁ」

「……ちょっと楽しかったな」

たまは珍しく、にや、と笑って、人形を陽に手渡した。陽はすぐに人形を受け取って、ポケットにしまい込んだ。『これ以上くすぐられてたまるか！』という強い意志が感じられる。

「で、陽ー。どうだったんだよー。やっぱ、くすぐったかったんだよな？」

「ああ……そうだね。全身をひたすらくすぐられる感覚が伝わってきたよ。全く……」

陽は呼吸を整えながら立ち上がると、じと、とたまを睨んだ。たまは相変わらず、ちょっとご満悦の表情である。バカは、『いいなー、ちょっと確かにたのしそーだなー』と目を輝かせていた。

「まあ……だからこそ、この人形は危険だと思う。もしうっかりこの人形の首を落としたらどうなるか、大体、予想が付くからね」

だが、この人形は楽しくくすぐるためのものではないのだろう。

「この人形を使えば、遠隔操作で他の人を殺せる。……そういうことなんだろう」


「となると……もしや、ビーナスも、そうだったのか」

それから土屋が、ううむ、と唸《うな》りつつそう言った。

確かに、あの時のビーナスは『胸が潰れるような痛み』と言っていた。となると、あれはもしかしたら、ビーナス人形を使われた、ということだったのだろうか。

「ビーナス？……ところで、ビーナスは？」

そこで、陽が首を傾げる。そういえば、まだ陽とたまにこちらの情報を共有しきれていない。ビーナスの説明が、まだだった。

「ああ、突然、胸に痛みを訴えて、血を吐いて倒れていたんだが、ミナの異能で持ち直した」

「あ、ああ、そうか。ミナさんが居るから、助かるよね」

陽は納得したように頷き……そして。

「……その後は？」

たまが、そう言った。

「その後……というと？」

「ビーナス。今は、どうしてるの？」

緊張の滲《にじ》むたまの声を聞き、バカと土屋とミナは顔を見合わせ、それから急いで、ビーナスを寝かせた部屋へと戻って……。

「……参ったな」

そして土屋が嘆く中、皆が唖然《あぜん》とする。

……そこで、ビーナスは既に死んでいた。

「び、ビーナスさん……！」

誰よりもショックを受けていたのは、間違いなくミナだろう。ミナはずっと、ビーナスと行動を共にしていた。その分、ショックも大きいはずである。泣き崩れるミナの背を、そっとたまが撫《な》でる。陽《よう》と土屋は、痛ましげな表情でビーナスを見つめていた。

そしてバカは、只々茫然《ただただぼうぜん》としていた。

……人が、三人も一気に死んでしまった。ヒバナも海斗もビーナスも、皆、いい奴《やつ》だったのに。原因もよく分からないまま、三人も。

「……な、なんで、死んじまったんだよ」

混乱のまま、バカはそう声を漏らす。

「どうして……ビーナスも、海斗も、ヒバナも……」

理由を知りたいわけじゃない。上手《うま》く言葉にはできない。このやるせなさをどう表現したらいいのか、バカには分からない。そして、この気持ちをどう受け入れたらいいのかさえ。

……それから少しして、ミナが落ち着いてきた頃。

「……そうだな。何故《なぜ》、死んでしまったのか……それは、考えておく必要がありそうだ」

土屋はそう言って、苦い表情のまま、誰にともなく言った。

「ビーナスを殺害し……海斗とヒバナにも危害を加えることができたのは、誰なのか。ここで一つ、考えてみようじゃないか」

「まず……ビーナスの死因が人形によるものだと仮定すると、樺島《かばじま》君は犯人ではないな」

「へっ!?　俺!?」

さて。

唐突に話が自分に向いて、バカはびっくりする。だが、バカ以外の四人……たまも陽も、土屋もミナも、納得したように頷いているのだ。

「ああ。樺島君が最初に入った部屋は、ライオンが居た部屋だったね？　そしてそこの鍵は太陽の鍵で、陽の人形が部屋にあった」

さっきのやつだよな、とバカは確かめつつ、うんうん、と頷く。ここまでは理解できているぞ、とアピールするために。

「続いて、樺島君は私とミナさんとビーナスと一緒に、水槽の部屋に入った。……そしてその部屋にあったのは、海斗《かいと》人形だ」

バカはここも理解した。頷いておいた。だが、結論には至っていない！

「つまり、樺島君がゲームのために入った部屋のどちらにも、ビーナスの人形は無かった。更に、一日目の夜、他の皆が休憩している間も、樺島君はずっとチーム分けでうんうん唸りながら悩んでいたからね……。他のチームが攻略した部屋に入って人形を探すこともできなかった」

「まあ、それは人形が一部屋に一つしか無いっていう前提に基づくものだけれどね。……ゲームの部屋の数が九つなんだから、一部屋一人、というのは正しいように思える」

土屋と陽の言葉に、バカは『なるほど！』と頷いた。今度は分かった。多分。

「……となると、私かミナ、はたまた、たまさんか陽、ということになるのか」

やれやれ、と土屋がため息を吐《つ》く。また少し、部屋の空気が張り詰めた。バカは居心地が悪くてそわそわしている。

「今……カンテラの中に、魂は一つ、か。つまり、海斗とヒバナとビーナスが死んだのは、鐘が鳴った後、ということになるな……」

土屋が見上げた先には、カンテラがある。そして、そこにある魂の数は、未《いま》だに一つだ。

……魂は、一日目の夜の鐘をはじめとして、それから夜の鐘が鳴るごとに更新されていく、と聞いている。つまり、ヒバナも海斗もビーナスも、全員死んだのは夜の鐘が鳴った『後』なのだ。

「人形が原因で死んでいるであろうビーナスは勿論《もちろん》、海斗君とヒバナ君についても、我々どちらのチームにも、犯行は可能ということになったな……」

土屋が『参ったな』とばかりに頭を抱えて、それから、ちら、とたまと陽の方を見る。

だが、たまと陽も、困った顔をしているばかりだ。

「一応、ヒバナか海斗がビーナスさんを、という可能性は、まだ残るけど」

「そう……だね。全ての犯人が同一人物だという決まりがある訳でもない。ビーナスさんのことと、海斗とヒバナのこととは別だと考えた方がいいんじゃないかな」

そう、陽とたまがそれぞれに『複数犯人説』を出したところで……。

「いや。それは無いだろう。私は同一犯によるものだと考えているよ」

土屋は、そう言って難しい顔をした。

「……それは、何故？」

「ビーナスが血を吐いたタイミングだ」

陽が緊張の走る表情で尋ねれば、土屋はそう言って、暗い面持ちで話す。

「今思えば、ビーナスがあそこで『血を吐いただけ』だったのはおかしい。あそこで殺し切ってしまうこともできたはずだ。だがそうしなかったのは……恐らく、ミナさんの異能を使わせるためだ」

「わ、私の？」

「ああ。……ミナさんの異能は、鐘と鐘の間に一度しか使えない。だから、海斗とヒバナを救わせないために、わざと一度ビーナスに異能を使わざるを得ない状況にした。そう考えられる」

……バカにはよく分からない。よく分からないが……犯人は頭がいいんだなあ、と、思った。そして、犯人がその頭脳をこんな悲しいことに使ったことを、深く深く、悲しんだ。

「まあ……勿論、海斗かヒバナかがそれをやって、そのついでに毒を使ってうっかり自分が死んでしまった、ということも考えられるがね。……だが、それはさておき、こちらの部屋の前にバリケードが築いてあったことについては、疑いようもなくそちらの誰かの犯行だと思うぞ」

「ば、バリケード？　初めて聞いたな、それ……あ、このあたりに散らばってる残骸が……？」

さて。……こうして、主に土屋とたまと陽が話していると、バカはただ暇になる。暇で、更に、居心地が悪い。残念ながら、バカは推理なんてできる頭を持ち合わせていないので、こういう時にはなんとなく流れを追って、一生懸命付いていこうとするので精いっぱいだ。それでも、付いていききれずにあっぷあっぷしているのだが。

……そうだ。バカは頭脳労働ができない。こればっかりは、どうしようもない。だが、だからこそ、自分のやるべきことを間違えてはいけないのだ。

「なあ！　なんか探すもの、ねえか？　俺、話し合いよりそういうの方が得意だ！　なんかあったら言ってくれ！　そっちでなら役に立てると思うから！」

だからバカは、そう申し出た。頭脳労働はできずとも、肉体労働ならできる。そしてバカはバカだが、ちゃんと働きたいバカなのだ。善良で、健気《けなげ》なバカなのである！

「……そうだな。それもいいかもしれない」

バカの申し出に、土屋《つちや》は笑って、それから、元気を取り戻したように顔を上げる。

「どうだ、皆。ここで話し合っていても埒《らち》が明かんように思う。だから、まだ出ていない情報を探そう。片方のチームが分かっていることでも、もう片方に証明できないものは見た方がいい」

どうやら、バカが元気になると、周りも少し元気になるらしい。ミナも、陽とたまも土屋の言葉に頷《うなず》いて、少しだけ表情が明るくなる。

「ひとまず……たまと陽とヒバナと海斗が入った部屋を見ておきたい。人形が見つかればよし、見つからなかったら……まあ、陽とたまのどちらかが嘘《うそ》を吐いている可能性や、海斗とヒバナがビーナスを殺害した可能性が浮上する」

「そうだね。私としては、最初に土屋さんとミナさんとビーナスさんと海斗君が入った部屋も調べておきたかったけれど……その時間は流石《さすが》に無さそう」

たまは、ちら、と時計を見ながらそう言った。

「残り、三十分ぐらい。一部屋探索して、少し話し合いをして終わるくらいだと思う。でも、手分けをして探すよりは、全員一緒に居た方がいい。それでいい？」

「そうだな……。こちらの無実を証明したい気持ちは山々だが、時間が無いのは確かだ。そして何より、今ここで分断されてはたまったものではないからな。全員、行動を共にしよう」

……ということで。先程、たまと陽とヒバナと海斗のチームが攻略したというゲームの部屋を、探索することにした。のだが。

「あれ？」

階段を上がって吹き抜けの上に出たバカは、首を傾《かし》げた。

「どうしたんだ、樺島君」

「んー……？　たま達《たち》が入ってた部屋って、どこだっけぇ？」

「ん？　それなら、そこの……」

土屋はバカに説明しようとして……やはり、気づいたらしい。

「……なんか、開いてるドア、多くねえ？　六つ開いてるぞ？　あれ？」

そう。バカ達が出てきたドアの隣……バリケードの残骸に埋もれかけていたが……『誰も入らなかったはずの部屋の出口』が、開いていた。

「なっ……なんで気づかなかったんでしょう……ああ、私達、すっかり気が動転していて……！」

「それに加えて、バリケードの破片に埋もれていたんだ。くそ、参ったな……」

「ごめん！　俺か！?　俺のせいか！?　始末書か！?　始末書なら任せろ！」

全員がショックを受ける中、バカは『始末書……！』と慄《おのの》きながら、そろり、と、開いているはずの無いドアの先を覗《のぞ》き込む。……が、誰かが居るわけでもない。

『大丈夫だぞー』と皆に合図して呼び寄せると、全員、おっかなびっくりにやってきて、部屋の中を見回した。

「ふむ……解毒装置が作動した形跡は、ある、が……」

「解毒剤は全部無くなっていますね。これでは人数が読めません……」

解毒装置の椅子の横にあるパーツの中には、本来、解毒剤であろう光る玉が格納されている。期限切れになってしまったものは光を失ってそこに留《とど》まり続けるはずなのだが……今、目の前の解毒装置には一つも解毒剤が残っていない。

「……これは大変なことになったな。もしかして、私達以外にも誰か居るのか」

「だとすると全てに説明がつくよね。私達のチームでも、そっちのチームでもない誰かが居た、っていうことなら……」

バカの背筋に寒気が走る。全員がきっとバカと同じ思いで目配せし合って……そして。

「……まさか、天城《あまぎ》さん、でしょう、か……？」

ミナの呟《つぶや》きが、小さく、空気に滲《にじ》む。

最初に死んでしまった天城がまだ生きていたとしたら、確かにこの状況は辻褄《つじつま》が合う。

だが……。

「……いや、それは無いよ。だって、カンテラには魂が入っているんだから」

天城の生存は、陽がそう、否定した。陽がそう言う通り、吹き抜けの下……大広間の門の前のカンテラには、燃え盛る炎が一つ、入っている。それは、動かせない事実だった。

もし、天城が生きているとしたら、あの魂は何だというのだろう？　少なくともバカには、その答えは出せない。

「よって、私は真っ先に異能を疑うぞ」

そして土屋はそう言って……たまを真《ま》っ直《す》ぐに、見つめた。

「たまさん。君の異能は、何かな？」

「……私は、土屋さんの異能も知りたい」

たまは動じることなく、そう言って土屋を見つめ返す。

「まだ、私は土屋さんの異能を知らない」

土屋も黙って、たまを見つめ返す。二人とも、表情からは感情が読み取れない。

「あっ！　俺は俺の異能知らない！」

そしてバカも元気に名乗りを上げた。

「……ああ、うん、まあ、そうだな……樺島君という最大の謎が残ったままだが、それはもう、諦めた方がいい気がしているよ……」

が、バカの名乗りは皆の優しい苦笑によって、そっと流されていった。どんぶらこ、どんぶらこ。

「……ということで、たまさん。私が異能を説明したら、君も異能を教えてくれるかな？」

「うーん……」

そしてたまは、土屋の問いに、答えを言い淀《よど》んだ。

「教えられない、と？」

土屋が訝《いぶか》しむと、たまは一つため息を吐いて……。

「私の異能は、一日に一回、相手の異能を」


たまの言葉は、そこで途切れた。それは、陽《よう》がたまを急に突き飛ばしたからだ。

「……え？」

そして、驚くたまの目の前で、陽の体が何かに貫かれた。

陽の胸に突き刺さったそれは、槍《やり》であった。その槍は、ぼわり、と燃え上がって消えていく。途端、陽の胸にぽっかりと空いた穴からは、どくどくと血が流れ出した。

「……無事か、つぐみ」

陽は、そう囁《ささや》いてたまに微笑《ほほえ》みかけると、そのまま目を閉じ、動かなくなった。

たまは、呆然《ぼうぜん》と呟いた。だが、陽は動かない。

「……光《ひかる》？」

「光！」

たまが叫ぶのを、バカは茫然《ぼうぜん》と見ていた。現実味が無い。どんどん人が死んでしまう。現実味が無い。本当に、現実味が無い。

……だが、そんなたまに向かって、影が動く。

それは、深紅の甲冑《かっちゅう》を着込んだ騎士であった。顔は見えない。兜《かぶと》までしっかりフルフェイスなのだ。だが、その騎士がたまを狙っていることは、分かった。

そして短剣が、投擲《とうてき》される。

だからバカは動いた。

「うぉおおおお！」

それは猛烈なタックル。職場でも沢山褒めてもらっているキレと破壊力のあるタックルだ。バカは、まるで闘牛か何かのように、愚直に一直線、騎士に向かって突っ込んでいく。

そう突っ込んでいけば、短剣はたまではなくバカに当たることになる。……だが、バカが走れば風が巻き起こる。その猛烈な風圧によって軌道を逸《そ》らされた短剣は、バカに突き刺さることなく、ただバカの拳を刀身の真ん中に受け、叩《たた》き落されるに至った。

いよいよ慌てた騎士は、咄嗟《とっさ》に深紅の盾を構えた。反対の手には剣が握られている。

だがそんなものはいよいよもって関係ない。

キューティーラブリーエンジェル建設名物、樺島剛《かばじまつよし》のタックルは、盾も剣も甲冑も、全てを破壊する最強のタックルなのだから！

ドゴッ、と鈍い音と共に、騎士が吹っ飛ぶ。吹っ飛んだ騎士は壁に叩きつけられて、メシャッ、と厭《いや》な音を立てた。

「たま！」

バカはとどめを刺しに行くことより、たまを優先した。

……たまは、無事であった。だが、陽は……。

「……即死か」

たまの反対側に膝をついて陽を見ていた土屋は、そう呟いて、後悔と疲れの滲む表情でそっと、首を横に振った。……この場でただ一人、陽だけが満足げな顔をしていて、そして、もう動かない。

それからしばらく、誰も動けなかった。ミナは放心したようであったし、土屋も疲れ切ってしまっているようだった。そしてたまは、倒れたままの陽の傍らから、じっと動かない。

だからバカも動けないまま、茫然と立ち尽くすことになる。こういう時、どうしていいのか分からない。バカはバカなので、上手《うま》い行動なんて、全く思いつかないのである。

「……一応、見ておこうか」

それから最初に動いたのは、土屋だった。土屋はのろのろと立ち上がると、バカが先程タックルで吹き飛ばした騎士の元へと赴く。

……騎士は、身に着けていた鎧《よろい》も剣も盾も、全て失っていた。鎧の残骸が燃えているのを見る限り、最初の槍のように、燃えて無くなってしまったのかもしれない。そして、そんな騎士は……。

「……彫像か何かか？」

バカのタックルによって半ば砕けてはいたが……それは、白大理石の彫像のようにも見える。そして、その顔立ちはビーナスに似ていた。

「これは、ビーナス……？　いや、しかし……彫像、が、動いて、襲い掛かってきた、のか……？」

土屋《つちや》は何か考えようとして、しかし、首を横に振るとその場にまた座り込む。

「ああ、駄目だ！　もう何も分からん！　くそ、どうしてこうなる……！」

バカも同じ気持ちで、座り込んだまま俯《うつむ》いた。ミナはすすり泣いていて、そして、たまは……。

……たまは、まだ、動かない。たままで死んでしまっているんじゃないか、と思うくらいに。

そんなたまを見ていたら、バカまで胸が苦しくなってくる。

たまは、最初にバカに救いの手を差し伸べてくれた人だ。だからどうにかして、たまを元気にしたい。恩を返したい。笑っていてほしい。強く強く、そう思う。

……たまと陽を見ていたら、分かった。多分、たまと陽は、元々知り合いだったのだ。たまのことを『つぐみ』と呼んだ陽の表情も、今、動かない陽を見つめているたまの表情も、とても優しくて、悲しくて……。

もう、バカは居ても立っても居られない。どうしようもないことをどうにかしたくて、何ができるだろうか、と必死に考える。考えて、考えて、頭に穴が開くんじゃないかというぐらい考える。脳味噌《のうみそ》がとろけてしまうくらいに考える。

バカはバカなので、思考は空回りするばかりだ。だが、気持ちは誰よりもきっと、強い。それこそ、まだ実感が追い付いていないのかもしれないたま自身や、諦めが強くなってしまっているらしい土屋やミナよりも、ずっと。

「……決めた」

だから、バカは立ち上がるのだ。

「皆。さっさと次のゲーム、やっちまおうぜ」

バカの言葉と同時、リンゴン、リンゴン、と鐘が鳴る。つまり、ゲームの開始だ。バカは、座り込んだままの土屋とミナ、そしてたまを見て……握った拳を掲げ、宣言するのだ。

「そんで！　悪魔に願いを叶《かな》えてもらう！　全員生き返らせろ！って！　それがダメなら、もう一回やり直させろ、って！」


その時だった。ぽやっ、と、バカが光る。

……そう。バカが、光った。光ったのだ。尻だけ光っていれば、蛍のそれだっただろう。だが、光っているのは全身である。全身くまなく、ぽやぽやと発光している！

「ど、どうしたんだ、樺島君」

「ん⁉　何がだ⁉　こういう時ぐらい元気出さなきゃダメだろ！」

「元気⁉　君は元気が出ると光るのか⁉」

「光る⁉　なんのことだぁ⁉」

が、バカは自分が光っていることに全く気付いていない。自分で自分は見えない。何せバカは、真っ直ぐに、気分も目も前向きなのだ。

「……まさか」

ぽや、ぽや、と光るバカの足元で、たまが、はっとした顔になる。そして、腕時計を見て……意を決したように、バカへと手を伸ばし……きゅ、と、たまの手がバカの腕を掴《つか》む。

すると……。

「本当に、そうだなんて……！」

たまの目に、光が戻ってきた。ぽやぽや光るバカに照らされるたまの表情には、希望があった。

「樺島君の異能は、『やり直す』なんだ！」

「へ……？」

バカ本人は、ぽかんとしていた。煌々《こうこう》と光り輝きながら、只々《ただただ》追い付かない理解と共に、ぽかんとしていた。

「やり……直す……？」

「あの、それって、どういう……？」

土屋とミナもぽかんとしていたが、その中でたまは、戻ってきた希望の炎を燃やすように、必死にバカの顔を覗《のぞ》き込んだ。

「樺島君！　いい？　聞いて！　あなたはあと三十秒くらいで、このゲームのやり直し……ゲームスタートの時か、更にその前、個室に居た時に戻ると思う！」

「ええええええ!?　なんでだ!?」

「そういう異能なんだよ。樺島君の異能は、時を巻き戻す異能！『やり直し』を強く宣言した時から九十秒後に時が巻き戻る。そういう説明になってる。なんだか、他のと少し違うけれど……」

混乱するバカは、たまの説明を聞いてますます混乱する。

『他のと違う』とは。『そういう説明』とは。そもそも、『時を巻き戻す異能』とは。一体。

「た、たまさん！　私達《たち》にも説明を……」

「ごめんなさい、土屋さん。説明してる時間は無さそう」

更に、土屋も話に追いついていないようであったが、たまはそんな土屋を無視することにしたらしい。土屋はぽかんとしているが、たまは変わらず、バカを見つめ続けた。

「いい？　樺島君。ゲームが始まったら、すぐに……できる限り早く、個室を出て、大広間へ向かって。私も、急いで向かうから」

「へ？」

「分かった？」

真剣な顔で見つめてくるたまの目を見て、バカは……分からないながらも、ひとまず、たまの要求は理解した。

「よ、よく分かんねえけど分かった！　とにかく急いで部屋を出ればいいんだな!?」

バカは、分からないけれど分かったことを必死に伝えた。なんとか、たまを安心させたくて。

「うん。……そこで、落ち合おう」

たまは、バカがひとまず『分かった』らしいことにほっとした様子でそう言うと、それから、ふと、心配そうに続けた。

「それで……もし、私が樺島君のことを覚えてなかったら、『時を巻き戻した』って言ってほしい」

「へ？」

「それでもダメだったら……あー、ええと、『つぐみと光《ひかる》から伝言だ。協力しろ』って、言って」

たまの心配そうな顔に、バカは首を傾《かし》げる。だが、その間にも、バカから発せられる光は次第に強くなっていった。ぽやぽやとした光は強まっていき、ぴかぴか、と眩《まばゆ》く辺りを照らす。

「じゃあ……そろそろ、時間みたい。樺島君、『次』も、よろしくね」

祈るような、縋《すが》るような、そんな必死な顔のたまが、バカを見上げている。バカはたまに、もっと詳しく色々聞きたかった。何せ、意味が分からない！　バカはバカなので！

……だが。

「わ、分かった！　約束だ！」

バカは意味も分からないままに小指を差し出して、たまの小指を、ふに、と絡めた。たまの小指は細くて、ちょっとひんやりとした。バカは『ゆーびきった！』と宣言して、笑う。

「よく分かんねえけど……俺、すぐにたまに会いに行くよ。それで……それで、俺、誰も死なねえように、頑張る！　約束する！」

遂《つい》に、バカから発せられた光は、強く眩く世界を包み込んでいく。何もかもが眩く見えなくなっていくその中で、それでもバカはただ、たまを見つめて笑っていた。

どうにか、安心させたくて。この子に笑っていてほしくて。


……そうして。


「んん……？」

樺島剛《かばじまつよし》は、目を覚ました。ぱち、と目を開けて、大きく伸びをする。

「……なんか夢見てた気がするけど忘れ……」

むにゃ、とあくびもしたところで、さて。

「……てない！」

ガバッ、と立ち上がったバカは、きょろきょろきょろ、と忙《せわ》しなくあたりを見回す。

「ここ、どこだ!?　うわっ!?　ほんとに元の部屋か!?」

そこは、自室ではない場所。最近就職したばかりの建設事務所の休憩室でもない。

……バカがこのデスゲームの最初に居た、例の個室である。

そしてバカは、じわじわ、と思い出してきた。そうだ。たまは……言っていた。

『できるだけ早く部屋を出て、大広間へ向かって』と。

「うおぉおおぉおおぉお！　待ってろよぉおおお！　たまぁあああぁあぁああ！」

バカは、雄叫《おたけ》びを上げた。

ようやく追いついてきた実感、そして希望を胸に……バカが最初にするべきことは。

「まずはこれだぁあああ！」

バキイ！　と、首輪を引き千切った。そして投げ捨てた。

「で、これだぁああぁあぁあぁあ！」

続いて、バキイ！　と、ドアをもぎ取った。そして投げ捨てた。

ドゴォ、とドアが廊下にぶつかる派手な音が響き、そして、ドスドスドスドスドス！

と、バカの足音が響く。

「うおおおおおおおお！　たまあああああああ！」

バカは走った。バカなので、走った。そんなに急いでも無駄だろう、と言ってやる者が誰も居なかったため、全力で走った。……そうしてバカは、大広間へと到着した。

だが。

「居ねえ⁉」

が、当然、誰も居ないのであった！

「た、たまぁ……？　たまぁ、どこだよぉ……」

バカは、『たまは首輪を引き千切ったりドアをぶち破ったりしないので流石《さすが》にちょっと時間がかかる』ということをすっかり失念しているため、おろおろ、と大広間の中を歩き回ることになる。

大広間は、ついさっき見た通りの姿だ。とはいえ……バカが散らかしたバリケードの残骸や、それによって折れ飛んだ吹き抜けの手すりなどは、すっかり元通りになっている。

……そうだ。つまり、時間が巻き戻っているのだ。それを確認しながら、バカは変わらず、おろおろと動き回り……そうして。

「たまぁあああああ！」

ようやくそこに現れたたまの姿を見て、バカは全力で喜ぶのだった！

だが。

「え……誰？」

たまは、訝《いぶか》し気《げ》な顔でバカのことを見ている。

……そう。たまは、バカのことを覚えていない。否、『知らない』のである。つまり……よりによって、このデスゲーム中で最もバカであろうこの樺島剛《かばじまつよし》だけが、時の回廊に取り残されているのである！　よりによって！　一番のバカが！　バカなのに！

……前途多難である！

1 Death Game

: The Muscle Crushing the Minds and Magic

CONTENTS

零日目昼：大広間

かくして。

「ひどいよぉおお！　どうして俺のこと忘れちゃったんだよぉおお！」

バカは泣いた。たまに忘れられたのが悲しかったし、何より、このあまりにも分からない状況の中、あまりにも不安だったのだ。

そう。バカはずっと不安であった。そこを、ずっと空元気を出し続けてここまでやってきたのだ。だというのに、たまの、この仕打ち！

だが、泣き出したバカを見て、たまは只々《ただただ》、警戒を強めるばかりだ。まるで、野良猫か何かのようである。そしてバカは雨に濡《ぬ》れた野良犬か何かのようである。

どうしてこうなってしまったのだろうか。バカは只々不安なばかりで、どうしていいものやら分からない。だって、たまが言ったのだ。『急いで部屋から出て、大広間へ向かって。そこで落ち合おう』と。だというのに、そのたまが、この態度！

……だが、そう思い出したバカは、同時にもう一つ、思い出した。

たまは賢い。バカよりずっと賢い。（大抵の人間はバカより賢い。）たまは賢いから……バカに、こうなった時のことも、教えておいてくれたではないか！

「なあ！　たま！」

「え、たま、って何……？」

「俺、時を巻き戻してここに来たんだ！　それで、それで、えーと……お前に、言われたんだ！『つぐみと光から伝言だ。協力しろ』って言え、って！」

……そうして。

「……全然、信用できないけど」

「うん……」

しょぼん、としたバカに、たまは呆《あき》れた顔をしているばかりである。これで信用してもらえないならダメだ。万策尽きた。もうおしまいだ。バカは只々しょんぼりと項垂《うなだ》れるばかりである。

「……でも、辻褄《つじつま》は、合うね」

だが、たまは賢いので、バカには分からない何かを考えたらしい。それに希望を見出《みいだ》して、バカはうるうるとした目でたまを見つめる。

「あなたが私と光の名前を知っている理由はそれで説明が付く。挙動が不審なのも。それから……もし本当に私が『時が巻き戻る前』にあなたと話をしていたんだったら、『巻き戻った後』の私に対して、『つぐみと光から伝言だ。協力しろ』って伝えさせるのは、まあ、納得がいくな……」

「よく分かんねえよぉ……」

たまの話は難しくてよく分からない。そうでなくてもバカは今、いっぱいいっぱいなのに！

「ただ、それを信じるには一つ、必要な前提があるんだけど……」

が、たまは勝手に一人で何かを納得し、そして何かに思い至ったらしい。ゆるり、と顔を上げ、その猫めいた目でバカを見つめて、聞いてきた。

「……あなた、バカ？」

「うん！　俺、すっげえバカ！　あ、名前、樺島剛っていうんだ！　よろしくな！」

バカは嬉《うれ》しくなって、そう答えた。そう！　バカはバカなのである！　それを分かってもらえていれば、なんとなく大丈夫な気がする！　親方にも、『お前はバカだから、早目にバカだって分かってもらっておいた方がいいぞ』と言われているのだ！

「成程。バカだね」

「うん！　バカだぞ！」

かくして。バカは、バカであるという理由で何か、とりあえず一定の信頼を得た、らしい。

……まあ、バカにはよく分かっていないが！

「じゃあ、時が巻き戻る前のこと、話して」

「おう！　分かった！……ええと、陽《よう》が死んじゃったんだ……」

「……陽って誰？　あと、最初から話して」

「あ、うん。最初……最初……えーと、自己紹介してぇ、それから、天城《あまぎ》のじいさんが一人で部屋に入っちゃってぇ……あ、その前に、陽とヒバナが天城のじいさんに呼び出されててぇ……」

……そうして、『前回』の話を説明するのだが、バカはバカなので、説明が下手である。だが、たまは根気強く話を矯正しつつ話を聞いてくれたので、次第にバカはちゃんと話せるようになっていった。たま、すごい。

「成程ね……そっか、光《ひかる》は、死んだんだ」

「なー、光って、誰だ？　陽のことか？」

「多分、そう」

たまはそう言って、『そっか、やっぱり付いてきたんだ』と小さく呟《つぶや》いた。……やっぱり、たまと陽はこのデスゲームが始まる前からの、元々の知り合いなのだろうか。気になる。気になってバカはそわそわする。だが、たまはバカに説明する気は特にないようだ……。

「……それで、多分、その内『陽』が来るんじゃないかと思う。彼だって、あの程度の仕掛けはすぐ解けるだろうし……。或《あ》るいは、得意な人が居たら、その人が先かも」

それから、たまはそう言って階段の方をじっと見つめた。……そう言われてみると、全てを筋肉で破壊してきたバカはさておき、たまはあの部屋の仕掛けを事前の知識なしに解いてあの速さだったわけだ。とんでもないことである。バカには絶対にできない。バカは『たまってやっぱすげえなあ』と感嘆のため息を吐《つ》いた。

「……ところで、樺島君はどうやって個室の仕掛けを解いてきたの？」

バカが『たまってすげえ』を反芻《はんすう》していると、たま自身も、バカが異様な速さで脱出していることに気づいたらしい。ついでに、『この人、本当にあの仕掛け突破できたのかな……』というような不安も見て取れる。だが。

「え？　素手で。こう……首輪引き千切って、それから、ドアぶち破って、ここまで……」

案ずるなかれ。バカはバカ。それだけなのだ。種も仕掛けも無い。ただ、バカはそのパワーによって全てを破壊する。破壊して何ともならないものは解決できない。それだけなのだ！

「……アッ!?」

が、珍しくもバカは気づいた。気づいて奇声を発したため、たまはびっくりしていた。

「な、何？」

「そうだ！　たま！　俺、お前の首輪、千切っておいた方がいいか!?」

バカはたまに構わず、そう、問いかける。

「その首輪から、毒薬？　なんかよく分かんねえけど、注射されちまうらしいんだよ！

だからそれ、千切っておいた方がよくないか!?」

そう。バカは、破壊できるものなら破壊できるのだ。それは、他人の首輪でも同様である!

……だが、たまは目を瞬かせた後、複雑そうな顔をした。

「……それなら、もうダメかな」

「え？」

「多分、もう注射されてるから。この大広間に入った時、何か刺さったような感覚があったんだ」

「そ、そんなあ……」

バカはがっかりした。同時に、『俺がもっと早く気付いていれば、たまを助けられたのに！』と自分のバカさに腹が立つ。

「でも、ゲームとやらをやればいいってことでしょ？　それで、一周前の私は、それをクリアした」

「うん」

「なら、別に大した問題じゃないし。一度できたことなら、またできるはずだから」

「うん……」

たまはそう言ってくれるが、バカは知っている。あのゲームは怖いのだ。いきなりライオン出てくるのだ。でも魚は美味《おい》しかった。やっぱり怖くないかもしれない。

……それはともかくとして、あのゲームをやる必要が無かったら、他の皆も、争ったり、不安になったりせずに済んだんじゃないかとバカは思うのだ。

それに何より……バカにはよく分からないが、人形。あれは、それぞれの部屋にあるらしい。あれが見つからなければ、ビーナスは死ななかった、のだろうか。そう考えると、やっぱりゲームの部屋に入らなくて済む状況になるのが一番いい気がしてきた。

「でも、人間を殺してでも願いを叶《かな》えたい人が居ることを考えると……うーん」

たまは何か考えながら、ちら、と、大広間の門の方を見た。そこにはカンテラがぶら下がっている。今は全部、空っぽだが……。

「……じゃあ、樺島《かばじま》君」

バカがカンテラを眺めていたところ、たまが横から、そっとバカの袖を引っ張った。その仕草がちょっぴり可愛《かわい》いものだから、バカはちょっとドキッとする。

……が、たまは、そんなバカのことはいざ知らず、にや、と笑って言った。

「ここから先、大広間に来る人が大広間に入る前に捕まえて、全部、首輪、引き千切ってくれる？」

……そう。たまは駄目でも。他はまだ、駄目じゃないのである！　バカも気づいた！

ということで。

「陽！　陽が生きてるー！　やったー！」

「はい⁉　な、何のことだ⁉　君は誰⁉」

「じゃ、首輪引き千切っとくな！　よっこいしょ」

ということで、最初に犠牲になったのは陽の首輪だった。

「ちょ……えっ、えっ、あの……え⁉」

「あ、光。来たんだ」

「つ、つぐみ⁉　これは一体どういう状況なんだ⁉」

「なんかすごいのが一人紛れ込んでる。そういう状況。それでいてそのなんかすごいのは、とりあえず私達《たち》に好意的。あと、すごくバカ」

「すごくバカ⁉」

陽は全く理解の追い付いていない顔でわたわたしている。ので、バカは笑顔で、陽に首輪の残骸を差し出した。

「あ、千切った首輪、返しとくな。どうぞ」

「あ、ありがとう……？」

真っ二つに千切れた首輪を渡された陽は、『もう意味が分からない』とばかり、途方に暮れた顔をしたのだった。

それから、たまが陽に諸々《もろもろ》を説明した。さっきバカが説明したのの四分の一以下の時間で済んだ。たまって、すごい。バカは感動した。

「成程……そうか、俺は死んだのか……」

「そうみたいだね」

「陽、かっこよかったんだぞ！　たまのこと庇《かば》って……でも俺は悲しかったんだぞ！　あと、たまも！　悲しんでたんだぞ！」

「そ、そっか。でもまあ、かっこよく死んだっていうなら、いいかな。ははは……」

陽は何とも言えない顔をしつつ、ちら、とたまを見た。たまも、ちら、と陽を見て……それから二人はどちらからともなく手を繋《つな》いだ。互いの手の存在を確かめ合うように。

……やっぱり、二人は兄妹か何かだろうか。バカは首を傾《かし》げつつ、『仲いいよなあ』と思った。


「それで、どうする？　とりあえず、樺島君の話だとどうも、多くの人が死ぬみたいだけれど」

「俺も含めて、ね。うーん、どうしようかな……」

それから、たまと陽が考え始める。

「……樺島君。真犯人が誰だったか、心当たりは？」

「無い！」

「うん、そっか……」

考え始めるのだが、バカの意見がまるで参考にならないわけだ。たまも陽も、頭を抱えんばかりである。

「……樺島君の話を聞く限り、最後に残っていたのは私と陽とミナさんっていう人と、土《つち》屋《や》さんっていう人と、あと、樺島君。で、陽が死んだらしいけれど……」

「素直に考えるなら、異能が分かっていなかった土屋さんの仕業、ということになるんだろうけれど……うーん、樺島君の話を聞いている限り、どうもそういうかんじは無いんだよなあ……」

「俺もそう思う！」

バカの意見は全く参考にならないだろうが、それでもバカは陽の意見に賛成だ。土屋が陽を殺したとは思いにくい。あのおっさんは、いい人だった。バカはそう思う。

「となると……うーん、でも、他の人は全員、死んでいたんだよね……？」

「あ。ところで、たまの異能って結局何だったんだ？」

「え？」

悩み始めた陽を他所《よそ》に、『そういえば！』とばかり、バカはたまに聞く。すると、たまは『知らなかったの？』というような顔をしつつも、教えてくれた。

「触れた人の異能をコピーする能力、だけど……」

……どうやら、そういうことらしい。バカには、よく分からないが……。

「……というか、だから私は樺島君の異能が分かったんだと思うけど」

「あっ、そういうことかぁ」

成程、つまり、たまは『他人の異能をコピーすることで、他人の異能がそもそも何かを知ることができる』ということなのだろう。バカはまた一つ、賢くなった。

「だから……どうしようかな。もう、樺島君のをコピーしておいた方がいいかな」

「ああ……そうだね。そうすれば、樺島君の話が本当かどうかも分かるし、ひとまず、保険が一つできることになるのか……うん。いいと思う。やっちゃえばいいよ」

「うん。じゃあ、樺島君。ちょっとごめんね」

「んっ？」

バカがきょとんとしている間に、たまはバカの腕を摑《つか》んで、それから離れていった。

「……本当に『やり直し』の異能だった」

「一気に信憑性《しんぴょうせい》が上がったね。これは大きいぞ」

バカは、『うん？』とまだ首を傾げていたのだが、たまはそんなバカを放っておいて話を進めた。

「……まあ、私がこういう異能だから、その、ビーナスさん？っていう人が占いの異能なのは、おかしい気がする」

「ん？」

「だって、私の下位互換の異能になってる。強いて言うなら、私は相手に触れる必要があるけれど……それで埋められる性能差じゃない」

バカは頭の上に『?』マークをいっぱい浮かべていたのだが、とりあえずたまと陽《よう》の間では概《おお》ね、分かり合っているらしい。バカは『二人とも頭いいなあ……すげえなあ……』と、なんだか嬉《うれ》しくなった。バカに理解力は無いが、共感力はあるのだ。

「……となると、異能については、ビーナスさんが怪しい、と。ついでに異能を偽装されていた可能性があるヒバナについても……」

「そう。でも、重点的に警戒する必要があるとしたら、天城《あまぎ》さん、っていう人か、海《かい》斗《と》、っていう人になると思う。そっちはまだ情報が出てないから。土屋さんっていう人についてては、ミナっていう人が信頼を置いていた、っていうところから、異能がミナさんには割れていた可能性を考えていいと思う」

「その上で安心できる異能、っていうことか。成程ね」

頭脳派二人はバカにはよく分からない話をしつつ頷《うなず》き合った。バカにはよく分からなかった。

「……樺島君の話を聞く限り、あからさまに怪しいのは天城さんなんだけどな。でも、それは俺に話しかけてくるっていう内容次第、かもしれないね。なら、俺が調べるのが妥当か」

「……じゃあ、私はビーナスさんを調べてみる。ついでにヒバナの情報が出るかも」

「そうだね。じゃあ、樺島君は……」

「うん!」

ようやく話しかけられたバカは、『俺の出番か！』と嬉々《きき》として顔を上げる。そして。

「樺島君は、海斗っていう人を調べて」

たまからそう命じられて、バカは……首を傾げた。

「調べる、って、何すりゃいいんだ？」

「……とりあえず、仲良くなっておいで」

「分かった！　俺、海斗と仲良くなる！」

たまはバカにも至極分かりやすい命令を下してくれたので、バカは大喜びである。

「……じゃあ、早速、誰か来たみたいだから。頑張ってね」

バカは海斗と仲良くなる！　海斗と仲良くなるのだ！　バカはそう、張り切った！

そしてそこへ丁度、運よく、もしくは運悪くやってきたのは海斗であった。対して待ち構えているのは、当然、ものすごくやる気に満ち溢《あふ》れたバカである。

「うおおおおお！　首輪引き千切るぞぉおおおおお！」

「な、何だ!?　お、おい！　君は何なんだ!?　や、やめろおおおお！　来るなあああああああ！」

……バカが張り切った結果、海斗は怯《おび》えた。怯えられたバカはちょっぴり傷ついた。が、ちゃんと己の使命を果たすべく、海斗を取り押さえて担ぎ上げて、そのまま海斗の首輪を引き千切った！

「ってことで、はい、首輪、返しとくな！」

「え、ええ……？」

海斗はバカの肩からそっと下ろされ、更に、真っ二つになった首輪をそっと返されて、只々《ただただ》困惑している。ついでに、バカを怯えと警戒の目で見ているものだから、バカとしてはやりづらい。

「ああ、その人、こういう人らしいから大丈夫」

「えーと、君も首輪が千切れたんだね？　俺もだから大丈夫」

たまと陽が苦笑しながら『大丈夫』と言ってくれるのだが、海斗の警戒は相変わらずである。

「き、君達は……既に、グル、と？　そういうことか？」

「うん！　俺達、仲良しだぞ！」

「別に仲良しではないかな……」

「えええええ!?　俺達、仲良しじゃないのぉ!?」

「まあ……とりあえず、最初に来た人と、次に来た人と、それから俺、っていうかんじ、かな……」

海斗はバカ達の話を聞いてますます警戒を強めていく。一方で、怯えは少しばかり抜けてきたか。

「えーと……お前のこと、何て呼んだらいいかなぁ」

そこで、バカは海斗にそう、聞いてみる。そう。一応、たまに『たま』と話しかけて不審がられたことからバカは学習しているのだ！

「……そちらは？」

「あ、俺？　俺、樺島剛《かばじまつよし》！」

「ほ、本名か……？　本名を名乗ったのか……？　この状況で……？」

「うん！　あ、でも、バカ島でも、バカでも、好きに呼んでくれよな！」

バカは頑張って海斗に話しかけてみるのだが、海斗の警戒は強まるばかりだ。バカは『どうしたらいいかなあ！』と、困るばかりだ。

「あ、えーと……その、樺島君はそういう風に、本名を名乗ってしまうことにしたらしいんだけれど、俺達は、一応、偽名を使おうか、っていう話をしていて……」

「私は、首輪に地球の惑星記号があったから、『球』で『たま』。そっちは、太陽だったから、『陽』ってことにした。あなたは？」

そこへ陽とたまが助け船を出してくれる。バカは嬉しくなった！　やっぱり俺達、仲良しじゃないか！　と。

「首輪……ええと、これ、か……？」

海斗は、千切れた首輪を恐々《こわごわ》と見て……。

「海王星、か……。いや、あの、ところで、どうして首輪を千切ったんだ……？」

海斗は自分の首輪のマークより先に、バカの奇行が気になったらしい。

「私がこの部屋に入った時、首輪から注射みたいなものが出て刺さった話をしたから。多分、首輪をつけたままこの部屋に入ると、注射されるんだと思う」

バカが説明を考えている間にたまが説明してくれた。バカにはよく分からなかったが、多分、海斗をより納得させてくれるいい説明なのだろう。

「注射⁉ な、何かのワクチンとか解毒剤が出ていたんだとしたらどうするんだ⁉ 僕はこいつのせいでそれを打ちそこなったことになるが⁉」

「大丈夫だよぉ、多分、毒薬だったってぇ」

「何を根拠に⁉」

海斗は混乱し続けているが……バカは、にっこり笑って、ぽん、と海斗の肩に手を置いた。

「ってことで、よろしくな！ 海斗！」

「か、海斗⁉ 海斗、というのは誰のことだ⁉ 僕は海斗なんて名前じゃないが⁉」

「えっ⁉ だってお前、海王星だしぃ……海王星の海で、海斗ぉ……」

「な、成程な⁉ 海だから『海斗』か！ い、いや、勝手に決めるな！ 海王星、だな？ 海か。海だよな、ええと、やはり、海と言ったら、ヘミングウェイの……」

「ええー、もう俺、お前のこと『海斗』って覚えちゃってるんだよぉ、変えないでくれよぉ……」

……海斗は、バカのことがちょっぴり嫌いになってしまったような気がするが、バカはそれでもめげない。バカはとにかく、がんばって海斗と仲良くなるのだ！

そして、陽が天城と、たまがビーナスと仲良くなる！　これで完璧なはずなのである！

バカにはよく分からないが！

……だが。

「やっぱりとれたての魚って美味《うま》いよなあ。海斗は魚、好きか？」

そこからも頑張って、海斗に話しかけ続けていたバカだったが。

「意味が分からない！　もう僕に近づかないでくれ！」

海斗にそう言われてしまって、絶望した。……早速、仲良くなるのに失敗している！

そうしてバカは、しょんぼりした。

海斗に『近づかないでくれ！』とまで言われてしまった。仲良くなるのに失敗した。もうダメだ。おしまいだ。バカ、一生の不覚である。

……ということで、バカはとにかくしょんぼりと肩を落とし、大広間の隅っこで体育座りしていたのだ。それが、よくなかった。

「あっ、人が……！」

バカがしょんぼりしている間に、たたた、と足音が聞こえたかと思ったら……。

「きゃっ!?　な、何か、首に刺さったような……!?」

……ミナが、大広間に足を踏み入れてしまっていた。バカ、一生の不覚二回目！

「ああ……ごめんな、ごめんなぁ……俺、お前の首輪、千切らなきゃいけなかったのに……刺される前に、千切らなきゃいけなかったのに……」

困惑するミナの前で、バカはがっくりと肩を落としている。ミナは困惑している。

「え、ええと……これは、一体……？」

「あー……うん。えーと、俺と、そこの、海斗君？　については、この人が首輪を引き千切ってくれたんだけど……」

「千切る……？　この首輪、千切れるんですか……？」

「あ、えーと、普通は千切れないと思うよ」

ミナは、ぐいぐい、と自分で自分の首輪を引っ張ってみているのだが首輪は全く動かない。当然である。単にバカがおかしいのだ。

「樺島君。落ち込んでないで、次の人の首輪はちゃんと外して」

「うん……ごめんなぁ、たまぁ……」

バカはしょぼしょぼしながら、大広間の入り口に体育座りした。ここに座っていれば大丈夫だ。誰か来たらすぐ分かる。最初からここで落ち込んでおけばよかったのだ。バカはまた、しょんぼりとした……。

次にやってきたのは、土屋《つちや》だった。

「あっ！　首輪外すから、入る前にちょっと待ってくれ！」

「……何？」

「えーと……これでよし！」

バキイ！　と、ちゃんと土屋の首輪を引き千切った。今度はちゃんとできた！

「じゃ、通っていいぞ！」

「……な、何が起きたんだ……!?」

「あっ！　首輪、これ返しとくな！」

土屋は、バカから千切れた首輪を返却されて只々、慄《おのの》いている。剪断《せんだん》したようになっている首輪の断面は、バカのパワーの証《あかし》なのだ。

「それで、えーと、確かマークは『土星』だよな！　よろしく！」

「は、はあ……？」

「詳しくは中に居る奴《やつ》らに聞いてくれ！　俺、バカだからよく分かってねえんだ！」

「……そ、そうか。なら、中に居る人達《たち》に聞かせてもらおうかな……」

土屋は愛想笑いを浮かべると、大広間に入っていった。多分、たまか陽から説明を聞けるだろう。バカは安心して、次の首輪も破壊すべく、気合を入れて体育座りした。

そして、次にやってきたのはヒバナだった。

「あっ、ちょっと待ってくれ。入る前に首輪外すから！」

「はあ？　お、おい、何して……うおわっ!?」

バキイ！　と音を立てて、ヒバナの首輪も外れた。

「じゃ、通っていいぞ！　説明は中に居る頭いい奴から聞いてくれ！　で、これ返しとくな！　お前のマークは『火星』みたいだからよろしくな！」

「な、なんだァ、てめえ……？」

ヒバナは出端《でばな》をくじかれて、中途半端なとんがりぐあいのまま、バカをチラチラ見つつ、大広間へと入っていった。ヨシ！

次にやってきたのは、ビーナスだった。

「あっ！　ちょっと待ってくれ！　首輪外してから中に入ってくれ！」

「は？」

バカは、『怖くないよ！』というアピールのため、笑顔でビーナスへ近づく。やっぱり、他人に近づく時には笑顔でいるべきだ。じゃないと怖がられる！……と、思ったバカだったが。

「な、何よあんた……」

「こ、怖くないぞ？　俺、怖くないから、ほら、首輪……」

「触らないでっ！」

ビーナスは、警戒心が強かった。更に、速かった。

バカが『あっ、ここで手ぇ伸ばしたらビーナスに怪我《けが》させちゃうか!?』と躊躇《ためら》ったその一瞬をついて、ビーナスはバカの横をすり抜けていたのである！

「だ、駄目だ！」

バカは慌てて手を伸ばしたが、遅かった。

「いたっ……!? な、何、今の!?」

……ビーナスも、注射を打たれてしまったらしい。バカは、『俺が躊躇ったばっかりに！』と、しょんぼりした。バカ、一生の不覚がこれで三度目！


「樺島君……元気出しなよ。ほら」

バカがしょんぼりしていたら、陽《よう》がやってきてバカの隣に腰を下ろした。

「うん……でも、俺、上手《うま》くやれなかった……」

「ビーナスさんについては、しょうがないよ。彼女自身が、首輪を外されることを嫌がったんだから。それは彼女の選択だ。君がどうこうできることじゃなかった」

今、大広間の方からは『だってあんな変なのに急に話しかけられたら誰だって警戒するでしょ!?』というビーナスの声が聞こえてきている。バカはそれを聞いてまたしょんぼりした。バカがもっと、人を信用させるに足る見た目をしていたらよかったのかもしれない……。

「……ま、まあ、そう気を落とさないで。まだ、メンバーは居るんだろう？」

「うん……天城《あまぎ》のじいさんが、これから来るはずだから……」

陽に励まされて、バカはまた、前を向く。そうだ。まだ、バカの仕事は終わっていない。天城がこれから来るのだし、それに、海斗《かいと》と仲良くなる、という使命だって、まだ、終わってはいないのだ。嫌われてしまったって、その後、挽回《ばんかい》できるチャンスはあるかもしれない。バカは、やる気と根性のあるバカなのだ。

……頑張れば、きっと、前回よりも、何かが良くなる。バカはたまと約束したのだ。

『誰も死なないようにする』と。

バカは自分の両頬を『ぺちん！』と叩《たた》いて、気合を入れ直し、天城を待つのだ！

……そうして、天城がやってくる。通路の奥の方から、かつかつと靴音を鳴らしてやってくる。気難しげな、疲れた顔でやって来た天城は……。

「……だ、誰だ、お前は!?」

「俺、樺島剛！　とりあえず、首輪外すからちょっと待ってくれ！」

バカを見て、天城は茫然《ぼうぜん》とし……そして、元来た道を戻り始めた！　なのでバカはすぐさま天城を追いかけた。

「駄目だぞ！　そろそろ時間だって！　浸水すっから！　水くっからこっち！　こっち来いよぉ！」

「何故《なぜ》そんなことを知っている!?」

「そういうのはたまに聞いてくれよぉ！　俺、バカだからよく分かんねえんだよぉ！」

そして、バカはすぐさま天城に追いついた。よっこいしょ！　と天城を抱き上げてしまう。天城はぎょっとして『離せ！』と暴れ出したのだが、バカはそれを無視して大広間の方へと呼びかける。

「たまー！　陽ー！　ちょっと助けてくれー！　爺《じい》さんが暴れるー！」

「あ、なるほどね……そうなる訳か」

「……何を助けたらいいの、私達は」

とりあえず頼りになる二人を呼び寄せると、天城は何故か、途端に大人しくなった。三対一だと元気が出ないのかもしれない。

なので、その隙にバカは『よっこいしょ』と天城の首輪を引き千切る。バキイ！　と破壊された首輪を、『はい』と天城に渡せば、天城は茫然と、首輪を受け取るのだった。


……さて。

「これで九人揃《そろ》ったね」

バカ、たま、陽、海斗、ミナ、土屋、ヒバナ、ビーナス、天城。九人が揃う。

……この中の半分が、一度死んでしまった人達だ。だが、今はこうして、全員ここに居る。バカはそれを噛《か》みしめて、『今度は誰も死なせないぞ！』と強く強く思う。

そして……海斗だ。一周目でほとんど喋《しゃべ》れなかったし、今、どちらかというと間違いなく嫌われている。だが、なんとかするのだ。なんとかする。具体的な案は何一つ出てこないが……海斗だって、死なせない。そして、海斗と仲良くなるのだ。

そんな中。

『さて……集まれる者は全員集まったようだな』

声が、響く。

バカは勿論《もちろん》、他八名も一斉に声の方を向けば……ラッパのような形をした古風な放送器具から、若干のノイズ混じりに声が出ていることが分かった。

『もうじき、君達が居た地下フロアは全て水に沈む。この時点で未《いま》だに一つも謎が解けていない部屋もあるようだが……その者は決して間に合うまい。先に説明をしてしまっても問題は無いだろう』

……皆の視線が、バカに注がれる。それと同時に、バカは理解した。

どうやら、一回目にバカがアナウンスを聞きそこなった原因！　それは、謎を一つも解かずに部屋を出たせいで、悪魔の検知に引っかかれなかったらしい、というところにあるようだ！

バカは、『次はちゃんと解こう』と思った。同時に、『いややっぱ無理な気がする……ごめん、悪魔……』とも思った。多分、次回も首輪は引き千切るしドアは吹き飛ばす。バカにはそれしかできないのだ……。

『さて。分かっているとは思うが、君達は悪魔の誘いに乗ってここまでやってきてしまった愚かな者達。自分の願いを叶《かな》えるために、これから他者を蹴落とし、殺すことになる罪深き者達だ！』

悪魔のアナウンスは続く。バカは『そっかー』と頷《うなず》きながら熱心にアナウンスを聞いた。

『これから、君達が行うことになるデスゲームの説明をさせてもらおう。一度しか言わないからよく聞きたまえ』

「うん！　分かった！」

バカはアナウンスへ元気に返事をして、『よく聞くぞ！』と身構えた。周りはそんなバカを何とも言えない顔で見ていた！

『まず……諸君らは既にお気づきのことと思うが、諸君らにはそれぞれ、首輪が付いている』

「ついてねェんだよなぁ……」

悪魔のアナウンスに、ヒバナがぼやきを挟んだ。まあ、その通りである。首輪は半数以上をバカが引き千切ってしまったのだから。

「……つまりこのアナウンス、録音なんだね」

「そうみたいだね。そうじゃなかったら、悪魔があまりにも、臨機応変に対応できない奴ということになってしまう……」

どうも、思わぬところで悪魔の手の内が一枚、見えてしまったようだ。どうやらこの説明、録音らしい。或《ある》いは、パターン化されて既に決まっている何かか。

『そして、その首輪は諸君らに毒物を注射した。まあ、正確には毒ではなく、我々の魔法によるものだが……君達には、毒薬と言えば分かりやすいだろう。まあ、いずれにせよ結論は同じだ。……このままでは、諸君らは……次の『夜《よ》』が来た瞬間に、死んでしまう！』

悪魔の説明に、たまとミナとビーナスが緊張を過ぎらせる。……この三人は、バカが首輪を千切り損ねた三人だ。この三人は、悪魔の説明通り、うっかりすると死んでしまうのである。

……が。

「……つまり、僕らは、死なない……？」

呟《つぶや》いた海斗の言葉は実にご尤《もっと》もである。

そう！　このデスゲーム……既に、ほとんど成り立たないところまで崩壊しているのである！

だって、残り六人は既に、放っておいても死なない状態になってしまっているのだから！

「デスゲーム、とは……ううむ」

「なんだか、おかしなことになっちゃったね。あははは……」

土屋《つちや》と陽も何とも言えない顔をして、スピーカーを見上げた。悪魔からの答えはない。

アレは録音なのだろうから、それはそうだろう。

そして、これが録音だったことは、きっと悪魔にとっても良いことだった。

……しょっぱなからこんなに台無しにされてしまったのだ。直接この場を見て話すことになっていたら、悪魔だって泣いてしまっていたかもしれない……。

バカは、ちょっぴり申し訳なく思った。ごめんな、悪魔！

『死にたくないなら、やるべきことは簡単だ。……君達《たち》の時計が『昼』を示した時、周囲のドアが開くようになる。その先にあるのは、楽しい『ゲーム』だ。そして、そのゲームをクリアした先にあるのは、解毒装置。君達に注射された毒物を中和してくれるものだ。素晴らしいだろう？』

それでも悪魔のアナウンスは続く。既に半分やる気を失《な》くしている人々の中に、悪魔の上機嫌なアナウンスが上滑りしていくようだった。

『同時に、『更に次の夜』に死ぬよう、新たな毒薬が注射されるが、それは次のゲームでなんとかすればいい。……まあ、とにかく、君達が生き残るには、ゲームをクリアして解毒装置を使うしかないということだ。ただし、注意点が四つ！』

バカはバカなので、必要無くても説明をちゃんと聞く。『注意点は四つ！　ヨシ！』と、やる気いっぱいである。

『……一つ目は、ゲームへと続く昼のドアはそれぞれ一回きりしか開かない、ということだ。一度も開いていない昼のドアは、昼の間ならいつでも開く。だが、一度でも開けてしまったなら、閉じたが最後、もう二度と開くことは無い！』

バカは、『ドアのことなら分かるぞ！』と嬉《うれ》しくなった。既にバカは、ライオンの部屋と水槽の部屋、二つのドアを潜《くぐ》ってきている。どういう性質なのかは、大体分かっている。大体は。……そして、バカが分かっていないことについては、多分、たまや陽が分かっているのでヨシ！

『二つ目は、人数制限だ。どのドアも、人数の制限は無い。何人で入って頂いても結構。だが……ゲームの先にある解毒装置は、四人分のみ。そして、夜になるまで出口は開かない。……お分かりかな？　つまり、五人以上が同じ部屋に入ってしまったら、その時点で一人以上が死ぬことが確定するということだ！』

「いや、確定しねェんだよなぁ……」

ヒバナがまたぼやいた。バカは、『その通り！』とうんうん頷いた。……前回、バカは学んだのだ。『首輪が無ければ、五人でも六人でも入って大丈夫』と！　バカはちゃんと覚えている！

『三つ目！　解毒剤は、その部屋のドアを開けたその昼の間にしか使えないから注意したまえ』

これも確かそうだったよなあ、とバカは思い出す。確か、夜になってしまうと、解毒装置の中に装填されている玉の光が消えてしまうのだ。あれだともう使えない、ということなのだろう。

『そして最後、四つ目だが……このゲーム中、何が起こっても一切の責任を負いかねる。そして、『何を起こしても』お咎《とが》めナシとしようじゃないか』

「分かった！　何してもいいんだな！　よかったぁ！」

バカは満面の笑みで返事をした。そう！　バカはこれが聞きたかったのである！……

うっかり物を壊しても、ライオンを殺しても、お魚を食べちゃっても文句を言われない、
という保証が！

そう喜ぶバカを見て、周りの人間達は心配そうにしていたり、呆《あき》れ返っていたりするば
かりだ。

「……あの、樺島君《かばじま》」

「うん？　なんだ、たま」

「多分、さっきのアナウンスの意味は、『だから、ゲーム中に他の人を殺してもいいよ』っ
ていうことだと思うよ」

たまの言葉を聞いて、バカはぎょっとした。

「……殺したくはないぞ!?」

「そう。ならよかった」

なんてこった！　とバカがおろおろする中、たまはちょっとため息を吐《つ》いた。呆れてい
る。

「ただ、俺はうっかりライオン殺しちまったり、ピラフ食っちまったり、ドア壊しちまっ
たりしても怒られねえっていうんなら嬉しい！」

「……ライオン出てくるの？　あと、ピラフ……？」

「うん！　泳いでるやつ！」

「泳ぐピラフ……あっ、ピラニアか何かのこと、でしょうか……？」

バカの発言に全員が頭の上に『？』マークを浮かべる羽目になった。が、たまが『ほら、続き、聞いてあげようよ』とスピーカーの方へバカの意識を促したため、ひとまずこの話はここで終わった。バカは助かった。

『まあ、そういう訳だ、諸君。ゲームを楽しんでくれたまえ。ああ、あと、最後に一つ……君達にはそれぞれ一人一つ、異なる異能が与えられている。金庫にあった説明は読んできたかな？　その通りに行動すれば、問題なく異能を使えるはずだ。そして君達の望みを叶えるといい』

これもバカは覚えている。つまり、願いを叶えたい人同士で喧嘩《けんか》になる、という話だ。

バカは『喧嘩はよくねえよなあ……』と眉根を寄せた。

『君達の望みが叶えられるのは、今を『零日目の夜』とした時の『四日目の昼』にあたる。その時、我々は責任をもって……そこのカンテラに入っていた人間の魂の数だけ、望みを叶えてあげようじゃないか。だが、無論、魂の数が生き残った人数より少なかったからといって、叶える願いの数を増やしはしない。誰が願いを叶えるのかは、君達で決めてくれ』

バカは『悪魔ってケチだよなあ……』とまた眉根を寄せた。折角なら、人間の魂とか言ってないで、全員の願いを叶えてほしいものである。

『そこのカンテラに人間の魂を入れる方法は簡単だ。人間が死んだら、その魂がそのカンテラに入る。まずは、次に夜の鐘が鳴った時までに死んでいた魂を鐘と同時にカンテラに入れておくとしよう。更にその次は、次の夜の鐘だ。覚えておきたまえ』

そしてこれも、バカは大体覚えている。要は、死んだ人の魂はあのカンテラの中に入ってしまうのだ。……カンテラに入れられちゃったら、どんな気分なのだろう。やっぱり狭くて居心地が悪いのだろうか。バカは心配になった。

『では、ゲームスタートだ。参加者諸君、うまくやりたまえ』

……そうして、バカの心配はさておき、アナウンスはぷつりと途切れ……いよいよ、ゲームが始まる。バカにとっては二回目、そして他の人達にとっては初めての、デスゲームだ。恐らくは。

「……えーと、ちょっと、いい？」

そうして最初に口を開いたのは、ビーナスだった。

「……このゲーム、既に、破綻……してない？」

……実にご尤もな……本当なら、悪魔に直接聞きたかったであろう疑問をビーナスが零《こぼ》せば、周囲は全員、静まり返る。

「……まあ、してるよね」

たまが、ぽそ、と言えば、『そうよねえ……』とビーナスは顔を顰《しか》めて、憎々し気に首輪をちょっと引っ張った。当然ながら、ビーナスの力では首輪は千切れない。当然である。バカがおかしいのだ。バカが。

「とりあえず……」

「とりあえず自己紹介しようぜ！　俺、樺島剛《つよし》！　バカ島とかバカとか、好きに呼んでくれ！　職場ではバカって呼ばれてる！　よろしくな！」

そして、バカはバカなのでここに来て自己紹介を提案した。全員、バカがバカであるらしいということは既に分かっているため、『どうする？』『どうしようね』というように顔を見合わせ……。

「……まあ、呼び名が無いと不便だし。じゃあ、私から。私のことは『たま』って呼んで。『地球』の球で、たま。よろしく」

たまがそう先陣を切ってくれた。そしてたまが名乗ったため、次々に皆が名乗るようになった。陽《よう》、ビーナス、ヒバナ、土屋、ミナ、天城《あまぎ》……そして、海斗《かいと》の番が来た。ので。

「で、こいつは海斗だ！　よろしくな！」

「何故《なぜ》お前が名乗る!?」

バカが代わりに海斗を紹介しておいた。なので海斗は、『海斗』ではない名前を名乗る機会を失った。バカは良かれと思ってやっているが、海斗にはものすごい形相で睨《にら》まれている！

海斗は文句を言いたかったようなのだが、それより重大な話が来てしまったので、海斗の名前については流されていった。どんぶらこ、どんぶらこ。

「それで、あの、ど、どうしましょう。このままだと私達三人、死んでしまう、のですよね……？」

そう。名前より重大な問題。それは、『三人』の問題だ。バカが首輪を破壊しそこなってしまった三人……たまと、ミナと、ビーナス。奇《く》しくも女性三人が首輪付きのままなのだが……。

「うん。私達三人だけは、このままだと死ぬ。でも……」

たまは、ちら、と他の六人を見渡して、ため息を吐いた。

「……他の六人は、そうじゃない。だから余計に、まずいと思う」

バカは『余計に？』と首を傾《かし》げる。このままじゃ女子三人が危ない、ということは分かるが、『余計に危ない』は分からない。

「そうだな……言ってしまえば、首輪をつけている者は首輪をつけていない者に逆らえなくなった、ということだろうな」

たまの言葉に頷《うなず》きながら、海斗が一歩、前に進み出る。

「えっ、そうなのか？」

バカが尋ねてみると、海斗はバカを無視して他の皆に話しかけ始めた。

「昼に開くドアは、『一度開いたら二度と開けられない』のだったな？　そして、昼のド

ア の先にある解毒装置は、ドアを開けたその昼の間にしか使えない。……つまり、全てのドアを開けて閉めてしまえば、その時点で首輪をつけている者の死亡が確定する」

海斗の言葉に、女性三人が緊張感を高める。

「で、首輪をつけてねえ奴《やつ》の方が多数派で、つけてる連中の方が少数派、ってわけだよなァ……？」

更に、ヒバナがそう言った。バカにはよく意味が分かっていないが、女性陣はより一層、緊張感を高めた。……そして。

「そういう訳で、提案だ。……僕は、全てのドアを最初の昼に開けるべきだと考える。さあどうかな？　他五人の男性諸君！」

海斗が、そう提案したのだった！

「俺は反対する」

そして真っ先に、陽が反対した。

「フェアじゃない。このゲームが如何《いか》に殺し合いのゲームだったからといって、事故のような状況を利用して少数を多数でやり込めるのは、フェアじゃないよ。殺すにしても殺されるにしても、納得がいかないだろう」

陽はそう、堂々と宣言した。とても誠実で、高潔だ。バカは『ふわあ』と感嘆のため息を漏らし、目を輝かせた。陽、かっこいい……。

「……そうか。他は？」

海斗が何とも言えない顔で周りを見渡すと……続いて。

「私も反対する」

……なんと。天城が、そう、名乗り出た！

「えっ!?　天城の爺《じい》さん、反対なのか!?」

なのでバカはびっくりした！

「ああそうだ。反対だ。そちらのお嬢さん方に死ねと言うのはあまりに酷ではないかね？

……それとも、私が賛成すると思っていたのか？」

「うん！　思ってた！　だから今びっくりしてる！」

だって、あの天城である！　最初にバカを殺すことを提案してきたぐらいの、物騒な爺さんである！　その爺さんが、なんと、たまとミナとビーナスを死なせる案に、反対しているのだ！

バカは驚いた！　『目ン玉飛び散るぐらい驚いた！』と零してみたところ、たまから『目玉は飛び出すだけにしておこうね』とそっと言われた。

「ふむ……それは心外だな。お前は一体、私の何を知っているというのだ？　何をもってして、そんなに驚いている？」

「え？　えー……そんなこと言われてもよぉ……」

天城に、ぎろり、と睨まれて、バカは困る。

バカは陽とたまに助けを求めて視線を送ってみるのだが、二人とも、バカを助けてくれる気は無いらしい。バカは只々《ただただ》、天城に睨まれてわたわたするばかりである！

「……まあ、そのバカはどうでもいい。そちらはどうかな？」

そして続いて、海斗がヒバナに話を向ける。おかげでバカはちょっと助かった。実際のところ特に助かっていないのだが、話が自分から逸《そ》れたら助かった気がしてしまうのがバカのバカたるところである。

「ああ？　俺かァ？……俺も反対だな」

なんと！　ヒバナも、反対し始めたのである！

「えっ!?　お前も反対すんのか!?」

「んだよ、悪いかよ」

「いや！　悪くない！　でもびっくりした！」

そしてバカはまたもやビックリする羽目になる！

だってヒバナは、どちらかというとバカのことを殺そうとしていたはずである！　ライオンの部屋の後からは、特にバカに対して敵対していたわけでもないのですっかり忘れていたが……だが、ヒバナは人を殺したい方だったような気がするバカとしては、只々、驚きなのだ。

マジかよぉ、とバカが目を円くしていると、ヒバナはなんとも気まずげな顔で、ふい、と視線を逸らした。バカは『はえぇー』とびっくりのため息を吐いているばかりだ。

「さて、私が意見を表明する必要も最早《もはや》無いように思うが……私も反対だ。そもそも私は、人を殺してまで願いを叶《かな》えたいとは思わんのでな」

そして最後に、土屋《つちや》がそう宣言する。土屋のおっさんは前回と同じだぁ、とバカは嬉《うれ》しくなった。

「願いを叶える気が無い、だと？……なら何故ここに来た？」

「さてな……まあ、それはお互いに関係のないことだ」

土屋はそう言うと、ふ、と海斗を睨む。海斗は怯《ひる》んだ様子であったが、真正面から土屋の視線を受け止めていた。

……そして。

「……私からも提案がある」

天城が、そう言って、手を挙げる。

「排除すべき者はむしろ……こっちでは、ないかね？」

……誰も、何も言わない。ただ、海斗が緊張の面持ちで天城を睨んでいた。

「この海斗とやらを、殺しておくべきではないか？」

「えええええー!?　俺じゃなくて海斗ぉ!?」

そしてバカはとても、びっくりしたのであった！　前回と、色々、違いすぎる！

どうしてこうなっちゃったのであろうか！　バカには分からない！　バカだから！

バカが只々困惑していると、天城は、ふん、と鼻を鳴らした。

「分かり切ったことだろう。こんな危険な奴と共に居るのは得策ではない。それに尽きる。お前はそう思わないのか」

「えぇー……」

そんなことを言われても困る。バカは困って周りを見てみる。だが……海斗の提案に反対した男性陣は皆、海斗を警戒しているようであったし、女性陣についても、警戒や不安の色が濃い。

……そう！　どうやら今回は、海斗が仲間外れになりつつあるようである！

海斗に向けられる視線が次第に厳しいものへとなっていく。それを横で見ているバカは、非常にハラハラする。このまま、海斗がいじめられるようなことになったらどうしよう！

「ねえ、提案があるのだけれど……」

と、そんな中でビーナスが突如、発言した。

「全員、ドアの中に入ってくれない？　まあ、少なくとも……その海斗、って奴には、ドアに入ってもらった方がいいと思うわ」

「ば、バカな！　僕は君達《たち》と違って首輪が無いんだぞ!?　ゲームとやらをやる必要は無い！　よってドアに入る必要も無いんだ！」

「そうね。でも、私達にはドアに入ってもらいたい事情ができちゃったわ」

海斗は慌てるが、ビーナスは冷静に、かつ冷酷に言ってのける。

「だってあんた、昼の間に大広間に残しておいたら、絶対に残りのドアを全部開けて解毒剤を全部だめにするでしょう？」

ビーナスの指摘の横で、ミナは不安そうに海斗を見ていて、たまは冷静にじっと海斗を見ている。女性陣の三対の視線に曝《さら》されて、海斗は苦い表情を浮かべた。

「……そんなことはしない。ここまで賛同者が得られない中でやるほどバカじゃないさ」

「呼んだか⁉」

「お前はバカだがお前のことじゃない！」

バカは、そっかー、としょんぼり引き下がった。折角海斗に呼んでもらえたと思ったのに！

「……まあ、信用できっこないのよね。できれば、首輪をつけてない全員にドアに入ってもらいたいところだけれど……」

「それは流石《さすが》に、その、申し訳ないので……」

女性陣は複雑そうに男性陣を見ている。バカは事情がよく分かっていないが、とりあえず『ミナは優しいなあ』ということだけ理解した。

「申し訳ない、だと？　なら、僕は？」

一方、海斗はミナの発言に少しばかり精神を逆撫《さかな》でされたようである。緊張に僅かな怒りを滲《にじ》ませて、ミナに問いかける。するとミナは怯《おび》えたように半歩下がって、ビーナスにそっとくっつくようになった。

のだ。

「……海斗《かいと》さんも、できれば、命の危険に曝したくはありません。でも……」

そして、そんな状態でも、ミナは真《ま》っ直《す》ぐに、悲しみと不安と疑いを込めた目を向けるのだ。

「……ごめんなさい。私も、あなたは信用できません」

……海斗も、これは堪《こた》えたらしい。優しい雰囲気のミナが海斗のことを見捨てた、ということだろうから、確かにその気持ちはバカにも分かる。

「……まあ、こうなると予想できなかった時点で考えが甘すぎるな」

天城《あまぎ》が軽蔑の目と言葉を海斗に向けている。バカは海斗の居心地の悪さを思って、なんとなくそわそわする。

「まあ、そういうわけで……私達は女子三人でゲームとやらをやってくるわ。三人一緒なら、なんとかなるでしょうし、首輪付きの同士なら、裏切るメリットも薄いから安心できるし。それで……」

そしてビーナスが、びし、と海斗を指差して宣告するのだ。

「海斗。あんたは別の部屋でゲームとやら、やってきなさいよ。私達と同じように、命賭けてさ」

バカはいよいよ、そわそわする。海斗は間違いなく、居心地が悪いに違いない！　そわそわする！　そわそわする！

「……一人で、か？　他のメンバーは？」

追い詰められたような表情の海斗は、そう言って周りを見る。だが、誰かが助け舟を出してくれることは無かった。

「ついていきたい人がいたらついていけばいいと思うけど。でも、そんな人、居るのかしら？」

ビーナスの言葉に同調するように、男性陣は皆、黙りこくったままだ。

それはそうだ。わざわざ命の危険を冒したい者などそうは居ない。首輪が無い以上、彼らはゲームに参加する必要が無いのだ。

「おいおい……大広間に五人、残していくのか？　僕だけじゃない、彼らにだって、ドアは開けられるんだぞ？」

「俺は絶対に開けねェし、開けようとする野郎が居たらぶっ殺す」

するとなんと、海斗の反論は、ヒバナによってバッサリと切られてしまった！　バカは混乱する！　ヒバナはこんなに、正義感の強い熱い男だっただろうか！　何か、前回とは事情が違うのだろうか！

バカだけでなく全員がビックリする中、ヒバナは居心地悪そうにしていたが……。

「ふむ。どうやらヒバナは女性陣の中に死なせたくない人が居るようだな」

そんなヒバナに、土屋が笑顔を向けた。

バカが『死なせたくない人……？』と首を傾《かし》げていると、ヒバナは一つ舌打ちしてそっぽを向いた。……これは、図星の人の顔だ！　それくらいはバカにも分かる！

そしてバカに分かることは他の人にも大体分かる。皆が苦笑なり温かい笑みなりを浮かべていると、土屋もまた、温かい笑みを浮かべて一歩、進み出た。

「なら、私も明かしてしまった方がいいだろうな。……私の異能は、『盾を生み出す異能』だ」

全員がぽかん、としている中、土屋は少々恥ずかしそうにしながらも大広間の中央に進み出た。

「まあ、信じてもらうには実演した方が早いだろうな。……ふんっ！」

そして、土屋が力むと……途端に、土屋の前に大きな盾が出現した。まるで水晶のように透き通っていて、そして僅かに光を纏《まと》ったような、そんな不思議な盾である。

「うおぉおぉおぉおおお！　かっこいいぃいいい！」

これにはバカ、大興奮である。それはそうだ。でっかい盾だ。機動隊とかが持っていそうなかんじの、でっかい盾だ。かっこいい。でかいものはかっこいい！　しかも気合を入れるとかっこいい盾が生まれてくるのだから、本当にかっこいい！

バカはすっかり興奮して、土屋と盾の周りをくるくる回った。全方向から見てもやっぱりかっこいい。バカはますます興奮した。

「……と、まあ、私の異能はこんな具合だ。使用には気力と体力を消費するが、まあ、

言ってしまえばその程度だな。今も、上り階段を三階分上がった程度の疲労しか無い」

成程。つまり、無限に生み出せる盾である。バカにとっては。

「階段三階分……成程、人によっては致命的なダメージですね……」

「……ミナさんは、運動は苦手かい？」

「はい。とても……」

一方、ミナにとっては『一回出したら動けなくなる盾』であるらしい。まあ、この辺りは個人差がある。バカは納得した。ついでに『俺なら一気に百枚ぐらい盾を出しながら反復横跳びできるぞ！』と心の中でこっそり自慢した。

「自慢じゃあないが、半分肉体労働のような職に就いているものでね。体力にはそこそこ自信がある。そしてこの『盾』の異能は、まあ、あくまでも盾でしかない。何かから守ることには優れていても、何かを害するのには不向きだ。……これで、女性陣の安心材料になればいいんだが」

土屋はそう言って、『どうだろうか』と少し笑いながら、女性陣を見る。

「そうだね。盾の能力があれば、ドアを守ってもらうことはできそう。勿論《もちろん》、土屋さんが裏切らないっていう前提においては、だけれど」

「まあ、それにもし裏切ったとしても、攻撃には向かない異能じゃない？　異能では攻撃してこない、ってことなら、ま、それだけでもそれなりに安心材料になるわよね。未知の攻撃が飛んでくることは無いわけだから」

「はい……少し、安心できました」

どうやら、土屋《つちや》は女性陣の信頼を得ることに成功したらしい。そしてヒバナの発言もあったことだし、他の男性陣もある程度信頼されているようだ。実に和やかな雰囲気だ！

……そうして。

「昼に、なったね」

リンゴン、リンゴン、と昼を知らせる鐘が鳴る。それと同時に、ドアに光が灯《とも》った。これで、昼のドアを開けて、ゲームに挑めるようになるわけなのだが……。

「じゃ、海斗。あんたはさっさと行ってきなさいよ」

ドアの一つを背後に、海斗が追い詰められていた。

「い、いや……待て。陽《よう》と天城さんが居るから、安心なんじゃ、なかったか？　なら、僕は……」

海斗はどうすべきか考えあぐねているようで、その目は忙《せわ》しなく、全員の間を行ったり来たりしている。恐怖と焦燥に満ちた顔で、じり、と後ずさって……。

「だな！　よし！　じゃ、海斗！　行くかぁ！」

「は？」

そして、海斗の目が、バカに向かった。

海斗の目に映るのは、満面の笑みのバカである。そしてバカは、特に躊躇《ちゅうちょ》なく、ドアを開けた。

「えっ……？　な、何を、するつもりなんだ……？」

「え？　だって、ついていきたい奴《やつ》は海斗についていっていいんだろ？……え？　違ったか？　俺、また何か間違えたか……？」

茫然《ぼうぜん》とする海斗と、周囲。海斗だけでなく、他の皆もびっくりしているのを見て、バカは『俺、何か間違えたっけ……？』と真剣に悩む。

「ご、ごめん。俺、間違えてドア、開けちゃった……」

そして、間違えちゃったなら皆に謝らねば！　とバカがまごまごし始めたあたりで。

「……いえ、いいわ。丁度いいし、バカ君と海斗君にその部屋に入ってもらいましょうよ」

ビーナスが、呆《あき》れたようにそう言った。

「流石に、首輪を引き千切れる人が大広間に居たら、ねえ……？　安心、できないじゃない」

バカは『そうなのか？』とばかりに皆を見回してみるが、天城とヒバナは深々と頷《うなず》いていた。土屋とミナは何とも言えない顔でそっと目を逸《そ》らしてきた。陽とたまは、『がんばれ……』とばかりにちょっと頷いてみせてくれた。ので、バカはがんばる！

「そっか！　なら俺、海斗と一緒にこの部屋入っていいんだな！」

「ここまで素直だと一周回って心配になってくるわ……」

ビーナスがちょっと複雑そうな顔をしていたが、とりあえず『俺の行動は取り返しのつかない失敗じゃなかった！』とバカは喜んでおり、気にしていない。

「あの、言っておいてなんだけど、本当に大丈夫……？」

「へーきへーき！　俺、海斗と仲良くなりたかったし、一緒なら丁度いいよな！」

ということで。

バカは、海斗に満面の笑みを向ける。一方の海斗は、引き攣《つ》った表情で、バカを見上げていた。

「い、いや、僕はこんな奴と一緒に部屋に入りたくな」

「よっしゃー！　行こうぜー！　じゃあ皆、また後でな！」

「人の話を聞けぇえええええ！」

が、喜んでいるバカは人の話をあんまり聞かない。バカは海斗をひょいと小脇に抱えると、そのままドアを元気に開けて、スタスタとゲームの部屋へ入っていく。

……そうしてドアが閉まり、海斗の悲鳴は聞こえなくなったのだった。

一日目昼：運命の天秤

ぱたん、とドアが閉まるとほぼ同時、海斗《かいと》はなんとかバカの腕から抜け出して、今しがた閉まったばかりのドアへ向かっていった。

そしてドアを開こうとして、あえなく失敗する。

「く、くそ！　開け！　開け！」

「それ、一回閉まると開かねえんだってさっき言ってたぞ」

「うるさい！　くそ……なんで、こんな……！」

海斗はしばらく、ドアを開けようと頑張っていたが、やがて力を失ったようにそのまま座り込んでしまった。……バカに抱えられてしまったのが余程ショックだったのだろうか。

バカは、何と声を掛けていいものやら考えあぐねてしばらく海斗の後ろに立ち尽くしていたのだが、やがて、海斗はふらり、と立ち上がると、そのままバカの横を通り過ぎて、部屋の奥へと向かっていく。

「お、おーい、海斗ぉ。もう行くのか？」

バカは海斗を追いかけて声を掛けてみるのだが、海斗は答えることなくどんどん進んでいってしまう。バカは『どうしようかなあ』と困り果てつつ、海斗の周りをうろうろする。

……海斗はそんなバカに気が散る様子であったが、それでも頑《かたく》なに、バカを無視して進んでいった。

……やがて。

「うわ、でっけえ……なんだこれ？」

二人が進んだ先に見えたものは、巨大な吊《つ》り天秤《てんびん》。そして、その下には、ぼこぼこと沸騰する熱湯風呂が設置してある。

「これ、なんだ……？」

バカは一生懸命に目の前の巨大な装置を観察する。

まず、巨大な吊り天秤。その両方の皿の上に行くためのキャットウォークが設置してあることから、あの皿の上に人が乗ることになるのだろうなあ、ということが分かる。

続いて、巨大天秤を支える、巨大な女神像。……この女神像の右手に天秤が握られていて、そして、もう片方の手には、これまた巨大な金貨があった。

また、女神像の手にあるもの以外にも、女神像の横にあるコインケースの中に金貨や銀貨や銅貨……それぞれに巨大なコインが収めてある。下から、銀貨、銅貨、銅貨、金貨、銀貨、銅貨、金貨、銀貨、銅貨、銅貨、銅貨、銀貨、銅貨、金貨……といった具合だ。

コインケースは立てられた筒のような形で、下から一枚ずつ、コインを引き抜けるようになっているらしい。……そして、コインケースの一番上……つまり、一番最後に出てくるのであろうコインは、他のコインとは異なる見た目をしていた。

「あっ！　あれ、鍵が入ってるっぽいな！」

……そう。一番上のコインは、金でも銀でも銅でもない見た目をしていた。アクリル材なのか、無色透明。そしてそのコインには、蝶番《ちょうつがい》が付いているようだ。恐らく、あれはパカッと開いて、その中に収められた鍵が取り出せるようになっているのだろう。

「えー……なんだこれぇ」

そうして概《おおむ》ね装置を把握したところで、バカは首を傾《かし》げた。鍵の場所は分かった。だが、あの鍵を取るには、あのコインケースを破壊しなければならないのだろうか。そもそも、この天秤、何なのだろうか。

バカが首を傾げていると、海斗も顎に指を当ててつつなにやら考えて……それから、意を決したようにキャットウォークの方へと歩いて行った。

「あっ、待てよぉー」

バカも海斗の後を追いかけてついていく。すると、海斗は天秤の皿の近くまでやってきて、そして、皿の上にあった説明のようなものを読み始めた。

「……なあー、なんて書いてあるんだ?」

バカが話しかけると、海斗は、ちら、とバカの方を見て……それからまた、ふい、と顔を背けて、天秤の皿を指し示した。

「お前はあっちの皿の上に乗れ。同じ説明があるだろうから」

「うん！　分かった！」

なのでバカは素直にてけてけと走っていき、海斗が居たのと反対側の皿の上に乗った。

バカが反対側の皿の上に乗ると、そこにはさっき海斗が読んでいたのと同じものであろう説明書きがあったので、バカはそれを読む。

『自分の皿と反対の皿、どちらにコインを載せるかを宣言する。一度に載せられるコインは二枚まで。女神と向かい合って左の皿の宣言が先行となる。』

『両方の皿で宣言が成されるか、片方の皿の宣言から三十秒が経過すると、それぞれの宣言通りに皿の上にコインが置かれる。また、一度コインが置かれてから三十秒間宣言が無かった場合、宣言が無かった方の皿に一枚ずつコインが置かれる』

……バカには意味が分からない！　とりあえず『こっち！』か『あっち！』なのは分かった！

『コインは重さが異なる。銅貨は一枚で百キログラム、銀貨は二百キログラム、金貨は三百キログラムである。』

バカは『成程！　つまり金貨が一番重いんだな！』と頷いた。それも分かった。

『天秤が傾ききった時、上の皿は出口の高さと等しくなり、下の皿は熱湯に沈む。』

バカは『あっ、これ傾くのか!?』とびっくりした。天秤なのだから当然である。それから、『そっか、出口は上なんだな！』と頷いた。確かによく見てみると、上の方に出口があるらしいことが分かった。高さの都合で、よくは見えないが。

『尚《なお》、どちらかの皿でこの文章が読まれて一分後に、この部屋のキャットウォークは落ち、床の全面が熱湯に沈む。そして、天秤のストッパーが外れ、天秤が傾くようになる。』

「うん？」

『ゲームスタートだ』

バカがぽやん、としていると、ガチャンと音がした。なんだなんだとバカが皿の下を覗《のぞ》き込むと。

「おおー!?　風呂が溢《あふ》れてる！」

なんと！　熱湯風呂がどんどん広がっていくではないか！

それこそ、入り口の近くまで、熱湯が溢れていくのである！　バカは、『あそこに居たら熱かっただろうなー』と思った。尚、バカが好きなお風呂はぬるめのお風呂である。バカはぬるめのお風呂にのんびり浸《つ》かるのが大好きなのだ。尚、職場の先輩達《たち》は『ぬるいお風呂最高！』派と、『風呂は熱い方がいい！』派が居る。

更に、バカが熱湯風呂を見下ろしていると、キャットウォークがガチャン、と壊れて熱湯風呂へ落ちていった。ぼちゃん、と水柱が上がり、バカのところにも熱湯が跳ねてくる。ちょっと熱かった！　びっくりした！

そして。ぎぎ、と重い音がして、ほんの少しだけ、ほんの数センチほど、天秤が動いた。海斗よりバカの方が重いらしい。バカは『鍛えてるからな！』と誰にともなく胸を張った。

……そんな時だった。

「宣言する！　隣の皿に、一枚のコインを！」

隣の皿の上で、海斗がそう、叫んでいた。

「えっ？　えっ？」

バカが戸惑っている間、海斗はじっと前を見据えているばかりだ。少し、呼吸が乱れているのが見て分かる。苦しそうだ。もしかしたら、熱湯風呂の湯気でのぼせているのかもしれない。

「なあー！　海斗ー！　俺、どうすりゃいいんだー!?」

海斗に呼び掛けてみるのだが、海斗はまるきりバカを無視している。

「なあー！　海斗ー！　海斗ー！」

「うるさい！　自分で考えろ！」

諦めずに呼び掛けていたら、海斗はそう言って、それから、きっ、とバカを睨《にら》みつけた。

「このゲームは頭脳戦だ！　頭の悪い奴が死ぬ！　それだけのことだ！」

それを聞いたバカは……。

「えっ!?　つまり俺、死ぬのか！」

大変に、ショックを受けた！

「……頭が悪い自覚があるんだな」

海斗は少しばかり、冷静になったような顔をしていた。が、バカは冷静になるどころではない！

「えー、やだよー、まだ俺、死にたくないよぉ……ミニストップの期間限定のソフトクリーム、まだ食べてねえんだよー……今度出張行った時に食べる予定だったのに！」

バカが『死にたくない！　死にたくない！』とばたばたすると、海斗はいよいよ呆《あき》れた顔をする。尚、三二ストップとは、バカが一番大好きなコンビニである。ソフトクリームが大変美味《おい》しい。

「……もうちょっと他に無いのか？」

「あと社員旅行で行ったところの牧場ソフトクリーム美味《うま》かったからまた食べたい！」

「ソフトクリーム以外に無いのか!?」

「あっ、たいやき食べたい気分だなあ」

「食べ物！　以外に！　無いのか!?」

だが、焦るバカの頭に浮かんでくるものは、大体全部食べ物である。社員旅行で食べたニジマスの丸焼き、親方が振る舞ってくれた甘酒、先輩が作ってくれた納豆、コンビニで食べた肉まん……。

……バカがそんなことを考えていたところ。

「うわっ!?　なんだ!?」

女神像が動いた。

女神像は、コインケースから一枚のコインを取り……バカの隣に、そっ、と置いた。

「わっ、銀だ！　ぴかぴかだ！」

バカが『ぴかぴか！』と目を輝かせて銀貨を見ていると……ぎぎぎ、と軋《きし》みながら、天秤が傾く。

「うわ、うわ、傾いてる」

大変だ、大変だ、とバカがおろおろしながら周囲を見ていると、更に一枚、コインがやってくる。今度は銅貨のようだ。また天秤は傾き、やがて、ぎぎ、と軋みつつ天秤が止まった。

……バカが乗っている皿は、少し、熱湯風呂に近づいた。ふわふわ上ってくる湯気で、ちょっとあったかい。

「……これで分かったか？」

「えっ？」

海斗が苦い顔で話しかけてきたのを見て、バカは首を傾げる。そう！　この期に及んで、バカは何も分かっていないのだ！　バカだから！　本当にバカだから！

「このゲームは、お互いどちらを先に熱湯に沈めるかの勝負だ」

「えっ？　えっ？」

バカが困惑していると、海斗はまた正面を向いて、青ざめた顔で宣言した。

「僕は次の宣言を行うからな。……次は、二枚だ。二枚、隣の皿へ！」

海斗の呼吸は、離れて見ていても分かるほどに荒い。緊張によって衰弱しているような、そんな印象を受ける。バカはそんな海斗を見て益々《ますます》困惑しつつ……。

「えっ……えっ、じゃあ、俺も、こっちの皿にも二枚……？」

そう、宣言したのだった。

「は？」

海斗《かいと》が、ぽかん、とした。が、バカは頭の上に『？』マークを浮かべているばかりである！

「お、お前、何を考えて……？」

海斗は啞《あ》然《ぜん》としてそう呟《つぶや》いた。が、バカは何かを考えたわけではない。何も考えていないだけだ。

そうしている内に女神像が動く。コインが三枚、バカの隣に積み上げられる。銅貨と金貨と銀貨だ。一気にがくん、と天秤が傾き、いよいよバカが乗っている皿は熱湯に近づく。

「わっ、また傾いた！……なー、海斗ぉ。なんかあちいよぉ」

「だろうな！　お前はバカか⁉」

海斗はバカの上の方から身を乗り出して、バカの方にものすごい形相を向けていた。

「何故《なぜ》、自分の方にコインを載せた⁉」

「えっ、とりあえず海斗の真似《まね》しとくかあ、って……」

「バカだ！　お前はバカだ！」

「知ってるよぉ……」

バカは、湯気にほかほか蒸されて暑くなってきた。へふ、と息を吐いて、バカはよじよじとコインの上に這《は》い上がった。コインは十センチ位の厚みがある。五枚積み重なったコインの上に乗っかれば、多少、熱湯から遠ざかって涼しいような気がした。

「いいか!?　次のコインを見ろ！」

「ん？」

海斗に言われるまま、バカはコインケースを見上げる。……一番下、つまり次に出てくるコインは金貨で、その次は銀貨のようだ。

「分かったか!?　つまり、次の宣言で僕はお前の皿に五百キログラム分の錘《おもり》を載せることができるんだぞ!?」

「えっ!?　そうなのか！」

「そうだ！　ルールを読め！」

バカは改めてルールを読んでみる。が、よく分からない。バカは『安全第一！』より長い文章を読むのは苦手なのである。

「だから……だから、お前は、もう、終わりなんだ。お前の宣言がどうであろうとも、左の皿である僕が先行なんだからな……」

海斗はそう言うと、ひゅ、と息を吸い込む。コインの宣言をするつもりらしい。

……だが、海斗の顎は震えていて、声が発される気配が無い。そのまま、バカはぽかんとしながら海斗を見上げていたが……。

宣言前に、三十秒が経過した。よって、女神像は動いて、両者の皿にコインを積む。

「ああ……くそ！」

積まれるコインは、海斗の側が金貨、バカの方が銀貨だ。少しだけ、海斗の方に天秤《てんびん》が傾いた。

「あれ？　俺、死んでない！」

バカはまた、頭の上に『？』マークをいっぱい浮かべて状況をよく見る。……そして、『あっ、成程！　金貨の方が銀貨より重いから、金貨が積まれた海斗の方がちょっと傾いたんだ！』と推理した。バカにしては名推理である。大分遅いが。

「く、くそ……今度は……うう」

そして、海斗が何か悩んでいるらしいことが分かったバカであったが、何故悩んでいるのかは分からない。

さっき海斗が促していた通りにもう一度コインケースを見てみると、銅貨、銅貨、銅貨、銀貨、銅貨、金貨、銅貨……という並びであることが分かったが、バカはバカなのでこの並びを見ても『つまりどうすればいいんだろうなあ』となるばかりである。

「僕は……くそ、コイン二枚を、向こうの天秤に！」

そうして、悩みに悩んだ海斗は、そう宣言する。バカは『そっかー』と頷《うなず》きつつ、俺も何か言った方がいいのかなあ、と悩みつつ……。

「え、じゃあ、俺もコイン二枚を、こっちの天秤に……？」

……そう、宣言したのであった！

「だから！　なんでそうなる!?　お前はバカか!?」

「だからバカなんだってぇ！　何だ!?　なんか俺間違えたのかぁ!?」

「何もかも間違っているが!?」

そうして海斗は『もう訳が分からない！』とばかりに取り乱し始めた。

「今のお前の最適解は『銅貨一枚を相手側に』だったんだ！　その後の手順で僕は銀貨と銅貨一枚ずつをお前の方に載せて、それからお前は金貨と銅貨を一枚ずつ僕の方に載せれば優位に立てた！　これはそういうゲームなんだぞ!?　有名な、勝ち筋が決まりきったゲームだが!?」

「有名なゲーム!?　これ、有名なゲームだったのぉ!?　俺知らない！　え、これ、なんていうゲームだ!?　ゲーセンにある!?」

「無いだろうなぁ！」

バカは『波動拳うまく撃てるようになりてえなあ』と、最近行ったゲームセンターでの思い出を振り返る。尚《なお》、先輩と対戦して先輩にボコボコにされた時の思い出である！　バカはゲームが好きだが、そんなに得意ではないのだ！　バカだから！

そうしてバカが更に『次やる時にはフルコンボだどん！って聞けるようにがんばろ……』と例の太鼓にまで思いを馳《は》せ始めた頃。

「あれっ、なんかあちぃ！」

コインが置かれ、ぎぎぎぎ、と軋みながら、天秤が傾き始めた。そして、その傾きと同時に、バカは強まっていく熱を感じる。先輩と一緒に行ったスーパー銭湯のサウナのようだ！　いや、それ以上かもしれない！

「だ、だから……！　そのままその天秤は熱湯に突っ込むんだ！　知らなかった訳無いだろう!?」

「あっ!?　そういうことかぁ！　そっか！　今分かった！　うわ、うわ、どうしよ！」

あち、あち、とバカはコインの上でタップダンスを踊ることになる。積まれたコインの上にまではまだ、熱湯は届いていない。だが、金属製のコインのことだ。これが百度近くに熱せられるまでに、そう時間はかかるまい。

「ああ……いや、これで、これでいいんだ。これで……ああ、くそ……」

そして、海斗はそんなバカを見下ろして、只々《ただただ》、青ざめていた。バカの天秤皿が沈む一方、海斗の天秤皿はゴールの足場に近づいていく。海斗は震えながら、そっと、天秤皿から足を踏み出す。

だが、その脚もがくがくと震えていて、まともに動いていない。

……そのせいだったのだろう。

「あ」

海斗は脚を踏み外して、落ちた。

「海斗ぉ！」

海斗の手が、なんとか天秤皿の縁を摑《つか》む。指の関節は強張《こわば》って白く、そして海斗自身も青ざめ、震えている。あの状態では、そう長くぶら下がっていられないだろう。バカにはそれが分かる。

「頑張れ、海斗ぉ！」

なので、バカはすぐさま動いた。どうしたらいいのか分からない時には動けないバカだが、どうしなければいけないか分かりさえすれば、行動が速い。

安全第一。人命最優先。労災撲滅。今日も元気に朗らかに！　そう社訓を叩《たた》きこまれたバカは。

「今行くからな、海斗ぉ！」

ばひゅん。……バカは、海斗に向って跳躍したのである！

風を切って跳んで、壁を蹴って跳んで、そうして反対側の天秤皿の近く、ゴールの足場の上まで跳んだバカは、そこから海斗を見下ろす。目が合った瞬間、海斗の目には恐怖の色が走った。

……だが、恐らく、海斗が想像していなかったことが起きた。

「よっこいしょ」

バカは天秤皿にぶら下がっていた海斗に手を伸ばして、そのまま、ひょい、と抱え上げた。まるで、猫か何かを持ち上げるかのように。

脇の下に手を突っ込まれ、そのまま持ち上げられた海斗は、ぷらん、としながら、ぽかん、としていた。バカは、『ふう、危なかった！　高所転落防止！　ヨシ！』と、にこに

こしながら、海斗を安全なところまでぷらぷら運んでいき、そしてそこにそっと下ろしてやった！　ヨシ！

……そのまましばらく、二人とも床に座ったまま、黙っていた。

海斗はまだ震えている。怖い思いをしたからだろう。顔色も悪い。血の気が無くて、真っ白だ。そして、そんな海斗はただ床に視線を落としているものだから、バカはそんな海斗にどうしてやればいいか分からない。

「……なあ、海斗。一個、聞きてえことあるんだけどさ……」

だが、バカは一つ思いついて海斗に言葉を向ける。海斗は恐る恐る、顔を上げてくれた。まるで死刑宣告を待つ囚人のような顔でいる海斗を見つめて……バカは、問いかけた。

「海斗、ゲーセン行ったら最初に何やる派？」

「他に！　聞くべきことがあるだろう!?」

急に海斗は元気を取り戻した。否、つい先ほどまでべったりと貼り付いていた様々な恐怖が吹き飛ぶほどの衝撃を受けたというだけで、別に元気になったわけではない。が、バカは『ちょっと海斗《かいと》が元気になった！』と勘違いして、ちょっと喜んでいる！

「えっ!?　あっ、海斗、ゲーセン行くより自分の家でゲームやる派か!?　ごめん！」

「だからなんでゲームの話になる!?」

海斗に怒られて、『ええと、じゃあ何聞こう……好きなコンビニ？　俺、三二ストップ……』などと思いつつ、首を傾《かし》げる。……すると。

「……僕は、お前を殺そうとしたんだぞ」

海斗は、ふ、と気まずげに視線を床に落として、そう言った。

「えっ!?　そうなのか!?」

「ああ、そうだ！　お前はバカで気づいていないらしいがな！　僕はお前を殺して、自分だけ助かろうとしたんだ！　その方が、有利だから、と……」

吐き捨てるようにそう言う海斗の言葉を聞いたバカは、『そっかー』と首を傾げて……。

「そっかー……じゃあ、どっちも助かってよかったなあ……」

そう、感想を漏らしたのだった。すると、海斗は戸惑うようにバカの方を見る。まるで、怖がるような、憧れるような、そんな目で。

「……本気で、そんなことを思っているのか？」

「え？　うん……うん？　思ってないことって言えないだろ？」

「いや、言えるが……」

「えっ……やっぱり海斗、頭いいんだなあ……俺、思ってからじゃないと話せねえよ……」

バカは只々、『やっぱ海斗ってすごい！』とびっくりしている。そういえば、たまと陽《よう》の次に大広間に到着したのは海斗だったなあ、と思い出した。つまり、まあ、やっぱり海斗は頭がいいのだ。

「……さっきも言ったが、僕はお前を殺そうとしたんだ。つまり、今、お前は僕を警戒すべきなんだよ。隙があれば、殺しておいた方がいい」

「ええっ!?」

そんな頭のいい海斗の話は、バカにはよく分からない。バカはバカなので首を傾げるばかりだ！

「えっ、えっ……俺、お前のこと殺したくねえよお……」

「だが、僕はお前を殺そうとしたんだぞ？」

「ええー……ほんとにぃ？」

そう。バカは、困惑していた。だって、海斗の言っていることが、どうにも、本当のことに思えないのだ。

「だってお前、俺がどうしようどうしよう、って時に、一緒にどうしようどうしよう、ってやっててくれたし……」

「……は？」

「俺のこと心配してくれたじゃねえか！　な？」

バカには、どうにも海斗が悪い奴《やつ》に思えなかった。

だって、バカが熱湯に沈みそうになっていたら青ざめて慌てていたし、慌てるあまり、自分の安全を確保することも怠って足を踏み外すおっちょこちょいだ。

それに、本当にバカをさっさと沈める気があったなら、一回、海斗の方にもコインを置く必要は無かったはず。あの時、さっさと『バカの方へ金貨と銀貨一枚ずつを載せる』と宣言してしまえば、バカはもっと早く沈んでいたはずなのだ。

「な？　お前、俺を殺そうとしてたなんて嘘《うそ》だろ？　俺には分かるぜ！　バカだけど人を見る目は確かだ、って親方に褒められたし！」

だからバカは、堂々と海斗に笑いかける。……そして。

「あっ！　先に聞くべきこと、分かった！」

バカは唐突に、思い付くのだ。そう。バカが聞くべきことは、まず、これだろう。

「お前、最近何のゲームやってる⁉」

バカが嬉々《きき》として尋ねると、海斗は数秒間、頭の痛そうな顔をして……深々とため息を吐《つ》いた。

ただ、青ざめていた顔に少しだけ血の気が戻ってきていたし、乱れていた呼吸も少し、落ち着いてきている様子だった。そんな様子で、海斗は改めて床に座り直して楽な姿勢になると、またため息を吐いて……。

「……ゲームセンターにも行ったことは無い。そういう家庭の方針だったものでね」

そう、答えたのだった。そっぽを向いて、実に不本意そうに。……だが、随分と誠実に。

「ええっ⁉　ゲーセン行ったことないのぉ⁉」

「ついでに、家庭用ゲームの類も一切買い与えられなかったからな。友達の家で少し、やったことがあるだけだ」

　バカは、海斗との話ができないことにちょっぴりしょんぼりした。そして海斗も幾分、寂しそうで気まずげである。どうしよう。早速、話すことが無くなってしまった！　バカは一頻《ひとしき》り、おろおろ、として……だが、バカはバカ故に、まっすぐな正解を見つけ出す。

「じゃあ今度、一緒にゲーセン行こうぜ！　あっ、あとさ！　俺が初めてやったゲーム、貸してやるよ！　えーと、こういうやつ！　知ってる？」

　バカは『こう、ぱかっ、て開くと画面が二つあるやつ！』とジェスチャーでゲーム機の形を示す。そうだ。やったことが無いなら、やればいいのだ。話ができないなら、これから話せばいい。バカは満面の笑みで海斗の肩をぽふぽふ叩いた。

「えへへ、海斗は最初の三匹、何選ぶんだろうなあ……」

「な、何の話だ？」

「えへへへ、海斗はきっと草タイプのやつだと思う！」

　怪訝《けげん》な顔の海斗の一方で、バカは能天気ににこにこしている。尚《なお》、バカは当時、迷いに迷って炎タイプを選んだ。燃えてるとかっこいいからである！

「……お前は本当にバカだな」

「うん、だからそうだってぇ……いい加減に分かってくれよぉー……」

　バカは嘆いた。バカはバカがバカであることに気付いてもらえないと大変なのだ！　だってバカだから！

「じゃ、俺、戻った方がいいか？」

さて。そうして、バカは次の指示を貰《もら》うべく、海斗に尋ねる。『何すりゃいいか分かんなかったらとりあえず聞け！』とは親方の教えである。

「……は？」

「いや、どうすりゃいいか分かんねえから、とりあえず持ち場に戻っとくかな、って……」

海斗が困惑していることに困惑しつつ、バカは自分が乗っていた天秤皿《てんびんざら》の方を指差した。

「……持ち場？　ま、まさか……お前、また、天秤皿に、戻ろうと……？」

「え、うん……結局、何をどうすりゃいいのか分かんねえんだよぉ……これ、何がどうなったら完成なんだ？」

愕然《がくぜん》とする海斗の前で、バカは『ずっと俺はバカだって言ってるのに！』とちょっぴり不満げな顔をしてみる。が、海斗は益々《ますます》愕然とし、バカの顔を見つめ、天秤皿を見つめ……そして。

「こ、こいつ……！　真のバカだ！」

……海斗はがっくりと項垂《うなだ》れ、いよいよ力を失ったのだった。一方のバカは、『なんかやっと分かってもらえた気がする！』と、喜んだ！

「なーなー海斗ぉー、俺、どうすりゃいいんだよぉ。なんかコインの一番上に鍵あるしさあー、あれ取らないと先、進めねえんじゃねえのかよおー……」

バカは海斗をせっついてみた。時間はまだまだあるだろうが、バカはちょっぴり急ぎたい気分だ。急いで仕事を終わらせれば休憩が長くなる。バカはそうやって長くなった休憩を楽しむタイプのバカなのだ。そして休憩しすぎて親方にどやされるまでがセットだ。

「鍵？……いや、この先はもう、出口の方のように見えるが……だが、鍵、は、確かにある、ようだな……？」

海斗も、一周回って頭が冷えてきたのか、きょろ、と周りを見て、それから首を傾げる。

海斗の言う通り、よく見てみたら奥の部屋へ続く通路に扉は無い。先を覗《のぞ》いてみれば、もうそこに解毒装置があった。つまり、コインケースの最後のコインの中に入っているらしい鍵は、取らなくてもいい鍵、ということなのだろう。ということは、水槽の底の海斗人形のように、誰かの人形を取るための鍵、なのだろうか。

「……うーん」

海斗は少しばかり考え、それから、女神像を眺め始めた。女神像は、相変わらず天秤を吊《つ》り下げていて、もう片方の手は、コインを積み上げているところだった。……どうやら、『両者の宣言が無いまま三十秒経過』の判定に引っかかっているところらしい。

バカも『ほげえ……』という顔で女神像の背中をのんびり眺めて……そして。

「あっ、鍵穴だ！　やっぱりここになんか入ってるんだ！」

「は？　鍵穴？……本当に鍵穴だな」

バカは女神像の背中側に、鍵穴を見つけてしまった。恐らく、透明なコインの中身の鍵で、ここが開くのだろう。バカは鍵穴をつっつきつつ、『どうすりゃいいんだろうなあ』と首を傾げつつ、また女神像とコインと天秤とを眺めてみるのだが……。

「その……樺島《かばじま》」

「うん？　なんだ？」

海斗が、緊張気味に、そっと話しかけてきた。一方のバカは、特に何も気負うことなく返事をする。むしろ、海斗に話しかけてもらえて嬉《うれ》しいバカは、にこにこと笑顔になってさえいる！

そんなバカを見て、海斗は何か、勇気を貰ったような顔で、言った。

「……僕の指示した通りに、動けるか？」

どきどき、と海斗の心臓が速く脈打っている様子が、なんとなくバカにも分かった。多分、海斗は緊張しているのだ。……だが、バカは、只々《ただただ》嬉しい！

「おう！　任せろ！」

指示を貰えるバカは、水を得た魚、否、水を得た鯨のようなものである。バカはいよいよ満面の笑みになって、海斗の指示に従うべく準備体操を始めるのだった！

「……いや待て。何をしているんだ」

「え？　準備運動！」

尚、バカの準備運動は、『地面をめり込ませる屈伸！』から始まる。バカの力強い屈伸運動によって床がメコメコと凹《へこ》み始めたところで、海斗がバカを止めた。

海斗は、天井を仰《あお》いで頭の痛そうな顔をしていた。バカは『?』マークを頭の上にいっぱい浮かべつつ、次の『伸脚二十回／秒』のために脚をシャカシャカ動かすのだった。

「じゃあ、まずはしばらく待て。とりあえず、次に女神像が動くまでは待機だ」

「うん！　待つ！」

最初にバカに下された命令は『待て』であった。

バカは待てるバカなので、ちゃんと海斗の傍《そば》で体育座りをして背筋を伸ばし、待った。

「……暇だなあ」

「そうだな」

そして、海斗もバカの隣で座りつつ、じっとコインケースと女神の動きとを見ていた。

「……よし。動き終わったな」

それから女神像が動いたのを見て、海斗はバカに次の指示を出す。

「じゃあ、今、上になっている方の天秤の皿に乗れ」

「分かった！」

「確認だが、お前は跳躍するだけであの天秤皿からここまで戻ってこられるな?」

「ん?　おう！　戻ってくるだけなら、ジャンプしてもいいしー、壁登ってもいいしー

……目的が分かってりゃ何とでもできるぜ！」

バカは元気に返事をすると、『れっつごー！』と元気に天秤皿の上へ戻る。バカが飛び

乗った瞬間、天秤皿がガクンと揺れたが、まあ、特に問題は無い。バカは鍛えられた体幹でバランスを取り、難なく姿勢を落ち着けた。

「よし！　ならそこで宣言しろ！　コイン二枚を反対の皿へ！」

「分かった！　コイン二枚を反対の皿へ！」

そうして宣言から三十秒で、二枚のコインが反対側に置かれた。天秤はかくん、とまた少し傾く。

「次だ！　また、コイン二枚を向こう側へ！」

「復唱ー！　コイン二枚を向こう側へー！」

海斗《かいと》の言葉を復唱して再びコインを動かせば、今度はほとんど、天秤は動かなかった。限界のところまで傾いているらしい。

……そうしてコインを動かしていけば、コインはみるみる反対側の皿に積み上げられていくことになる。バカが何度も海斗の宣言を復唱し、すっかりコインのタワーが出来上がっていき……。

「これで最後だ！　コイン一枚を右に！　一枚は左に！」

「コイン一枚を右に！　一枚は左に！」

いよいよ、最後のコインが動く。最初に、バカの反対の皿に金貨が載せられ、それからバカの皿に透明なコインが置かれる。透明なコインは、案の定、パカッと開く形になっていた。そしてその中には、きちんと鍵が収めてある。バカは、『これカッコいいな！』と思わず瞳を輝かせる。

……そう。バカは、思ってしまったのだ。『この透明コイン、いいなあ、ほしいなあ……』と。

「鍵を取ったんだな!?　よくやった！　さあ、戻ってこい！」

海斗の呼びかけを聞きつつ、バカは悩んだ。

「……樺島？　何をしている！　戻ってこい！」

そして、海斗がちょっと焦った声を発し始めたあたりで、バカは、思い切った。

「うん！　持って帰ろ！」

バカは満面の笑みでそう言うと、ひょい、と。……その場にあった透明コインと、ついでに、巨大金貨を、持ち上げた。

「……は？」

「これ！　お土産にする！」

バカはにこにこしながら、そのまま、ぴょん、と跳び上がった。反動で天秤がものすごく揺れた。が、その時にはもうバカは宙に居たので関係が無い。

そうして宙を舞ったバカは、巨大金貨とアクリル硬貨とを抱えたまま、海斗の隣に着地した。

「ただいま！　これ、鍵！　あと、こっちは俺がお土産にするやつ！」

……海斗は、目玉をかっ開《ぴら》いて、只々、バカの蛮行を見つめていた。

「……確かに、これが本当に金なら、とてつもない価値だろうが……」

「でかくて金ぴか！　これ、職場に飾りてえ！　あっ、これ、うまくやったらテーブルとかにできねえかなあ！　皆でメシ食うところのテーブル、もう一個あるといいな、って話してたんだよ！」

バカはにこにことご機嫌である。このでっかい金貨とかっこいい透明なコイン型収納を持って帰ったら、職場の先輩達《たち》も喜んでくれる気がする。

「いや！　いや、おかしいだろう!?　それ、何キログラムあるんだ!?」

が、海斗がここでようやく我に返った。海斗も案外、バカに流されやすい性分なのかもしれない。

「えっ、わかんね」

「金貨は三百キログラムだ、と書いてあったが……嘘《うそ》だったのか!?　あっうん、嘘じゃないな……」

海斗はバカが下ろしたばかりの金貨を持ち上げようとして一秒で断念した。潔い。

「……お前、コインを持ち上げることができたなら、どうして自分の皿からコインを落とす、という方法を取らなかったんだ……？」

「えっ？　コイン落とすとなんかあったのか？　あっ、ご利益あるのか!?　あれ、なんだっけ!?　トイレの泉っていうんだっけ!?」

「成程な。バカだから、と……そういうことか……。多分お前が言っているのはトレヴィの泉だぞ」

海斗は何やら納得していたが、バカにはよく分からない。が、バカはお土産を手に入れたことでにこにこご機嫌なので、あんまり気にしていないのだった！

さて。

「で、鍵だよな！　ここ開けるんでいいか⁉」

「まあ……好きにしてくれ」

「分かった！　気になるから開ける！　えい！」

海斗が諦めの境地に達している中、バカは元気に鍵を使う。鍵に刻んであるマークは、

『♀』のマーク。金星だ。ということは……。

「あっ！　やっぱりビーナスだ！」

「は⁉　ビーナス⁉　ビーナスの何が……な、何が入っていたんだ⁉　おい！」

海斗が青ざめて聞き返してきたところで、バカはそっと、その人形を見せた。

「ほら！　金星の、ビーナスの人形だ！」

……バカの手の中にあるのは、ビーナス人形。前回、バカ達が見つけた海斗人形や陽《よう》人形と同じような……身代わり人形なのかもしれない、その類の人形である。ちょっとかわいい。

「あ、ああ……人形か……。もっと物騒なものかと……」

海斗は人形を見た途端、ほっとしたような顔になった。それからそっと、人形へ手を伸ばす。

「あっ！　いじめたらダメだぞ！　ビーナスが痛いかもしれないんだからな！」

「ん？　ああ、ブードゥー人形の知識はあるのか。まあ、バカとはいえ、そのくらいは知っていてもおかしくないな」

覗き込んだ海斗は、合点がいったように頷《うなず》いた。

「そうだ。恐らく、この人形はブードゥー人形と呼ばれる類のものだろう。憎い相手に見立てた人形に針を刺す……イギリスで生まれた文化らしいが、日本の藁人形《わらにんぎょう》然《しか》り、西洋の蠟人形《ろうにんぎょう》然り、世界中あらゆる地域に似たような習俗があるのは実に興味深いね」

「へー……？」

海斗の蘊蓄《うんちく》に、バカは首を傾《かし》げた。そして、『そっか、海外にも藁人形みたいなのあるのか。ということは、海外でも納豆作ってんのかな……』と思った。

「……で、その人形をどうするつもりだ？」

「え？」

海斗の探るような目を見つめ返して、バカは首を傾げる。が、ちょっと考えれば結論は出てきた。

「えーと、えーと……本人に返す！」

そう。確か、この人形は本人が持っているのがいい、というようなことを陽が前回言っていたような気がする。じゃないと、たまがやったように、人形をくすぐられてくすぐったい思いをすることになっちゃうかもしれないのだ！

「……実に良心的だな、お前は」

海斗は半ば呆《あき》れたような、半ば安心したような顔をしてため息を吐《つ》いた。

「やろうと思えば、それを使ってビーナスを殺すことができるのかもしれないんだぞ」

「えっ⁉　大変だ！　じゃあ俺がこれ持ってたら危ないかなあ⁉　うっかり握り潰しちゃったりしたら大変だよなあ⁉」

「ああ、お前は実にバカだな。善良なバカだ……」

バカがわたわたしていたら、海斗はいよいよ呆れ返ったように『やれやれ』とため息を吐き、それから、透明なコインを指差した。

「心配ならそれに入れておいたらどうだ」

「海斗お前、頭いいなあ！」

「お前よりはな」

そう。鍵が入っていた透明なコイン。あれにビーナス人形を入れておけば、ひとまず安心だろう。流石《さすが》のバカも、うっかりではアクリルを粉砕することは無い。多分。

……ということで、ビーナス人形は無事、海斗のハンカチに包まれた上で、透明なアクリル製のコインの中にしまわれることになった。鍵が入っていたスペースに、人形は上手《うま》く収まった。

それからバカはそのコインと巨大金貨とを、ひょい、と持って、海斗と共に奥の部屋へ向かう。

「……本来ならこれを使って解毒する、ということか」

「なー、海斗ぉ。椅子あったから座ろうぜー！」

さて。奥の部屋は、前回同様の構造であった。解毒装置があって、ガラクタがある。概《おおむ》ねそんなところである。なので、バカは前回同様、椅子を適当に用意して海斗に勧めた。

時計を見る限り、まだあと三十分以上ある。その間、ただ突っ立っているのも馬鹿らしいと思ったのだろう。海斗は大人しく、バカが勧めた椅子に座った。

「海斗ー。なんか話そうぜ！」

「まあ、暇潰しにはなるか……」

そして、海斗はバカに付き合って話してくれるらしい！　大きな進歩である！　バカは喜んだ！

「海斗って何歳だ？　俺、二十歳！」

「……十九だ。京王義塾大学に通っている」

「へー！　大学行ってんのかあ！　すげーな！　やっぱ頭いいんだな！」

バカは早速、海斗のことを聞いてにこにこ喜ぶ。ついでに『俺の方がお兄ちゃんだった！』とも喜んだ。また、海斗が若干誇らしげな様子を見て、『誇れるものがあるのはいいことだ！』と嬉《うれ》しくなった。尚《なお》、京王義塾大学は有名私大だが、バカは知らない！　対になることが多い和瀬田大学の方は、箱根駅伝によく出ているから知っているのだが！

「なー、大学ってどういうとこだ？　俺、高校出てすぐ就職したから、大学知らねーんだよなあ」

「そ、そうか、そこからか……。僕に関して言えば、商学部で経営学を中心に学んでいるが……まあ、一般教養の類はどの大学生も学ぶだろうな。英語だとか、第二外国語……ドイツ語だとか」

「ドイツ語!?　なんだそれ!?　どこの言葉ぁ!?」

「ドイツの言語だ！」

バカは、『ドイツ……ドイツって、どいつ?』と頭の上に『?』マークをいっぱい浮かべていたが、見かねた海斗が『ビールとソーセージとジャガイモ料理で有名な国だ』と教えてくれたので、『あっ！　そういえばドイツ料理って食ったことあった気がする！　おいしかった！』とピンときた。バカにも食べ物のことは分かるのだ。

「で、えーと、けーえいがく?って、なんだ?」

「主に企業の運営や組織の在り方について学ぶ。規模は様々だが……そもそもお前も就職しているなら、会社を経営する誰かが居るだろう？　アレの学問だ」

「うん！　社長！……あっ!?　つまり、社長学か！」

「……もうそれでいい」

呆れた様子の海斗《かいと》であったが、バカは『そっか！　つまり海斗は頭がいい！』と喜んでいる。

「じゃあ、海斗も大きくなったら社長になるのか!?」

社長学を学ぶ海斗はきっと社長になるのだろう。バカは感心しながら、そう、聞いてみたのだが。

「……海斗？」

海斗は、黙ったまま、視線を彷徨《さまよ》わせている。何か、言いにくいことを隠そうとしているような、少し傷ついたような、けれどそんな素振りを見せないように振る舞おうとしているような……そんな様子に見えた。

「お、俺、何かまずいこと聞いたか……？」

「いや……」

結局、海斗はちらりとバカを見て、ふう、とため息を吐くと、『やれやれ』というような顔で椅子の背もたれに体重を預け、脚を組んだ。

「経営学を学んだ者が全員起業するわけではないからな。当たり前のことだが」

「そ、そっかぁ。当たり前のことなのかぁ……」

バカは、『当たり前のことを聞いてしまったらしい！』と慌てつつ、ふぇー、と息を吐いた。

「俺、あんまり勉強得意じゃなかったからなー……」

「だろうな」

この世界には、バカが知らないことがたくさんある。バカは改めてそれを思う。

「あっ、でも体育は得意だったぞ！」

「だろうな……いや、待て。逆にお前の規格でよく体育の授業に参加できたな……？」

海斗は何かに気づいたような顔をして慄《おのの》いていたが、バカは特に気にせず問いかける。

「海斗は何の授業が好きだった？」

「……現代文」

「あっ！　俺も国語好きだったぞ！　ごんぎつねとか！　あと、『そうか、君はそういうやつなんだな』ってやつとかやったよなー」

「ああ、ヘルマン・ヘッセの『少年の日の思い出』か。あれは確かに中学国語の教科書に載せるべき名作だな。虚栄心に劣等感、取り返しのつかない罪……全ての中学生が読むべき題材と言える。僕としては専ら、エーミールの方に感情移入してしまうが……」

……つらつらと淀《よど》みなく話していた海斗は、ふと、目を輝かせるバカを見つけて言葉を止めた。

「……なんだ、その顔は」

「いや、海斗が楽しそうだから、なんか嬉しくってさあ！」

そう。バカは嬉しい。『近づくな！』とまで言っていた海斗が、目の前で好きなものについて楽しく気に話してくれている。それがとっても嬉しいのだ！

「……僕は話しすぎたようだな」

だが、海斗は苦り切った顔でそんなことを言って話を止《や》めてしまう。

「えっ!? そんなことないぞ！ いっぱい話してくれていいんだぞ!?」

バカは悲しい！ 折角なんだか仲良くなれたような気がしたのに！ 海斗はバカとは話したくないのだろうか！

「……僕ばかり喋《しゃべ》らされるのも癪《しゃく》だ。次は僕から聞かせてもらおうか」

が、海斗はそう言ってくれたので、バカは途端にまた、ぱっ、と表情を明るくした。どうやら海斗は、まだバカとおしゃべりしてくれるらしい！

「お前は、何を望んでここへ来たんだ？……あるんだろう？ 人を殺してでも叶《かな》えたい願いが、お前にも」

だが唐突な問いに、バカは困惑するのであった！

「悪魔に叶えてもらいたい願いがあるんだろう？ と聞いているんだ。そうでもなければ、悪魔に接触しようなんてしないはずだ」

バカは、困った。思い当たるものが無い。そうしてバカが困惑していると、海斗もじわじわと『まさかそれも覚えていない程のバカか……!?』と慄き始めた。

「ええー……願い？ ええー」

バカは、考える。考える。考えて、考えて……でも、『願い』が思い当たらないのである！

「なんだろ……えぇー？　うーん？」

「……言いたくないなら無理に言わなくてもいい」

「いや、言いたくないわけじゃねえんだよぉ。でも願いって言われても、色々あって……うーん？」

「なら単に、みみっちい願いが大量にあったせいで悪魔を呼び寄せたか……？　いや、『迷子になってここに来てしまった』ぐらいのことはありそうだという気がしてきたな……」

海斗が何やら呆れ返っているのだが、バカは真剣である。真剣に、只々《ただただ》、バカ！

「いや！　ちゃんと俺は仕事に行くところだったんだぞ！　ちゃんと出張届書いてぇ……先輩にお土産頼まれてぇ……明日出張だから、早く寝てぇ、そしたらいつの間にか、ここに……うう……」

そして、思い出してきたバカは、しゅん、としょげてきてしまった！

「先輩、大丈夫かなあ、俺がお土産買って帰れなくても怒らねえかなあ……」

「……お前が働けている会社なら、怒られないんじゃないか？」

「うん、だよな……。先輩達《たち》皆、優しいんだぁ……へへへ」

が、海斗に励まされてまた元気を取り戻す。一方の海斗は、『もう何が何だか』というような顔で呆れ返っているのだが。

「うん……やっぱ俺、先輩達の役に立ちたいんだよなあ」

励まされて元気が出たバカは、前向きな希望を思い出す。それは、バカが働く時、いつも胸に灯《とも》している明かりのようなものだ。

「早く仕事覚えて、先輩達と親方と社長と奥方と……皆に、恩返しするんだ！」

「け、健全な奴《やつ》だ……」

海斗はやっぱり『もう何が何だか』というような顔をしている。若干、眩《まぶ》しそうでもある。

「うん！　俺、皆の役に立ちたい！　皆、幸せになれるといい！」

バカはそう言って、にこにこと満面の笑みになる。そうだ。皆、幸せに。……それは、たまとの約束にも近い。『誰も死なせない』。その約束は、今、バカを支えてくれている。

「……野心の欠片《かけら》も無いんだな、お前は」

「野心？……あっ！　あと、キューティーラブリーエンジェル建設がもっと有名なでっかい会社になったら嬉しい！」

「ま、待て！　何だ!?　何と言った!?　何!?　キューティーラブリー……!?」

「キューティーラブリーエンジェル建設！　俺の会社だ！」

「もう何も分からん！」

バカは自分の中で結論が出てすっきりしたのだが、海斗は余計に混乱し始めてしまった。何故《なぜ》だろうか。キューティーラブリーエンジェル建設に何かあるのだろうか。バカは不思議に思った。ああ、キューティーラブリーエンジェル建設。おお、キューティーラブリーエンジェル建設……。

……その後も『俺、こないだUFOキャッチャーでさあ、ぬいぐるみ取ったんだ！　エビフライの！』『エビフライ!?　の、ぬいぐるみ……!?』といった雑談を続けていたが。

「あっ、時間か！」

「……そのようだな」

開いたドアを見て、バカと海斗は立ち上がる。

「なーなー、皆に、俺、海斗と仲良くなったぞ、って言うんだ！」

「はあ!?　な、何を……!?」

そして、バカが満面の笑みで宣言すれば、海斗は戸惑い、それから、苦い顔で俯《うつむ》いた。

「……やめておいた方がいいぞ。僕は初手から間違えたからな。わざわざお前まで敵対視される側に回る必要は無いだろう」

海斗は皮肉気な笑みを浮かべてバカの方を見て……だが、遅い！

「あっ！　たまー！　俺、海斗と仲良くなったぁ！　仲良くなったぞー！」

海斗が顔を上げた時、そこにはもう、バカは居ない！　バカはさっさとドアを出て、丁度出てきたたま達に向かって大きく叫びつつ、手を振っていたのであった！

「樺島《かばじま》ぁ！　人の話を！　聞けえええええ！」

……ここぞというところで人の話を聞かないのが樺島剛《つよし》の持ち味なのである！

そうして。

「そっか。よかったね、樺島君」

「うん！　よかった！」

バカはたまに報告した。『海斗と仲良くなったぞ！』と。……ちょっと呆《あき》れられた。何故だ！

「ところで担いでいるそれは何？」

「ん⁉　さっきの部屋にあったでっかいコイン！　お土産にするんだ！」

バカは、たまに天秤《てんびん》の部屋の話をして聞かせていた。度々挟まる『海斗は頭がいいんだぞ！』という言葉を聞く度に、海斗が耳の端を赤くして『やれやれ』とため息を吐《つ》いていたが、バカは全く気にせず海斗を褒め称《たた》え続けた。

「そうか……そのコイン、一体何キログラムあるんだろうなあ」

「人間が持ち上げる重さじゃないことだけは確かでしょ、あんなの……」

バカが海斗を褒め称えつつ、天秤の部屋の話をしていると、やがて土屋《つちや》とビーナス、そしてその後ろからミナもやってきた。それを見て、バカと海斗は首を傾《かし》げる。

「あれ？　土屋のおっさんも女子と一緒だったのか？」

　確か、土屋は大広間に残る予定だったはずだ。バカが『俺、覚え間違えてねえよなぁ……』と首を傾げていると。

「ああ、そうだな」

　土屋は苦笑しつつ、はあどっこいしょ、と、大広間の椅子に座った。

「君が海斗《かいと》君を抱えて部屋に入っていった後で、少し協議をしてね。女性三人から『ゲーム攻略の類に不向きな異能だ』と申告を受けたものだから、私が付いていくことにしたんだ。大広間のドアの見張りは、陽《よう》とヒバナと天城《あまぎ》さんに任せたよ」

「そっかー。なんかよく分かんねーけど、上手《うま》くいってよかった！」

　ひとまず、その場にいる皆の顔を見る限り、色々と上手くいった、ということらしい。

　バカはにこにこと笑顔になった。……のだが。

「……あれ？　ミナ、大丈夫か？」

「え？」

　バカは、ミナに目を留めた。ミナは、なんとなく暗い面持ちだったのだ。……ゲームの部屋で、何かあったのだろうか。

「あ、いえ、大丈夫です。気にしないでください」

　だが、ミナはそう言って笑顔を作って見せてきた。……バカはまだ少し気になったが、ミナが気にしてほしくないなら、気にしないことにする。

「ところで……他三人はどうした？」

そんな折、土屋がきょろきょろと辺りを見回す。それにつられてバカも辺りを見回してみるのだが、天城と陽とヒバナの姿が見当たらない。土屋の話では、その三人は大広間に残ったはずだが。

「……まさか、どこかの部屋に入ったのかな」

そうして、たまが首を傾げていると……。

「誰か！　誰か来てくれ！」

吹き抜けの上から、陽の焦った声が聞こえてきたのだった。

陽の声を聞いて、真っ先にたまが走っていく。その後に続いて、土屋とビーナスとミナも動いた。

「俺達も行ってみようぜ！」

バカは海斗を誘って、階段を上ろうとした。陽が呼んでいるのだから、何かあったに違いない。すぐに行かなければ！

「そ、そうだな……」

……だが、海斗は妙に、元気が無い。

「ん？　どうかしたか？」

バカは不思議に思って首を傾げたのだが、海斗は青ざめた顔で、俯く。

「……何とも思わないのか？　この先で僕達が見ることになるのは、恐らく……」

……その時だった。

ビーナスとミナのものと思《おぼ》しき悲鳴が聞こえてくる。

バカがぎょっとしていると、とびきり渋い顔をした海斗が、言った。

「……こういうことだ」

バカは、『どういうことだ!?』という思いを胸に、一気に階段を駆け上がっていった。

そして。

「……死んでる」

そこでバカが見たのは、椅子に座ったまま動かない、天城とヒバナの死体だった。


バカが驚いている間に、ミナが動いた。

ミナはすぐさま天城に駆け寄ると、天城の傍らに膝をつき、異能を使う。

ぱっ、と水色の光がミナの手から溢《あふ》れて、天城へと注がれた。……だが、天城は目覚めない。

「う、嘘《うそ》……」

「み、ミナさん？　今のは、一体……？」

ミナが絶句していると、陽がそっと、ミナに尋ねる。そう。ミナの異能を見るのは、皆、これが初めてだ。

「私の異能です。傷を治すことが、できるのですが……」

だが、ミナの表情は只々《ただただ》、暗い。

「……間に合わなかった、みたいです」

ミナが茫然《ぼうぜん》とそう言うのを聞いて、全員、しんと静まり返る。

「だ……だったらヒバナの方も試してみた方がいいんじゃない!?」

「……ごめんなさい。この異能が使えるのは、鐘と鐘の間に一度きり、なんです……」

「えっ……」

天城に異能を使ってしまった以上、ヒバナには異能を使えない。つまり……もう、この二人を助ける方法は、無いのだ。

ヒバナと天城は、ガラクタの中から見つけたベッドに寝かせた。

全員が暗い面持ちで居る。バカも、暗い気持ちになってしまって、すっかりしょげていた。

……今度は、全員生きてここを出たい、と。そう思っていたのだ。だというのに……天城とヒバナが、死んでしまった。バカはそう確かめ直して、またしょんぼりする。

どうしてこうなってしまったのだろうか。天城とヒバナは、大広間に居るはずだったんじゃなかったのか。バカは頭の中でぐるぐる回る思考がどんどん溶けていくような、そんな感覚になりながらも、只々しょんぼりと俯き……。

「……おい、陽。君は大広間に残っていたのだろう?」

そこで、海斗の声が大広間に響いた。

「聞かせてくれ。一体、何があったんだ？」

全員の視線を集めた陽もまた、俯いていた。だが、説明し始めてくれる。

「……俺は見ていないんだ。急に出現した階段を見て、二階へ上がって……その間に、天城さんとヒバナと、二人がドアの中に入ったらしい」

「な、なんで……？　どうしてそんなことになったのよ！」

「分からないんだ。事前に言い争いがあったとか、そういうことも、特には……」

ビーナスだけでなく、全員が『何故？』と思っているのだが、陽からの説明は然程《さほど》多くない。

だが、本当に分からないなら仕方がない。バカは、『そっかぁ、わかんないならしょうがないよなあ』と納得した。バカはわかんなくて説明できないことが沢山あるので……。

「この部屋……どういう部屋だったんだろうね」

たまが、部屋の中を見渡す。この部屋は、バカには見覚えがある。前回、天城が最初に死んでいた部屋だ。液体が入った瓶と、それから、大きな水瓶《みずがめ》がある部屋。そして、ヒバナと天城はそれぞれ、椅子に拘束された状態で死んでいる。前回の天城と、同じ状況だ。

「状況から推察できるものがあまりにも少ないな……。毒ガスを吸わされた、のだろうか……？」

「……ねえ、陽。あんた、他に何か、動機になりそうなものは知らないの？　本当に何も、心当たり、無いの？」

ビーナスは一人、まだ陽に食い下がっていた。だが、陽は力なく首を横に振るばかりだ。

「ああ……本当に何も、分からない。どうして二人で部屋に入ったのかも、この部屋で何があったのかも分からない。強いて言うなら、然程大きな声でのやり取りは無かったよ。あったとしても、俺が気づかないぐらいの喋《しゃべ》り声《ごえ》でのやり取りがあっただけだ」

「ということは、ヒバナが天城さんをドアの中へ連れ込んだにせよ、逆にせよ、合意の上だったと考えられるか……ううむ」

「そうだな。争っていたら、物音くらいはするだろう。不本意な行動を取らされそうになっていたなら、二階に居た陽に聞こえるように叫ぶくらいのことはできるだろう」

「或《ある》いは、二人で相談の上こっそりと、だったかも。その場合、いよいよ動機が分からないけれど」

土屋と海斗とたまは、それぞれに推理を進めてそれぞれの納得を深めているようだった。ミナはまだ、天城とヒバナの死にショックを受けているのか動揺している様子だったし、ビーナスも静かながら取り乱している。

そしてバカは……やっぱり、しょんぼりするのだ。ヒバナも天城も、前回、死んでしまった二人だ。今回もまた、助けられなかった。……前回のたまと、約束したのに！

「俺、どうしたらよかったんだろう……」

バカがそう、ぽそり、と零《こぼ》すと、いくらかの視線が集まった。だが、それぞれにバカにかける言葉が見つからないらしい。皆が黙っていて……。

「……人は、不本意な何かがあった時、『ああしていれば防げたのではないか』という思考に陥りやすいらしい。自分で解決できない事柄でも、どうしようもなかった事柄でも、同様に、だ」

そんな中、海斗はそう、言葉を発していた。

「善人ほど、そう思うのだろうな。だが、仕方が無かったものは仕方が無かったと理性で割り切るべきだ。そうでもしなければ、すぐ疲弊するぞ」

海斗は、努めてそっけなく、しかし、バカを励ますようにそう言った。だが！

「……難しくって分かんねえ！　何!?　どういう意味だ!?」

バカはバカなので、海斗の励ましが分からない！　バカが『わかんねえよぉ！』とわたしていると、たまが『疲れちゃうから考えるな、お前のせいじゃないから気にするな、ってことだよ』と教えてくれた。バカは笑顔でたまにお礼を言った！

「おかしい。同じ言語を扱っているはずなのに通訳が必要とはどういうことだ……？」

結局、たまが間に入ってくれたのでバカは海斗の言葉の意味を理解し、笑顔でお礼を言うことになった。海斗は非常に不本意そうな顔をしていたのだが、バカはそんな海斗を見て『やっぱりお前、いい奴《やつ》だ！』とにこにこするのだった。

……天城とヒバナのことは悲しいが、ちょっぴり元気が出たバカなのであった。

それから全員で、大広間へ戻った。死体がある部屋にずっといると、ずっと元気が出てこない。

「たま」

そこで、陽がふと、たまに声を掛ける。

「その……少し、話せるかな」

陽の言葉に、全員が驚く。そう。たま本人も、驚いていた。

「……二人で？」

「ああ。二人で」

陽は少しばかり緊張した様子でそう言う。……たまは、陽を見て、それから、ちらり、と他の皆の様子を見た。

「ふむ……それは、我々には聞かせたくないことを話したい、ということかな？」

そして土屋《つちや》が難しい顔でそう問えば、陽は俯《うつむ》きがちに、しかし、確かに頷《うなず》いた。

「……そうとられても仕方がないね。でも、どうしても二人で話したい。時間を貰《もら》うよ」

「ちょ、ちょっと……」

ビーナスが止めようとしたが、陽は、さっ、とたまの腕を取って一緒に離れていく。二人を見送って、バカは、『何の話するんだろうなあ……』と、そわそわした。

「……不審だぞ、樺島《かばじま》」

「あ、うん、よく言われる……」

バカがそわそわしていたら、海斗《かいと》に窘《たしな》められた。なのでバカは姿勢を正してその場に正座してておくことにした！　これはこれで不審だが仕方がない！　バカの浅知恵！

……さて、そうして一頻《ひとしき》り騒いだバカだったが、ふと、ビーナスを見ると、ビーナスは沈鬱な表情で、じっと俯いている。

「なあ、ビーナス。大丈夫か？　元気ないぞ……？」

心配になって声を掛けると、ビーナスはのろのろと顔を上げて、ため息を吐《つ》いた。

「……当たり前でしょ。人が死んでるんだから」

「うん、それはそうだよな……」

ビーナスの言葉を聞いて、バカはまた、しょんぼりした。

「少し、一人にして。陽《よう》とたまがどっか行っちゃったんだから、私も別にいいわよね？」

ふらり、と立ち上がって、ビーナスは離れていってしまう。バカは追いかけずに、そのままビーナスを見送った。

「ううむ……どうしたものかな」

そうして大広間に残ったのは、バカと海斗、そしてミナと土屋の四人だけだ。そんな中で、土屋は顎を特に意味もなく触りながら、唸《うな》る。

「カンテラの火は、二つ……つまり、天城《あまぎ》さんとヒバナは、夜が来る前に死んでいた、ということになるか」

「あっ、ほんとだ……」

バカも土屋と同じように、カンテラを見上げる。

火が灯《とも》ったカンテラは、九つ中、二つ。そして、カンテラの火が更新されるのは、毎日、夜の鐘が鳴るタイミングだったはず。つまり……。

「陽が大広間に取り残されていたというのだから、陽が後から二人を殺した、という線は薄いな」

一度閉まってしまったゲームの部屋のドアは開かない。そして、二階のドアが開くのは、そのドアに対応した一階のドアが開いた後の夜の鐘のタイミングだ。だから、陽が『昼の間に』二人を殺すことは不可能、ということになるのだが……。

「……あの状況を見ると、陽が本当に、一人で大広間へ取り残されていたかどうかを判断することは、難しいな」

土屋はそう言って、なんとも苦い顔をする。

……そう。陽は恐らく、ヒバナと天城が居なくなったのを知って、対応する二階のドアの前で待っていたのだろう。そして、ドアが開くや否やすぐに突入して、二人の安否を確かめに行って……そこで、二人の死体を見つけた。

だが、そんな陽の行動が本当だったかは分からない。もしかしたら、陽が大広間に取り残されてたということが嘘で、陽も他二人と一緒にゲームの部屋に入り、そして、ゲーム中でヒバナと天城を殺したのかもしれないのだ。バカにはよく分かっていないが……。

「……二人の安否確認より、陽君自身の身の潔白を証明する方を優先してほしかった、というのは、流石《さすが》にあんまりか」

「……まあ、疑わしい行動を取っているのは陽だ。僕らが遠慮してやる義理は無いと思うが」

土屋は唸り、海斗はため息を吐く。バカはおろおろしつつ、しかし、陽を疑うことなんてできない。バカと同じく、おろおろしていたミナと顔を見合わせて、二人でおろおろするばかりだ。おろおろ、おろおろ……。

「……あ、あの、樺島さん。海斗さん。これを……」

そんな折、おろおろしていたミナが、思い出したように懐から何かを取り出した。

「へ？……あっ！　かわいいなあ！」

そして、それを見たバカは、途端にぱっ、と笑顔になった。

「ミナの人形だあ！」

そう。ミナの手の上にあったのは、ミナ人形。バカと海斗が天秤《てんびん》の部屋で拾ってきたビーナス人形や前回見つけた海斗人形や陽人形のような、可愛《かわい》らしい人形がそこにあったのだ！

「……こちらはビーナスの人形を見つけたぞ」

「えっ？　ビーナスさんのお人形が、そちらに……？」

「ああ。……おい、樺島。ケースごと持ってきたらどうだ」

「おっ、そうだな！　よし、ちょっと待っててくれ！」

バカは早速、てけてけと走っていき、置きっぱなしにしてあった巨大金貨とアクリルのコインを持って帰ってきた。

どし、とそれを床の上に置いて、アクリルケースの透明な蓋越しに、ビーナス人形を見せる。

「な？　ビーナスの人形！　かわいいよなあ」

「かわいいか……？」

海斗が何とも言えない顔をしている横で、バカは早速、ビーナス人形を取り出そうとする。折角だから、ミナ人形と並べて置いてみたい。が。

「あっ、樺島さん、待って！」

ミナが途端に止めに入ってきた。

「ん？」

「あの、そのままにしておいてください。その、この人形、危険なんです」

首を傾《かし》げるバカの横で、ミナは……そっと、眉根を寄せて、伝えてきた。

「……私、先程、試しにこの人形を、くすぐってみたんです。こちょこちょ、って」

「うん」

バカは『人形をくすぐるの、流行《はや》ってるのかなあ』とちょっと思った。

「そうしたら……なんと、くすぐったかったんです！」

「そっかあ、そりゃ、くすぐったらくすぐったいよなあ」

「おいバカ待て！　当然だと思うな！　よく考えろ！」

ミナの報告を受けてバカが『当然そうだよなあ』と頷いていたら、海斗がすかさずバカの両肩を摑《つか》んでゆさゆさやり始めた。まあ、バカはびくともしなかったが。

「いいか？　人形をくすぐっただけだ、という話だったぞ？」

「うん」

「なのに、くすぐったさを感じたんだぞ!?」

「そりゃ、くすぐられたらくすぐったいだろ？」

バカは『確か、たまが陽の人形くすぐった時も陽がくすぐったがってた！』と思い出して頷いていたのだが、周りの皆はそんなことは知らないのだ！

「あっ、あの、樺島さん。くすぐったかったのは、人形じゃなくて、私なんです」

ミナも『これは伝わっていないのでは!?』とばかり、慌てて説明を足してきた。バカがバカ故に、伝わっているということが伝わっていないのである！

「つまり、人形の感覚が、私にそのまま伝わってきている、というか……その、人形と私が繫《つな》がっているというか……その……」

バカが『ほええ』とよく分からない反応を示しているため、ミナは『どう言えば伝わるかしら』とおろおろする。バカはおろおろするミナを見ておろおろしている！

「まあ、早い話が、さっき僕が話したのと同じことだ。これは『呪いの人形』なのではないか、ということだよ。この人形をくすぐればくすぐったく感じる。そして、針でも刺そうものなら……死ぬかもしれない、と。そういうことだろう？」

「えっ!? ミナ、死ぬのか!?」

海斗の解説もあり、ようやくバカは『やっぱりこの人形、大変だ！』と改めて理解した。

大変だ、大変だ、とバカはその場を駆け回る。ついでに壁と天井も駆け回ったので、土屋とミナに『わあ……』と驚かれた。海斗は『ああ、こいつはこういうこともするのか……』と遠い目をしていた。

「……そもそも、この人形は何のためにあるのだろうか」

そうしてバカが少し落ち着いて床に戻ってきたところで、土屋がそんなことを言う。

「何のため？　そんなもの、決まっているだろう？　遠隔操作で人を殺すためだ。それ以外に何がある？」

が、海斗があっさりと、そう言ってのけた。海斗はミナと土屋とバカ、三人分の視線を集めながら、悪ぶって皮肉気に笑う。

「このゲームは、悪魔が用意したデスゲーム。僕らの目的は願いを叶《かな》えることだ。そして、その手段は、人を殺すこと。……忘れたのか？　悪魔は僕らに人を殺させたいんだ」

海斗の言葉に、土屋はため息を吐き、ミナは俯いた。バカは、『俺の願い、なんなんだろ……やっぱ、三二ストップのソフトクリーム……？』と悩んでいた。

「まあ……さっきも言った通り、私は人を殺すつもりは無いのでね。ただ、悪趣味な人形だ、と思うだけだが」

「悪趣味!?　俺はかわいい人形だって思う！　ミナの人形、かわいいな！　ちゃんと三つ編みだな！」

「え、ええ。……ふふ、ビーナスさんのお人形は、ちょっぴり強気なかんじがかわいいですね」

土屋は困った顔だったが、バカの言葉にミナは少し元気になったらしい。ミナもさっきまで元気が無かったので、元気になって良かった！　とバカは喜んだ。他の人が元気になると、バカも元気になるのである。

「さて……いつまでも眺めてはいられない。この人形をどうしたものかな」

バカは真剣に土屋の話を聞く。これでミナとビーナスの安全が左右されてしまうのだから、安全第一のバカは真剣に聞くしかないのだ。

「本人が持っている、というのも一つの手なわけだが、何か事故があっては大変だからな。安全に保管できれば、それがいいのだが……」

土屋は悩みつつ、二つの人形を見つめている。ミナも、『人形を胸のポケットに入れた状態でうっかり転んだら、私、潰れちゃうのかしら……』と恐ろしいことを呟《つぶや》いている！

「なら、誰も触れない、動かせないような状況が望ましいな。となると、元の位置に戻しておくのはどうだろう。丁度、僕と樺島《かばじま》がビーナス人形を手に入れたところなら、部屋から入ってそう遠くない位置だ。面倒は無いと思うが？」

そして、海斗がそんなことを提案してきたのだった！

海斗の提案に、土屋《つちや》も、ミナも、ぽかん、とした。……そして。

「……海斗。君は、その、人殺しを推奨するようなことを言う割に、そういう提案をするんだな？」

土屋がなんとも生温かい顔をする。

海斗は、はっと気づいたようになり、そして、気まずげに、ぷい、とそっぽを向いてしまった。

「そうだぞ。海斗はいい奴《やつ》だからな！」

なので、代わりにバカが胸を張っておく。何しろこのバカは、他人の自慢が得意なバカなのだ。海斗は何が気に食わなかったのか、ずい、とバカを小突いていたが、バカの鋼の肉体と心にはノーダメージである！

「まあ、現状はそれが一番だな。うーん……そうか、そちらの部屋では、鍵付きの扉の中に人形が入っていた、のか……」

土屋はそう言って、ふむ、と頷《うなず》く。ミナも、『それがいいと思います』と頷いている。が……気になる言葉も、聞こえてきた。

「……こちらは鍵付き扉の中に人形があったが。そちらは違ったのかな？」

「ああ。直接、手渡された」

そして、海斗《かいと》の疑問に、土屋は中々衝撃的なことを言ってきたのである！

「……て、手渡された!?　だ、誰にだ!?　他にも誰か、居るのか!?」

「ええと、その……私達《たち》の部屋は、『双子の乙女』のクイズに答える部屋だったんです」

びっくりした海斗とバカに、ミナがそう、伝えてくる。バカと海斗は顔を見合わせた。

『双子の乙女』とは、一体。

「……こっちでバカが跳ね回っていた間に、そちらではクイズ、だと……？」

海斗は、言葉には出さなかったが、顔にはありありと『逆がよかった』と書いてある。

バカは、『俺、クイズとか苦手だから天秤の部屋でよかったぁ！』とにこにこ顔である。

「……お互いの部屋の状況報告をしようじゃないか。どうやら、こちらとそちらと、随分と趣旨の異なるゲームをしていたようだな……？」

そして土屋は、そんな海斗とバカを見て、ため息混じりにそう、提案してきた。


「私と女性三人が入った部屋は、双子の乙女の部屋だったよ」

そうして早速、土屋から情報共有が始まった。

「あの、悪魔と名乗る、そっくりな見た目の女の子が二人居たんです。『双子の乙女』と名乗っていました」

「それで、双子の乙女が考えているもののテーマを発表してくれて……それから、二十回まで、YESかNOかで返答できる形の質問をして、それで、双子の乙女が考えているものの名前を当てる、というものでした。あっ、それから、質問十二回以内に正解できたら、『おまけのご褒美』をくれる、というお話でしたね」

「ほええ」

説明してもらっておいてなんだが、バカには全く分からなかった。とりあえず、『双子が居たんだな！　あと、なんか難しそうなことしたんだな！』ということだけ分かった。

「それで、まあ……我々はゲームの初めに、一人一人それぞれ、別の檻《おり》に入らされたんだ。吊《つ》るされた鳥籠のようなものだな。そこに入った状態で、双子の悪魔に質問をしていくんだ」

「ほええ……」

バカは、『その部屋、俺が入ってたら何も役に立てなかったかもしれねえ！』と思った。多分、その通りである。

「回答は五回まで。一度不正解の回答をしてしまった者は、他の全員が不正解の回答をしてしまうまで、次の回答ができない。そして、不正解の回答をしてしまった者の檻には、鍵が掛けられる。これで、不正解者は檻に閉じ込められてしまう、というわけさ」

「ひええ……」

バカは想像して、ちょっぴり怖くなった。閉じ込められてしまうのは、怖いのだ。まあ、バカの場合、閉じ込められて怖くなったらぶち破って出ちゃうのだが、それによって親方から怒られたらもっと怖いのである……。

「そうして誰かが正解したら、正解した人に出口の鍵と、全員分の檻の鍵が渡される。……そして、その百二十秒後に、檻の下の床が抜ける。檻の下には、毒蛇がうようよと居てね。まあ……つまり、檻に閉じ込められたままだと死ぬ、ということだな」

「毒蛇……こわいなあ……」

バカが怖がると、ミナは『怖かったです』と深々頷いた。

「……つまり、回答して不正解になっても、その後、仲間が正解して、自分の檻を開けてくれるならそれでよし。もし、仲間に裏切られたら、毒蛇の餌食、か。……あまり想像したくないな」

海斗は、ついさっきまで皆から嫌われていたことを思い出したのか、なんとも苦い顔をしている。なのでバカは、『そうなったら俺が助けるよ！』と海斗を励ましておいた。海斗は視線をバカに向けず、ちょっとだけ、頷いた。……多分、照れている。耳がちょっと赤くなっているから！　バカは嬉《うれ》しくなって海斗の耳をつついた。

「それにしても、難しそうな部屋だなー。俺、絶対に役に立てねえよ！」

バカがそう感想を述べると、土屋もミナも、苦笑した。

「そうだなあ……いや、実際のところ、私も全く役に立たなかったぞ。ははは……」

「ほとんど全部、たまさんがやってくださったんです。たまさん、すごかったですね

「……」

成程。どうやら、たまがクイズを解いてくれた、ということらしい。やっぱりたまは賢いのだ！

「たまさん、十二回の質問までで正解を言い当ててしまって。あっ、答えは『マシュマロ』だったんですけれど……」

「マシュマロ!? 美味《うま》いよなー、マシュマロ！」

「マシュマロ、か……。『食べ物』といったテーマでそれが来たら、中々難しそうだな。色は白いか、大きさは掌《てのひら》以下か、食べるのにカトラリーを必要とするか、菓子かどうか……ここまでやっても、あんまんやスノーボールクッキーと差別化できない。材料に卵を含むかどうかを聞いても、クッキーの類やブッセ、ダックワーズが残る。焼き菓子かどうかも聞けば、大方絞れるが……」

バカがマシュマロに思いを馳《は》せているところ、海斗は問題自体に思いを馳せているらしい。まあ、海斗は間違いなく、天秤《てんびん》の部屋よりも双子の乙女の部屋の方が向いていると思われる。

「いえ、その……」

だが、ミナが、言った。

「たまさん、『YESとNOだけで答えられる質問ならなんでもいいんだよね？　なら、答えを教えて。YESはトン、NOはツーとして、和文モールスでお願い』って……」

「……え？」

「なので、悪魔さん、大変だったんですよ。一生懸命調べながら、『NOYESYESNO、NONOYESNOYES……』っていうかんじで……」

バカは頭の上に『？』マークをいっぱい浮かべた。そしてその横で、海斗は……。

「……頭脳派の脳筋か!?」

愕然《がくぜん》として叫び声を上げていた。

「頭脳派の……矛盾しているようで的確な表現だ……ううむ」

「ま、まあ、私達全員、驚きましたよね……あの、でも、それで私達、全員助かったので……」

……バカは、ちょっと考えて、そして、思った。『やっぱり、たまはすげえや！』と。

つまり、何が何だかバカにはよく分かっていない！

「まあ、そうして我々は無事、脱出した。ついでに、『不本意ながらおまけを進呈する』と、双子の乙女から、ミナさんの人形を渡されたよ」

「十二回の質問までで正解できた時のおまけが、このお人形だったんですよね」

「成程、それで『直接渡された』ということか……。中々、面白い部屋だったんだな」

「面白くねえよぉ。俺、全然わかんねえよぉ……。あっ、でも、たまがすごいことすんのは見たかったなあ」

まあ、何はともあれ、これで女性三人と土屋が助かったのだ。ついでに、ミナ人形も手に入った。双子の悪魔がものすごく不本意そうであったらしいが、まあ、それはそれとする。

「そういうわけで、質問一回でクリアしてしまった我々は、女性三人の解毒を終えた後も時間が結構余ったのでね。解毒装置の傍《そば》でゆっくり一時間ほど雑談して、それから戻って来たんだ」

よく分からないが、とりあえず四人全員、無事に帰って来た。それだけで十分なのである。バカは笑顔で『よかった！』と言った。

「そっかー、そっちも時間余ったんだな！」

「樺島君の方も、そう？」

「うん！　こっちは海斗が頭いいからさぁー」

続いて、バカの報告が始まった。……のだが。

「海斗にさあー、俺のゲーム貸すことにした！　多分、海斗は草タイプ選ぶと思う！」

「ちょ、ちょっと待ってくれ樺島君。話が大分逸《そ》れていないかな？」

「えっ、部屋での話だろ？」

バカは早速、楽しく話し始めてしまったので土屋に止められた。が、バカはきょとんとしているばかりである！

「……海斗君。代わりに頼めるかね？」

「ああ……どうやら、そうするしかないようだな……」

そうして、土屋と海斗が何やら遠い目で笑い合って、それから海斗がゲームの説明をすることになった。バカは『やっぱり海斗って頭いいんだ！』と嬉しくなった。


さて。

そうして、海斗が天秤の部屋のルール説明をざっと終えて、『とりあえずバカが跳躍して海斗を運んでそのまま脱出できる状態になった。その後で改めて攻略して、鍵を手に入れてビーナス人形を取り出した』というように話した。

……つまり、海斗がバカを殺そうと頑張って、結局思いきれずに失敗した、という旨は見事に封印されていた。が、バカはそれに気づいていないし、そもそも最早《もはや》そのあたりは覚えてすらいないので、『そうだ！　海斗は頭がいいんだぞ！』と胸を張るばかりであった。

「成程な……それで、三百キログラムの金貨と、巨大なアクリル製のコインも手に入れてきた、と」

「うん！　かっこいいだろ、これ！」

バカは只々《ただただ》、自慢げである。土屋は最早何も言えず、ただ、『ああ、うん、よかったな、樺島君』と一緒に喜んでくれた。バカはにこにこしている！

「ということは……やはり、ビーナス人形が入っていたところに、ミナ人形とビーナス人形を入れて保管しておくのが妥当だろうな」

「だな。うっかりの事故で人形にダメージが入る可能性もある。安全に保管できる鍵付き扉があるのだから、利用しない手は無いだろう」

「あっ、あの、じゃあ私、ビーナスさんに断りを入れてきますね」

そうして、人形の処置についても結論が出た。ミナがさっと席を立って、ビーナスが一人で行った方へと向かっていく。それを見送って、土屋《つちや》と海斗とバカは、ふう、と息を吐く。

とりあえず、人形問題は解決しそうだ。そして、お互いの状況も大体、分かった。

……と、なると。

「後は……次のゲームをどうするかを考えるべきだな」

そろそろ、次のことを考えなければならない。

何せ、昼の時間はもう、残り三十分を切っているのだから。

……すると。

「樺島《かばじま》。提案がある」

海斗が唐突に、バカの方を見て、緊張気味に言った。

「……次も、僕と組んでゲームに参加してくれないか？」

「え？」

「おお……？　それはどういう風の吹き回しかな？　海斗《かいと》。君は、首輪が無い。だから、無理にゲームに参加したくないのだろう、と思っていたのだが……？」

バカには海斗の提案がよく分からなかったし、土屋にも分からなかったらしい。二人揃《そろ》って首を傾《かし》げていると、海斗は気まずげに俯《うつむ》きつつ、言った。

「……その、大広間に残ることも、考えられる。が……僕はどうも、陽《よう》を信用できない」

「ええー……陽はいい奴《やつ》だよぉ」

「よく考えろ。あいつが本当に一人で大広間に取り残されていたと思うか？　今、たまさんと話していることを考えても、何か隠していると考えるのが妥当だ。そんな奴と一緒に待機している、というのは、流石《さすが》にね……」

バカは『陽はいい奴だよ！』と思っているのだが、海斗はそうは思えないらしい。そして土屋も。

「ふむ。ならばいっそのこと、ゲームに参加してしまった方が安全かもしれない、と。そういうことか。まあ、分からんでもないなあ」

「ああ。まあ……僕にはたまさんのような鮮やかな解決はできないかもしれないが、それでも一応、それなりの学はあるつもりだ。頭を使うことなら解決できるだろう。そして、それで無理なら……」

「俺が居る！　そういうことだな!?」

が、バカにもこっちは分かる。

海斗は頭脳！　そして、バカは筋肉！　二人で分業！　ナイスコンビ！　そういうことなのだ！

「やったー！　俺達《たち》、いいコンビだよな!?　な!?」

「……お前はそれでいいのか？」

「うん！　いい！　すごくいい！　やったー！　相棒ができた！　やったー！」

バカははしゃいだ。

自分が海斗に殺されかけていたことなんてすっかり忘れて、はしゃいだ。

バカはもうすっかり、海斗のことを気に入ってしまっているのである。『俺達、友達！』とはしゃぐバカを見て、海斗はぽかんとしていたが、やがて、『こいつは本当にバカだな……』と、呆《あき》れてため息を吐《つ》いたのだった。

……そうして、海斗はふと、席を立つ。

「樺島。ちょっとついてこい」

「ん？　なんだ？」

バカは特に疑いもせず、海斗の呼びかけに応じて席を立つ。

「ふむ……二人だけで、か？　私は駄目かな？」

「土屋さんは……ついてきたければ、ついてきても構わない。妙に疑われるのは勘弁願いたいからな。ただし、これから見ることについては他言無用で頼む。ミナさんにも、だ」

海斗はそう言うと、小さな声で言った。

「……僕の異能を使う。お前には、見せておこうと思って」

「うん？」

バカが首を傾げていると、土屋も後ろで不思議そうな顔をしつつ、結局は席を立った。

海斗は大広間を横切っていき、天城《あまぎ》とヒバナが入っていった、という昼のドアまでやってきた。

そして、ぼうっ、と、海斗の手に海を思わせる色の光が灯《とも》る。

「僕の異能は、『リプレイ』だ。……一日に一度だけ、その時にそこで何が起きたか、見ることができる」

「ほえ……？」

バカが首を傾げていると、海斗は緊張気味の面持ちで、じっと昼のドアを見つめる。

「部屋のギミックを見る意味は、無いだろう。だが……部屋の入り口で、陽が本当に部屋に入っていないのかを見ることには、意味があるはずだ」

海斗はそう言うと、すっ、と手を動かした。

「対象は、このドアの前。時刻は、『このドアが開く三十秒前から』だ」

海斗が宣言すると、いよいよ異能が発動した。海色の光がぼやりと揺れて、やがて光は、はっきりと人影を形作り……それらが、動き始める。

「あっ！　ヒバナと天城のじいさんだ！」

海色の光で作られた人影は、ヒバナと天城のものだった。バカは『これ、透けてる！』と、天城の影のふくらはぎあたりにチョップを繰り返した。バカの手はスカスカとすり抜けてしまう。どうやら、この影は実体のないものらしい。

「天城さんとヒバナ、か……。ふむ、陽は居ないようだな」

土屋の言う通り、人影は二つだけ。天城とヒバナのものだけだ。天城とヒバナは、何か話すような素振りを見せている。が、音は再生されないらしく、何を話しているのかまでは分からない。

そして、急に事態が変わる。

「んっ!?　ヒバナ、どうしたんだ!?」

なんと、急にヒバナが倒れたのだ。完全に意識を失っているのか、全く動かない。

「お、おおお……天城さんにこんな力があったとは」

天城は動かないヒバナを見下ろすと、迷うことなくヒバナを掴《つか》み、担ぎ……それから、ちら、と周囲を警戒するように見回して、そして、ドアを開けた。

……そうして、ずりずりと半ばヒバナを引きずるようにしながら、天城はヒバナと共に、ドアの中へと姿を消していったのだった。

「……陽はドアの中に入っていない。これではっきりしたな」

海斗がそう呟《つぶや》くとほぼ同時、ドアの前に人影がもう一人、現れる。陽の影だ。

陽は混乱し、焦ったようにドアを叩《たた》き、何かを叫び、少しの間そうしていたが、やがてすぐにまた、走り去っていった。……恐らく、二階のドア前に待機していることにしたのだろう。

「この様子を見ると、陽は嘘《うそ》を吐いていないようだな。陽から聞いた話と状況が合致する。そして……ヒバナが天城さんを連れて入ったのではなく、天城さんが、ヒバナを連れて入った、と……」

そして、ヒバナと天城の関係についても分かった。『天城が』犯人だ。ヒバナは何らかの要因で倒れ、意識を失い、そして、天城によって部屋の中へと連れ込まれた。あの状況を見たら、ヒバナが被害者であることがなんとなく分かったのである。

「……部屋の中の状況も見たかったところだが、それは最早、意味が無いか」

「そもそも、僕がこの異能を使えるのは一日に一度だけだ。次の夜の鐘が鳴るまでは使えない」

「そうか……ふむ」

海斗と土屋は、ふう、とそれぞれに息を吐いて、大広間の中央へ帰っていく。バカもそれについていって、適当にまた、着席した。

「さて、海斗。一つ、聞かせてもらいたい」

バカと海斗も着席したところで、土屋はそう、海斗に言葉を向けた。

「……何故《なぜ》、この異能を皆には秘密にしたい、と？　これを公表すれば、陽の疑いを晴らすことができるんだぞ」

「その義理は無い。それだけだ。あと……僕の異能は、戦うのに使える異能じゃない。ゲームの攻略の役にも立たない。だから……知られていない方が、ハッタリが効く。それに何より、『何かしたい』奴にとっては、邪魔だろう？　始末したいと思われるはずだ」

「成程な……。まあ、そういうことなら話は分かる」

　海斗が苦い顔で話せば、土屋も少々の哀れみの目で納得を示した。尚《なお》、バカはこのやり取りの意味がよく分かっていない！

「だが、陽が濡《ぬ》れ衣《ぎぬ》を着せられたままではかわいそうだ。我々が陽を疑うことは無い、という旨は伝えてやってもいいな？」

「ああ。好きにしてくれ。だが、僕からは何も言わない。僕の異能が何かが知れれば知れるほど、僕は不利になるからな」

「分かった。それでいい」

　土屋と海斗との間で、バカには分からない何かの約束が成される。バカは『とりあえずなんか決まったらしい！』とだけ理解した。

「それにしても……気になることがいくつもあるな」

「天城の異能だな？」

「ああ、ヒバナを昏倒《こんとう》させていたように見えた。まるで、スタンガンでも当てたような

「……いや、それよりももっと静かで、かつ強力な攻撃、ということかな」

ふむ、と唸《うな》りつつ、土屋はさっきの『リプレイ』を思い出しているらしい。なにか身振りしながら、『こう、いや、こう、だったか……』とやっている。

「ヒバナがあの時点で死んでいた、とは考えられないか？」

「いや……うーん、どうだろうなあ。『人を瞬時に殺せる異能』だったとしたら……その、あんまりにも、強力すぎじゃ、ないかね……？」

「……それはそうだな。僕の異能の弱さがより一層際立つ……」

海斗は少し落ち込んだ。なのでバカは、『元気出せよぉ』と海斗の背をぽふぽふ叩いてやった。

「まあ、今回一番の収穫は、陽が嘘を吐いていないと分かったことにある。これで、警戒しなければならない相手が一人減って、協力できる仲間が一人増えた」

土屋が少し笑ってそう言うと、海斗は『僕にはほとんど利点が無いがな！』とげんなりした。が、海斗も少しほっとしている様子なので、多分、これでよかったのだろう。

……バカだってそうだ。陽はいい奴だと思っている。陽が人を殺したのか、なんて、疑いたくない。疑わなくていいものを疑わずに済むようになったのだから、俄然《がぜん》、元気になるというものだ！

「お待たせしました。ビーナスさんの了解も得られましたので、お人形はしまっておきましょう」

それから、ミナが戻ってきた。どうやら、ビーナスと話ができたらしい。

「そうか。それで、ビーナスは……？」

「その……もう少し、一人にしてほしい、ということでした。なので、その、土屋《つちや》さんも一緒に確認してくれるなら、やっていてくれて構わない、とのことで……」

そして、こちらはこちらで、やはり気になる。……ビーナスは、元気が出ないらしい。ビーナスのことは、どうにも心配だった。

「……ふむ、そうか。うーん……彼女はヒバナと何か、関係があったのかな」

「かもしれないな。その、陽とたまさんは元々知り合いなんだろう？　なら、ヒバナとビーナスがそうであっても、おかしくはない。そうだ。元々、僕らが見ず知らずの他人同士かどうかなんて、分かりはしないんだからな」

ビーナスのことは心配だが、時間も押している。バカ達は揃って、天秤《てんびん》の部屋へと向かった。

「じゃあ、これでよし、と」

そうして人形二体は、女神像の裏の鍵付き扉の中へと収められた。かちり、と鍵をかけて、これで完了である。

「鍵は……ミナさんに預けておこう」

「はい。確かに、お預かりします」

鍵はミナが持っていることになった。ミナは緊張気味に鍵を両手で受け取ると、それをブラウスの胸ポケットの中にしっかりしまった。

「じゃあ、そろそろ次の部屋のことを考えなければな……」

そうしてビーナス人形とミナ人形の処置が終わったら、いよいよ次の部屋の話を考えなければならない。何せ、ミナとビーナスとたまは、首輪が残ったままだ。毒を打たれてしまっている以上、次もまた、解毒しなければならないのである。

……そうして、全員を大広間へ呼び集めてきた。陽《よう》とたま、そしてビーナスも。

「そろそろ時間が来るからな。昼に向けて、人員の割り振りを考えておきたい」

陽とたま、そしてビーナスに声を掛けて、改めて全員で話すことになった。

……ビーナスは未《いま》だ、元気が無い。だが、その一方で陽とたまは、少し元気が出たらしい。バカは、『二人が元気になってよかった！』と喜んだ。

「さて、次のゲームだが……提案なんだが、いっそのこと、全員で部屋に入る、というのはどうだろうか」

が、流石《さすが》に土屋がそんな提案をすると、しょんぼりしていたビーナスも、ちょっと元気になっていた陽とたまも、等しく全員、驚いた。

「へっ!?　ぜ、全員で!?」

「……いや、ほら、女性陣三人と、私と、海斗《かいと》と樺島《かばじま》君と、陽。この全員が同室でも、ゲームは進行できるはずだな。何せ、男達《たち》には首輪が無い。だから、ゲームの部屋に入ろうが入るまいが、まあ、関係ない、ということだな」

土屋が説明すると、陽とたま、そしてビーナスが特に、ぽかん、とした。

「……まあ、慎重に考えるなら、このゲームは基本的に四人まででクリアすることを前提に作られている可能性があるから、四人までにしておいた方がいいのだろうが……その、樺島君のパワーを見ていたら、それも吹き飛びそうな気がしてね……」

「だろうな……僕もそんな気がしているよ。はあ、やれやれ……」

土屋と海斗が、ちら、ちら、とバカを見て、何とも言えない顔をしている。なのでバカはとりあえず、自慢げな顔をしておいた！

「それで、どうかな。全員一緒なら、少なくとも、自分が見ていない間に何かが起きる可能性については考慮しなくていいことになるが……」

そして、土屋がそう、提案すると。

「私は反対よ」

ビーナスが真っ先に、反対の声を上げた。

「ふむ……理由を聞いても？」

「当然のことじゃない？　海斗は私達三人を殺そうとしたのよ？　忘れたの？　それに、陽は信用できない」

ビーナスはそう言うと、海斗と陽を睨《にら》みつけた。海斗は気まずげに視線を逸《そ》らし、陽は『まあ、そうだよな……』としょんぼりしている。

「……それとも、何？　土屋さん。あなた、陽と海斗を信用するっていうの？」

「うーむ、そうだなあ……」

続いて、ビーナスが土屋までもを睨むと、土屋は少し困った顔をして……。

「……まあ、そういうことになる。陽については、本当にゲームの部屋に入っていない、と信じることにした。そして、海斗については……毒気が抜けている。そう判断した」

そう、答えた。そしてそれを聞いた海斗が、ものすごい形相になってしまう！

「ど、毒気が抜けているだと!?」

「ああ、うん、抜けているぞ……」

当然のように、海斗が反発した。が、土屋は特に、言葉を翻す気は無い、らしい。

「……樺島君が海斗君の毒、抜いちゃったみたいだね」

「えっ!?　俺、なんかやっちまったか!?　ごめん、海斗！　ごめん！」

「いや、お前が謝ることじゃ、違、いや、ああ……ああもう……」

たまがちょっとくすくす笑い、バカは慌て、そして、海斗は最早《もはや》これまでとばかりに項垂《うなだ》れてしまった！　バカは余計に慌ててわたわたするばかりである！

「……うん。私は、陽も海斗君も、信用できる。同室でも構わないけれど」

それから、たまがそう言った。それに、陽はほっとしたように笑い、そして、海斗は気まずげに、ふん、と鼻を鳴らす。

「けれど、ビーナスさんがそれだと嫌だって言うんだったら、考えないとね。……私とミナさんとビーナスさんの三人で入るには、ゲームの部屋はちょっと、危険だと思うから」

たまの言葉を聞いて、バカは思い出す。

たまは、他人の異能をコピーする異能。ミナは、怪我《けが》を治す異能。そしてビーナスは……本人は、占いだ、と言っていたが、それは怪しい、とたまは言っていた。つまり、分からない。

……ビーナスの異能が何かは分からないが、まあ、例えば『ライオンに勝てるか』というと、ちょっと、あまりにも、不安である。

「ミナさんの希望はある？」

「え？　私ですか？」

たまがミナに話を振ると、ミナはあわあわ、と慌てつつ答えた。

「え、ええと……私、できれば女性の誰かと一緒がいいです」

「そっか。じゃあ、ビーナスさんは？」

「私？　私はさっきの組み合わせでいいと思ってるのよ？　私と、たまと、ミナ。あと、土屋さんについてきてもらって……」

ビーナスが、ちら、と土屋を見れば、土屋は『まあ、私は構わないが……』と頷《うなず》いた。

「……俺の希望も、いいかな」

そこへ、陽が手を挙げる。

「俺は、たまと組みたい。ミナさんが女性と一緒がいいというのであれば、ビーナスさんに付いてもらえればそれでいいんじゃないかな」

「……まあ、私もその方が嬉《うれ》しいけれど」

たまは、少し驚いたような顔をしている。さっき、二人で話していた時にはこの相談はしなかったのだろうか。

「ちょ、ちょっと！　私は嫌！　たまにはこっちに居てもらいたいんだけれど！　ねえ、ミナ！」

「へ？　あっ、そ、そうですよね……。たまさんが居ると、その、とても心強いので……」

そしてビーナスとミナはこれに反対、と。……となると、いよいよ、意見がぶつかり合って上手《うま》くいかない。バカは『どうすりゃいいんだ⁉』と頭を抱えた。

「……うーむ、ビーナス。悪いが、そうなると君には一人で部屋に入ってもらうことになる」

が、土屋がそう、言い切ってしまった。

「な、なんで⁉」

「陽、たま、ミナさん、そして私。この四人なら、君以外の誰からも異論が出ないからだ。ビーナスの意見通り、『ビーナス、ミナ、たま、土屋』の四人で組もうとすると、陽とたまから異論が出る。異論は二人分だ。まあ、単純に倍だな……。なら、優先すべきは陽とたま、と考えるぞ」

土屋がそう言うと、ビーナスは表情を引き攣《つ》らせた。だが、土屋はどっしりとした岩のように、動じる気配がない。

「……それが嫌なら、『ビーナス、ミナ、土屋』の三人組を受け入れるか、『ビーナス、ミナ、土屋、たま、陽』の五人組を受け入れるかしてくれ」

土屋が静かにビーナスを見つめていると、ビーナスは怯《ひる》みつつも考え……そして、結論を出す。

「……それだったら、三人がいいわ。私と、ミナと、土屋さん。それならいいんでしょ？」

「ああ、そうだな。まあ、私としてもたまさんが居ないのは不安だが……かといって海斗を入れるのもなあ」

「それは嫌よ！　私達を殺そうとした奴《やつ》よ!?」

「ああ、うん、そう言われると思っていたさ……」

……ということで、一チーム目が決定したらしい。バカは、『とりあえず決まって良かった！』と頷いた。そして。

「じゃあ……樺島君。海斗。相談なんだけれど、俺とたまと組んでくれないか？」

もう一チームの交渉が始まるのだ。

「……勘違いしないでもらおうか。僕は、陽が天城《あまぎ》・ヒバナ殺しの犯人ではないだろうと踏んではいるが、これから先、たまさんと共犯になって誰かを殺すことはあり得ると考えているんだ」

海斗は随分と冷たい。それでいて、その表情には緊張と迷いが存分に満ち満ちていた。

「だが……ビーナスとミナさん、二人きりにするわけにはいかないだろう。そして、ビーナスは僕と組むのが嫌だと言う。なら、そちらには土屋についてもらうしかないわけだ。向こうのチームは変えようがない。だから……ああ、くそ」

海斗は頭を振ると、じっ、とバカを見つめた。

「……おい、樺島。どうする？　僕らは嵌《は》められるのかもしれないが、付いていかないことを選べば、二人を見殺しにすることになるのかもしれない」

「ええー……？」

バカは、聞かれたものの良く分からない。よく分からないので首を傾《かし》げている！

すると、海斗も『そういえばこいつはバカなのだった』と思い出したらしい。深々とため息を吐《つ》いて、改めて、問いかけてくるのだ。

「お前は、人の善性を信じるか？」

「えっ、なにそれ分かんねえ！」

が、バカにはこっちも分からない！　『ぜんせーって何!?』と混乱するばかりだ！

「ああもう！　お前は何なら通じるんだ!?」

「ごめん！　大体通じねえらしい！　親方が言ってた！」

「職場でも通じていないのか!?　なのにクビにならないのか!?　ああ……お前の親方を心底尊敬するよ！」

「うん！　そうなんだ！　親方、すっげえいい人で、かっこよくて……」

「本当に話が通じない！」

海斗はいよいよ頭を抱えた。バカは『親方が褒められた！』とにこにこした。……そして。

「あっ、そうだ。俺、たまと陽と一緒だったら嬉しいぞ！　えーと、そういう話だったよな？」

バカは思い出して、そう言った。……途端、海斗は『そこは分かっていたのか……』という顔でげんなりとして……深々とため息を吐いた。

「分かった。なら、組み分けはこうだ。『ビーナス、ミナ、土屋《つちや》』の三人と、『陽、たま、樺島、海斗』の四人。これで文句は無いな？」

そう海斗が宣言すれば、全員が頷いたのだった！

リンゴン、リンゴン、と昼の鐘が鳴る。

「じゃあ……皆、無事にここへ戻ってきてくれ」

そうして、土屋とミナとビーナスが昼のドアを開けて、中に入っていった。それを見送って、バカ達四人もまた、昼のドアを開けて、中に入る。

……ドアが閉まり、二日目のゲームが始まる。


「えっ」

「なっ」

「……ちょっと、これは想像していなかったなあ。ははは……」

が、昼のドアを開けたバカ達が目撃したもの。それは……。

「……羊がいっぱいだーっ！」

羊である。とにかく、羊である。ふわっふわの、羊である。

そして、そんな羊がわらわらしている芝生の真ん中に聳《そび》えるのは……キッチンスタジオ！

「意味が分からん！」

海斗《かいと》の絶叫が響く中、キッチンスタジオの上部のモニターには、『チキチキ！　羊の闇鍋チキンレース！』と表示されるのだった。

二日目昼：羊達の晩餐

「羊……なのにチキンレース、なんだね」

「うん……まあ、そこはちょっと気になるね……」

羊達《たち》がめえめえと鳴きながら芝生の上をもそもそ動いている様子は、ここがデスゲーム会場だということを忘れてしまいそうなほどに牧歌的である。

「悪魔はふざけているのか!? これは一体なんだ!? 何故《なぜ》、羊なんだ!?」

「うわーい！ 羊！ 羊ふわふわだぁー！」

「お前はもうちょっと躊躇《ちゆうちよ》しながら行動しろ！」

海斗は早速、『もうダメだ！』とばかりに叫び、バカは元気に羊の群れへ突撃していって、羊のふわふわの毛に埋もれ始めた。おひさまの匂いがして、バカは幸せな気分になった。尚《なお》、羊は迷惑そうな顔をしていた。

「おい！ 陽《よう》！ たまさん！ 君達があのバカを選んだんだぞ!? つまり君達にもあのバカを監督する責務がある！ 何とか言ってくれ！」

「ああ、うん、まあ、樺島《かばじま》君はこういうかんじか。うん……あはは……」

「……羊、かわいいよね。ふわふわしてて」

「こいつらもダメか！ もうお終《しま》いだ！」

陽とたまもそれぞれ、羊の群れと『チキチキ！　羊の闇鍋チキンレース！』の文字とを見て遠い目をしている。海斗はまだ意識を遠くへやれていないようで、騒いでいた。……だが。

「……ん？　この羊、なんか首についてる。なんだろ。名前かなあ」

バカが、羊の首についていた首輪と、その首輪についていた札とを見つけた。

「……んんんー？　この羊、変な名前だ！」

「そうかそうか。なんだ？　フィリップ・K・ディックとでも書いてあったか？」

海斗の言葉はさておき、バカは羊の首輪の札を見て……それを、元気に読み上げた。

「『牛肉百グラム』！　だって！」

「……そっか。つまり、あの羊は『牛肉百グラム』ちゃん」

「え……ええ……いや、羊に名付けるには、色々と、その、納得がいかないな……」

「あっ！　こっちの羊は『バター五十グラム』って名前らしいぞ！　あ、こいつは『海のミルク三十グラム』！　こいつは……ん？　あこにつむ五グラム……？　英語かぁ？　読めねえ！　あとこいつは『鉄釘《てつくぎ》十本』！」

「いや何か絶対に違うだろう、それは！　それは本当に名前か!?」

バカが片っ端から羊を捕まえては札を読み上げるのを聞いて、海斗はいよいよ頭が痛そうな顔になってきた。

「……まあ、大方、ゲームに使うものなんだろうね」

「とりあえず、中央へ行ってみようか。えーと……」

「羊を掻《か》き分けていくしかない、のか……!?」

……そうして結局、全員でふわふわの羊の群れを掻き分けて、なんとか中央のキッチンスタジオらしいものへと向かうことにした。

キッチンスタジオは、やぐらのようになっている。要は、羊が上ってこないように、ということなのだろう。四人は中央のキッチンスタジオへ、梯子《はしご》を上って辿《たど》り着く。すると、上部のモニターに『ルール説明!』と表示され、続いて文章が表示され始めた。

『君達には、これから鍋を食してもらう!』

「やったー! 腹減ってたんだー!」

……文字を読んだバカは喜んだ。何せ、バカはちょっとお腹《なか》が空《す》いてきたところだったのである。

確か前回も、似たようなタイミングでお腹が空いて、ピラニアっぽいかんじの魚を食べることになった。バカの腹時計は正確なのだ。

「これは本当にデスゲームなんだよね……?」

「鍋大会かもしれないよ」

陽は頭を抱え始めているが、たまは泰然自若としている。たまは今のところ、ずるっこクイズ大会を通ってこの鍋大会に来ているので、本当にデスゲームの実感が無いことだろう。

『今、鍋には二リットルの出汁《だし》が入っている。カツオと昆布の合わせ出汁だ。そこに、これから羊達によって運ばれた食材を投入していく！』

「ひ、羊が……？」

海斗は絶句していたが、バカは『羊が鍋作るのかあ！　かわいいなあ！』とにこにこした。

『君達は、順番に、鍋を自分の椀《わん》によそうことができる。好きな量を宣言したまえ。よそうチャンスは全部で五回。五周したらそれにてお食事は終了だ。』

バカは、『五回しかよそえない！　ならいっぱいよそっていっぱい食べなきゃ！』と心に決めた。

『しかし、食べ物を粗末にしてはいけない！　食材を捨てたり、残したりしたらペナルティだ！　捨てた分や、取り分けたのに残した分は、全て、強制的に食べてもらうことになる！』

バカは、『そうだな！　食べ物は粗末にしちゃいけないって親方も言ってた！』と納得した。

『更に！　そもそも、鍋の中身が残り二百グラム以下になっていなかった場合！』

だが、急にモニターの文字のフォントが、ちょっぴりおどろおどろしい雰囲気になり……。

『……そこまでで最も食べた量が少なかった者に、強制的に残り全てを食べてもらうことになる！』

総表示され、バカは『つまり、逆に、食べない方がいっぱい食べられるのか⁉』と混乱した！

「強制的に、か……うーん」

「甘い期待はしない方が良さそうだな。やれやれ……僕は、そう健啖家《けんたんか》じゃあないんだが……」

陽と海斗は、早速、嫌そうな顔をしている。バカは『鍋いっぱい食えるのに、なんかまずいのか？』と首を傾げた。すると。

『ところで、現在、投入予定の食材の総重量は約十キログラムとなっている。』

そう、モニターに表示され、陽と海斗は絶句した。

「えっ……十、キログラム……」

「おいおい、十キログラムを完食しろ、だと……⁉」

二人の顔は、いっそ青ざめてきてさえいる。一方、たまは少し渋い顔をしつつも冷静だ。

「……実質、誰か一人を殺す、っていう宣言なんだろうね。流石《さすが》に、十キログラムを四人で完食は、無理だ」

「十キロかー。うーん、いけるかなあ」

……まあ『食材の総重量十キログラム』は、人によってとらえ方がちょっと違う。否、バカだけ大分違う。

「ええ……ああ、うん、まあ、樺島君ならいける気がするから不思議だよね」

「俺と先輩と先輩だったら十キログラム、余裕なんだけどなー……」

「お前の先輩とやらの顔を拝んでみたいものだな！」

バカは『先輩がいてくれたらなあ』と思うのだが、それはそれ、である。今ここに居るのはバカと海斗と陽とたま。この四人だけなのだ。そして、四人で鍋を完食するためには、やっぱりルールをちゃんと見なければならない。バカは真剣に、ルールを見つめる。

『投入される食材とその重量は、全て食材カードに記載されている。そして、食材カードは羊の首に付いている』

「樺島君。やっぱりあれは名札じゃなかったみたいだよ」

「ええーっ!?『鉄釘十本』ってめっちゃカッコいい名前なのに！」

「お前のセンスはどうなっているんだ？」

どうやら、鍋に入る食材は全て事前に分かるらしい。まあ、ここに居る全ての羊を確認できれば、ということなのだろうが……。

『羊の首にある食材カードを取り外すことで、その食材を鍋に投入させないことが可能だ。投入させたくない食材があったら、該当の羊を捕まえて首の食材カードを取り外すことだ。』

「……ん!? よく考えたら鉄釘十本はまずくないか!? そんなものを完食できるわけがない!」

「あー……更によく考えると、さっき樺島君が言っていた『あこにつむ』ってもしかして、『Aconitum』……トリカブトのことかな。だとしたら、色々とまずいな……」

「まずいのか!? 俺、美味《おい》しい鍋じゃなきゃ嫌だぞ!?」

「最早《もはや》、味の話なんて誰もしていないが!? 生きるか死ぬかの瀬戸際なんだぞ!?」

更に、バカ以外に緊張が走っている。……そう。バカは今一つ理解していないが、このゲームは悪辣だ。端《はな》から、完食なんてできようはずもない。だから、『最も食べた量が少ない者』になってはならない。が、『鍋は毒である可能性が高い』。

そう。これは、毒を食らうチキンレース。一人は確実に死に、そして、下手をすれば全滅だってしかねない、正に悪魔のゲーム。……なのだが。

『では、三十分後にお食事スタートといこう。よい食卓を!』

「樺島ぁ!」

モニターに『残り時間』が表示されたその瞬間に、海斗が叫んでいた。

「死にたくなければ……いや、美味《うま》い鍋を食べたければ! ありったけの羊を! 捕まえろーッ!」

「美味い鍋ぇ!?」

海斗の言葉に、バカは目を輝かせた。

「美味い鍋食えるのか!?　やったー！　なら俺、頑張って羊、集める！」

そして、海斗《かいと》の指示を受けたバカはやる気に満ち満ちて……。

「わぉぉおおおん！」

盛大に遠吠《とおぼ》えすると、一気に、羊達に向かって走り出したのだった。……四足走行で！

つまり、牧羊犬・樺島剛《つよし》の誕生である。


……かくして。

「樺島君、優秀な牧羊犬だね」

バカが、駆け回っている。犬になりきって吠えながら、四足走行で駆け回っている。

……その結果、哀れな羊達はバカから逃れるため、メエメエと鳴きながら一か所に集められていくのだ！

「ばう！」

更に、バカが羊に向かって吠えれば、羊達は恐ろしさのあまりか、きゅう、と気絶してしまうものまで出てきた。そうでなくても、ぷるぷる震えながらじっとしている。その姿は実に哀れである。

「すごいな、樺島君。羊が一気に大人しく……」

「ぴくりとも動かないもんね。札が見やすくてすごく便利」

そうしている間に、たまと陽と海斗が手分けして、次々に羊の首から札を外していった。

「先輩に教えてもらったんだ！　羊は本能で制するもんだ！って！」

「お前の会社、建設会社じゃなかったか……？」

「えっ、でも、建設場所に羊がいることとか、あるじゃん」

「一体どこに何を建てたんだ!?」

バカは満面の笑みで羊の群れの周りをぐるぐると回ってバカサークルを生み出し、羊を一か所に大人しくさせ続け、その間に陽《よう》とたまと海斗の三人がかりで食材カードを外していく。

食材カードを外された羊はバカサークルの外へと解放され、すぐさまメエメエと逃げていく。こうすることによって、効率的に食材カードの回収ができるのだった！

が。

「うわっ、豚肉一キログラム！　これはまずいね、外そう」

「えっ!?　外しちゃうのか!?」

……食材カードの取捨選択には、ちょっとだけ悶着《もんちゃく》があった。

そう。『別に食べなくてもいい』『死ぬくらいなら食べない方がいい』という動機の陽とたまと海斗の一方、バカは『いっぱい食べたい！』なのである！

「……一キログラム、は、ちょっと……ね。ははは……」

「食べきれないだろう、それは……」

「そんなあー！　俺、いっぱい食べるのに！　食べるのにぃー！」

バカは『わおおーん！』と嘆きの声を上げた。すっかり犬である。……健気《けなげ》に羊達《たち》の周りを走り回ってバカサークルを生み出し続けているバカがあまりにも哀れなので、海斗とたまと陽は、次に見つけた『鶏《とり》つくね五百グラム』の札を見て、『ちょっと多いかな……』と思いつつも外さないことにしたのだった。

「生白菜百二十グラム……まあ、妥当かなあ」

「鉄釘《てつくぎ》十本！　やっと見つけたぞ！　こんなもの入った鍋、食べてたまるか！」

「あ、水銀二グラム……外しておくね」

そうして、バカがぐるぐる駆け回る間に他三人は一生懸命、札を外していく。

「げっ!?『二足歩行の羊の肉』だと!?　絶対にこんなもの食べてたまるか！」

「ええーっ!?　羊、駄目かぁ!?」

「ダメだ！　これはラム肉のことじゃない！」

「えっ!?　そりゃ羊はジンギスカンだろ!?　ラムってなんだ!?」

「羊だよ！」

海斗はバカに怒鳴りつつ、渋面で『二足歩行の羊の肉百グラム』の札を外した。

「うーん……流石に、悪魔のゲームだな。そうか、人肉まで出てくるのか……」

「食べても死にはしないだろうけどね」

陽とたまもそれぞれに『いよいよこの鍋、嫌だな……』という顔になる。

「……これ、本来ならこんなに効率的に進められないんだろうね。俺達は幸い、樺島《かばじま》君のおかげで羊が大人しい環境にあるけれど……」

「まあ、普通は羊は逃げるだろうし、全ての札を確認することはできない前提だと思うよ。だから、『闇鍋』なんでしょ」

「何が入っているのか分からない鍋を何グラム食べるか……食べ過ぎれば致死量に至る可能性があり、食べなければ最後に全てを食わされて死ぬ、と……悪趣味なゲームだ。全く……」

陽とたまと海斗は顔を見合わせ、それからまた、黙々と食材カードの取捨選択に移った。

『しいたけ四つ』の羊をそのまま逃がしてやったり、『テトロドトキシン十ミリグラム』の札を全力で毟《むし》り取ったり、『手羽先三百グラム』の札を、ちら、とバカを見てからそっと外したり……。

その間も、バカは元気に駆けまわっていた。その内楽しくなってきて、器械体操も始めた。飛び前転、側転、側方倒立回転……。倒立歩行、ブリッジ歩き、……そうして奇怪な動きで羊達の周りをぐるぐるし始めたバカの姿に、ますます羊達は怯《おび》えた！

やがて、制限時間が終わり、アラームが鳴った。

『それでは全員、着席せよ！　席に着かなかった者は死ぬ！』

「樺島君なら着席しなくても死なない気がするけど」

「ま、まあ、どういう仕組みで死ぬか分かっていない以上は、従っておいた方がいいと思うよ……」

結局、全員渋々と（バカだけはうきうきと）キッチンスタジオの席に着く。すると。

「なっ……!?」

「まあ、予想はできたかな……」

がしゃん、と音がして、椅子から飛び出した拘束具が全員を椅子に縛り付けた。

「えっ!?　なんだこれ！　邪魔だなあ！」

……そして、バキイ！　と、拘束具は引き千切られた。ぱらぱら、と拘束具の残骸が零《こぼ》れる。

「……まあ、これも予想はできた、かな……」

「なー、皆の分もこれ、外しとくか？　大丈夫か？　これついてたら食いづらくないか？」

「……僕はこのままでいい。ゲームが終われば自動的に外れるだろうからな。外れなかったら、その時に外してくれ」

「うん！　分かった！」

バカは元気に返事をすると、拘束具が大破した自分の席に戻って、わくわくと鍋を待つ。

……すると、スタジオにスロープがかかり、そこからぞろぞろと羊達がやってきた。

めえめえ、と鳴きながら、羊はその背中に載せてきた食材を、そっと鍋の中へ入れていく。

「羊が鍋作ってる！　かわいいなあ！」

「かわいいか……?」

バカは興奮気味に、羊の調理パフォーマンスを楽しんだ。羊達はまだバカが怖いらしく、バカと目が合うとすぐさま逃げていった。だが、こうして鍋が出来上がる。大きな土鍋に、自動的に蓋がされ、そのままくつくつ、と煮込まれて……。

「えっ、もう煮えたのか⁉」

ぽん、という音と共に、蓋が開く。……すると、そこには既に、きっちり煮込まれた鍋があったのである!

「わー! うまそー!」

鍋の中身は、至って普通だ。鶏つくね、大根、白菜、ネギ、しいたけ、えのき、豆腐、ねじり梅の人参《にんじん》……。これを見たバカは歓声を上げて、『食べたい! 食べたい!』とはしゃいだ。

『さあ! これより三十分のお食事タイムだ! 鍋の中身を取り分ける順番は、五回しか回ってこない! くれぐれも気を付けてよそいたまえ!』

「はーい!」

モニターに表示された文字に、バカは元気な返事をした。そして。

「じゃ、俺、最初にとっていいか⁉」

「ああうん、どうぞ」

「完食する前提でよそえ。僕らはお前が完食することを前提に鍋を作っているんだからな？」

「うん！　わかった！」

バカは『いただきまーす！』と元気に宣言して、土鍋におたまをつっこむのであった。


……そうして。

「美味かった！　ごちそうさま！」

無事、鍋は完食された。

六割程度、バカが食べた。多すぎるかと思われた鶏つくねも、しっかりバカの胃に収まった。

「俺達も小腹が満たされたね」

「美味しかったね」

「本来は、決して、『美味しかったね』なんて言って終われるゲームではないはずだが……！」

海斗は頭を抱えているが、モニターには『祝！　完食！』とおめでたい表示がされている。

そう。鍋は完食されたのである。本来なら相当厳しかったであろう完食だが、バカの前では美味しいおやつに過ぎないのである。

「これ、もう片方のチームじゃなくてよかったね……」

「そうだな。人員配置によっては、間違いなく人が死ぬゲームだった」

「やっぱり樺島君と一緒だとゲームが捗《はかど》るね」

陽と海斗とたまは、自動的に拘束具が外れた椅子から立ち上がってそれぞれ伸びをした。

死と隣り合わせであったはずなのに、緊張感は然程《さほど》無い。一応、バカ以外は全員、多少の警戒を払っていたのだが……それも、鍋で程よく腹が満たされて薄れている。

そんな折。

「ん？　鍋の底になんかまだ残ってる！」

バカが、ほぼ空になった鍋の中を覗《のぞ》き込んで、『おや？』という顔をする。

「……鍵？」

「うん。ほら」

そして鍋の中に手を突っ込んで、残っていた出汁《だし》の中から鍵を引き上げた。

鍵には、『♂』のマークがある。つまり、火星の鍵だ。

「完食すると出てくるんだね、この鍵」

「羊を余程効率的に見つけられないと出てこない、というわけか……」

「いや、誰か一人が全部食べさせられたらその後で見つかるんじゃないかな」

たまの冷静な言葉に、海斗が『あまり考えたくないな……』と苦い顔をした。こういう想像が得意なのは、海斗よりはたまの方らしい。

「えーと、鍵があるっていうことは、この部屋にも、さっき樺島君達が見つけたような鍵付き扉があるっていうこと、かな？」

陽が、きょろ、と辺りを見回す。すると、その中で海斗《かいと》は、さっ、と屈《かが》んで……。

「だとしたら……このあたりか」

ステージの中央、鍋が置いてある台の側面を見て、にやり、と笑った。

「ビンゴだ。ほら」

海斗が指し示す先には、鍵穴のついた小さな扉がある。

「開けてみようか」

陽が早速、鍵を鍵穴に差し込んで、回す。カチリ、と音がして、きい、と扉が開いた。

……すると、その中には。

「……これは」

ヒバナ人形があった。だが、今までに見つけたミナ人形やビーナス人形とは様子が違う。

……ヒバナ人形の顔面には、『毒殺』と書いてあった。

「毒殺、か。素直に考えるなら、これが死因、ということだろうね。さて、どうしたものかな……」

「更に言うなら、『服毒死』とかじゃなくて、『毒殺』だから、誰かに殺された、っていう風にとれるね」

「その対象が『悪魔に』なのか、『天城《あまぎ》に』なのかは分からないがな……。くそ、情報があまりにも少なすぎる」

ヒバナ人形を見て、頭のいい三人が相談している。バカにはよく分からないのだが、なんとなく、『毒殺』と顔面に書かれてしまっているヒバナ人形を見ていると、『ああ、ヒバナは本当に死んじまったんだなあ』という実感がじわじわと湧き上がってきて、どんどん悲しくなってくるのだ。

「……この人形の目的って、何なんだろうね」

「これを見ると、死因を発表してくれるアイテム、ではあるみたいだけれどね。それ以上に、『呪いの人形』としての効果の方が大きそうだから……見つけた方がいいのか、見つけない方がいいのか、微妙なところだと思う」

陽《よう》の言葉に、バカは真剣に頷《うなず》く。そうだ。もしかすると、この人形は『見つけない方がいい』のかもしれないのだ。バカは今後、ちょっと気を付けよう！と思った。

「死んでしまった人の人形は積極的に見つけたいところだけれどね。逆に、生きている人の人形は、見つけたとしても触らない方がいいかもしれない。けれど……うーん、それをやるには、どの部屋にどの人形があるのか、分かっている必要があるから……えーと、天秤《てんびん》の部屋からビーナス人形。双子の乙女の部屋から、ミナ人形、か……」

陽が何かを考え始めている。何を考えているのかバカには分からないが、とりあえず『がんばれ！　がんばれ！』と応援しておいた。……が。

「樺島《かばじま》君の出番じゃない？」

「えっ!?　俺ぇ!?」

たまが、そんなことを言うのでバカはびっくりした！　明らかに頭脳労働っぽいところに、バカの出番があるとは！

「だって、樺島君は『前回』を経験しているんだよね？」

「……あっ！　そうだった！」

だが、確かにバカにも頭脳労働の機会がある！　何故《なぜ》ならば……バカには『前回』があるので！

「樺島君。『前回』に見つけた人形のこと、教えて」

「……ちょっと待って！　頑張って思い出すから！　ええと、ええと……あれ!?　なんだっけ!?」

……が！　やはりバカはバカ！　絶対に『時を巻き戻す能力』を貰《もら》うに値しない程度の記憶力しか持ち合わせていないことも確かなのである！

それからバカ達《たち》は出口へ向かい、解毒装置でたまがいつもの如《ごと》く解毒した。そしてその間、バカは頑張って諸々《もろもろ》を思い出していた。

うっかりすると『今回』と混じりそうになる『前回』の話を、なんとかかんとか、思い出した。バカの横では『がんばれ、がんばれ』と控えめにたまが応援してくれていたし、陽が『なんとか思い出してくれ！』と励ましてくれた。海斗は『前回!? 一体何のことだ!? 僕だけ知らないのか!?』と混乱していた。なのでたまが海斗に諸々を説明してくれた。

……そうして。

「えーと……ライオンが居る鉄格子の迷路の部屋に、陽の人形があった！」

ようやく、バカはそれを思い出した。

「成程ね。その部屋は『今回』はまだ出ていない部屋か……」

「うん！　ライオン居たんだ！」

「それはもう聞いたぞ」

「でも殴ったら死んじゃったんだよぉ！」

「……聞かなくても想像はできたが！」

バカは海斗に頭を抱えさせてしまった。陽とたまは『だろうね』という顔である！

「ちなみに、どのドアの先だったかは」

「忘れた！」

「……まあ、それも想像はできたが！」

「ごめんなあ！　ごめん！　俺、バカなんだよぉ！」

「ああ、知っているとも。やれやれ……」

……そして、肝心なことは分かっていないバカなのだった。そう！　『昼のドア』は全部同じデザインで、目印なんて無い！　よってバカには、どのドアがどのゲームだったかなど分からない！

「それから、ピラフ？っていう魚が入ってる水槽の部屋に、海斗の人形があった！」

「ピラフ……ああ、ピラニアか」

最早《もはや》、海斗はバカ語に慣れてきているようで、早速、バカの記憶と言葉に訂正を入れてくれた。

「いや、ピラニア、っていうのの仲間、って言ってたけど、本当はもっと違う名前なんだよぉ。ミナが教えてくれたんだけど、なんか、こう、強そうな……狼《おおかみ》か虎か、あと、ゴリラ……？」

「ああ、ゴリアテタイガーフィッシュね」

「そう！　多分それ！　たまも詳しいんだなあ！」

そして、たまもその博識でバカの記憶を探り当ててくれた。

「……ごりらたいがーふぃっしゅ、って、最近女子の間で流行《はや》ってんのか？　ミナも知ってたぞ」

「そんなものが流行する女子は僕は嫌だがな！」

「そう？　案外、『そんな女子』もかわいいと思うけれど……」

陽が、『ね』と言うようにたまの方を見ると、たまは、『そう？』とばかりに小首を傾《かし》げて、にこ、と笑った。……成程！　確かにかわいい！

「……まあ、これで分かった人形は全部で四体分、かな？」

陽はそう言うと、ポケットからペンを取り出して、それから、解毒装置の奥のガラクタの中から適当な紙を見つけてくると、そこに文字を書き出していく。
・ライオンの鉄格子の部屋＝陽
・魚の水槽の部屋＝海斗
・天秤の部屋＝ビーナス
・双子の乙女の部屋＝ミナ
・チキチキ！　羊の闇鍋チキンレース！　の部屋＝ヒバナ
「……ヒバナの奴《やつ》だけなんか間抜けだなあ」

バカがぼやくと、皆、なんとも言えない顔になった。まあしょうがない。

「……こうして見ると、部屋のゲームに共通点が見えてくるよね」

たまはそう言うと、とん、とん、と文字のある個所《かしょ》を指差していく。それを追っていくと……。

「ああ……成程な。そうか、確かに、獅子《しし》座、魚座、天秤座、双子座と乙女座、そして牡《お》羊《ひつじ》座か！」

「そう。多分、十二星座に関係するゲームなんだと思う」

海斗が合点し、陽が頷く。……そしてバカは、『十二星座!?』とびっくりしていた。一番情報を持っているはずのバカが、一番理解が遅い！

「十二星座って、惑星と関連があったよね。俺はあんまり詳しくないけれど……」

「……まあ、天秤が金星、双子座と乙女座が水星、牡羊座が火星、魚座が海王星で、獅子座が太陽、っていうことは確かだよね」

「残るのは、射手座、水瓶《みずがめ》座、蠍《さそり》座、蟹《かに》座、牡牛《おうし》座、山羊《やぎ》座、か。……これに関係するのは西洋占星術の知識か？　なら、僕はその手のことはサッパリだ。いや、だが、確か、牡牛座のモチーフはギリシア神話の主神ゼウスが化けた姿であったはずだ。となると、ゼウスと同一視されるユピテルの星である木星か……？」

「いや、あんまり星座の神話と惑星とは関係ないんじゃないかな。天秤座は女神アストライアの正義の天秤を表すものだと言われているけれど、アストライアと金星……ヴィーナスが同一視されている話は聞いたことが無いし……」

　頭のいい三人は何やら話し合っているのだが、バカにはよく分からない。分からないながらも、頭の中で『もー』と牛が鳴いている程度には頑張って理解しようとしている。まあつまり、ほとんど何も考えられていない！　バカだから！

「多分、樺島君は木星だと思う」

「へ？　あ、うん。なんか前回もそんなこと言われたなあ」

　それから、バカは自分に話が向いたのでぼんやりと前回のことを思い出す。

　確かあの時は、『バカだけ首輪が無くて、木星の人が居ないから、多分、バカが木星！』という推理を誰かがしてくれたんだったか。

いからな」

「……まあ、前回とやらは知らないが、今回についても、誰もお前の首輪を確認していな

「あ、うん。部屋で引き千切ってそのまんま捨ててきちゃったからなあ……」

バカは、しゅん、とした。バカがバカ力なばっかりに、こういう時に上手《うま》くいかないの

である！

「……次があったら、その時は首輪を持って大広間に来い」

「分かった！」

「それから、能力の説明書きもだ！　必ず持ってこい！」

「分かっ……いや、ちょっと待ってくれよぉ。それ、どこにあるんだよぉ……俺、まだ一

回もそれ、見たことねえんだよぉ……」

バカがまたしょんぼりすると、海斗は『あああああ！　もう！』と地団太を踏んだ。

バカは『俺がバカ力なばっかりに……』と更にしょんぼりする。

「金庫の中だ！　金庫はクローゼットの中！　クローゼットはドライバーでネジを外した

机の引き出しの中の鍵で開く！　金庫は、ええと、ブロックを組み合わせて導き出される

パスワードの……」

「えー……とりあえずクローゼットぶち破って、金庫ぶち破ればいいんだよなあ……？」

「……もうそれでいい」

海斗はげんなりとした顔をしていたが、バカはしっかりと心に刻んだ。

『俺、次は絶対に首輪持ってくるぞ！　あと、クローゼット破って、金庫破って、その中身も持っていって、海斗《かいと》とたまと陽に見てもらうぞ！』と！　そして、そう思うと元気が出てきた！　やっぱり、目標があった方が元気が出るというものなのである！


「まあ、これ以上は私達の知識では解けないと思う。西洋占星術に詳しい人、居ないし」

「誰か、こういうのに詳しい人が居ればいいんだけれどね。或《ある》いは、樺島君に何回か頑張って時間を巻き戻してもらって、覚えてきてもらうか……」

「俺の記憶力はアテにしちゃダメだって親方が言ってたぞ！」

「親方の言葉は覚えているんだからもう少し頑張って覚えろ！」

　バカの後頭部が、すぱしん、と海斗によって叩《たた》かれたが、叩いて直る頭ではない。無駄である。そしてバカの鋼の後頭部には微塵《みじん》たりともダメージが入っていないので、本当に無駄である。

「……で、えーと、俺、いつやり直せばいいかなあ」

　だが、こちらの話は無駄ではないはずだ。バカは、『これも聞いておかなきゃ！』とちゃんと考えて、聞いた。

「今すぐ、やり直しちゃった方がいいか？」

　そう。やり直すタイミング、である。前回は……全く意図せずにやり直しているが、今回は『やり直せる』と分かっている以上、タイミングを選べるのだ。

「……うーん」

「まあ……お前がそうしたいなら、そうすればいい、が……」

バカの問いかけに対して、賢い人達の返答はなんとも歯切れが悪い。

「えー……ほら、ヒバナも、天城《あまぎ》のじいさんも、死んじまったから……やっぱ、やり直すなら早めの方がいいのかな、って……」

今回は既に二人、死んでしまっている。だから、バカとしてはやり直したい。最初にたまと約束したことを、守れていないのだから！

「……その」

だが、海斗が俯《うつむ》きながら、歯切れ悪く、言った。

「……悪いが、僕には叶《かな》えたい望みがある。人が死んでいる状況は……善良なお前には悪いが……僕にとっては、好都合だ」

バカは海斗の言葉を聞いて、大変にショックを受けた。そしてそのショックのまま、陽《よう》と、たまにも聞く。特にたまは……前回、約束したので……。

「……陽とたまも、か？」

「俺達は……」

バカは祈るような気持ちで、陽とたまを見つめる。……だが。

「……そうだね。好都合、なのかも」

たまも、そうだったのだ。バカはもう、どうしていいのか分からなくなってしまう。

否、皆が自分と同じ気持ちでいてくれるなんて保証は無かったのだ。バカが勝手に信じていただけだ。彼らはいい奴だが、いい奴にだって、いろんな面があるのだ。それを、バカは知っている。知っているのに、忘れていたのだ。そう、バカは思い出した。

「……そっかあ」

バカは、しゅん、とした。すると、たまと陽はそっと顔を背けて……そして、海斗は。

「だが……僕らの都合はさておき、樺島《かばじま》自身がどうしたいか考えろ。僕から言えるのはそれだけだ」

そう言って、ちら、とバカを見つめた。

「ええ……」

バカは、不安になってしまった。バカは考えるのが苦手だ。『自分で考えろ』と言われてしまうと、急に放り出されてしまったような気分になって不安になってきてしまうのである。

だが……これが、海斗の誠実さなのだろうな、ということは、分かった。

海斗はいい奴だが、分かり合えない部分もきっと、あるのだ。けれど……それでもやっぱり、海斗はいい奴なのだ。『自分で考えろ』と言わずに、『僕の言う通りにしろ』と言うことだってできるのに、それでも海斗は、『自分で考えろ』と言ってくれた。

「……うん。分かった」

だからバカは、こくんと頷《うなず》いた。

「その……じゃあ、俺、願い事一個、もらっても、いいかなあ」

そして、海斗と、たまと、陽。三人をちゃんと見つめて、伝えるのだ。

「俺、皆、生き返らせてもらう。悪魔に、そうお願いしてみるよ。それで……それがダメだったら、その時にやり直す」

海斗の誠実さと、前回のたまとの約束とに応えるべく、バカはそう、三人に伝えた。

「それだと、ダメ、かなあ……」

不安になりながらバカがそう尋ねると、ふ、と海斗が笑った。

「……まあ、土屋《つちや》さんは人を殺してまで願いを叶えたくはない、と言っていたから除くとしても、お前以外に望みを叶えたい人間があと五人居る。五人で一つの願いを分け合う、というのは、難しい話だろう。奪い合いになるだろうな」

海斗の答えを聞いて、バカは『ああ、やっぱ駄目か』とがっかりする。……だが。

「だが……それでも、いいんじゃないか」

「えっ」

バカが『えっ!?』と顔を上げると、海斗は、なんとも気まずげに、取り繕うように言う。

「いや……お前にとってはそれでいいだろう、というだけの話だ。僕はまるで良くない。まるで良くないが……その、あくまでも、お前の立場で、考える、ということなら……」

歯切れ悪く言った海斗は、ちら、と陽とたまを見て、それから、ちら、とバカを見て
……言った。

「……二つの魂を六人で奪い合ったとして、お前、負けるか……？」

負けるか、と言われて、バカは考える。考えて……。

「……がんばる！」

やる気を出した！　つまり、バカは皆のために、皆に勝てばいいのだ！　かんたん！

「そうか。そうなんだな。ならそれでいい。お前はそれで、お前の願いを叶えろ。やれやれ……となると、僕はいよいよ、願いを叶える見込みが無いな」

バカが意気込むと、海斗は深々とため息を吐《つ》いた。ため息を吐きつつもどこか清々《すがすが》しい顔をしているのだから、バカは『やっぱり海斗はいい奴なんだなあ』と思うのだ。

「ああ、うん……あの、海斗。提案なんだけれど、ひとまず、願いを叶えることについてはちょっと保留ってことにしておかないか？」

「そうだね。何か、もっといい解決策があるかもしれないし」

そして、陽とたまも、そう言って幾分、表情を緩めている。……多分、陽とたまだって、誰かに死んでほしいわけでは、ないのだ。それを知って、バカはまた、元気を取り戻す。

「……まあ、ひとまずそれに乗ろうじゃないか。少なくとも、今この場で戦っても二対一で勝てる自信は無いからな。それに……悪魔の思惑に乗ってやる、というのも、少し癪《しゃく》ではある」

海斗もそう言って、ひとまず『先のことは後で考えよう』という結論に落ち着いた。

……落ち着いたところで、バカも『とりあえず、四日目の昼になって、願い事を言うところで、そこでやり直すか考えよう』と気分を落ち着けたのだった。

さて。そうして、いよいよ夜まであと五分程度、となった頃。

「おい、樺島。少し相談だ」

海斗がそう、バカの耳元で囁《ささや》いた。

「……僕の異能についてだ。次に『リプレイ』をどこに使うべきか、考えている」

「へ？」

「お前なら、どの場面を見たい？」

……海斗は、他に相談できる相手が居なかったので、バカに相談したのだろう。だが。

「俺、バカだからそういうの分かんないんだってぇ！　もうやだぁ！　考えるのやだぁ！」

「……そうだったな。そうだった。ああ、全く……！」

バカはバカなのだ！　だから、大体の頭脳労働は海斗の担当なのだ！　今日のバカの頭脳は閉店しました！

だが、バカは困り果てつつ、でも、海斗も困っているので一生懸命に考える。バカはバカだが、努力を惜しまないバカだ。……そして。

「うーん……俺、たまとミナとビーナスと土屋のおっさんが入った部屋のこと、知らねえから……それ、見てみてえなあ」

「……悪魔が和文モールスを調べさせられた時のか」

「うん！　たまがかっこよかったんだろ⁉　なら、それ見たい！」

「僕の異能は決して、娯楽目的のものじゃないんだぞ⁉」

そしてバカの結論は、またも海斗を『もうダメだ！』という顔にさせてしまった。とはいえ、バカは『たまのかっこいいところ見たかったんだ！』と目を輝かせるばかりである。

「だが……そうだな。確かに、それは一考の余地がある」

「えっ、本当か⁉　俺、バカだけど考えてみるもんだなあ！」

「ああ、勘違いするなよ？　『さっきの』もう片方のチームの話、じゃない。『今、同時に攻略されているはずの』もう片方のチームの話だ」

そして、海斗も何か、思うことがあったらしい。

「……向こうでは、今、何が起きているんだろうな」

もうじき開くであろう、しかしまだ開いていないドアを見て、海斗は少し、表情を陰らせた。

……土屋とミナとビーナスは、今、どうしているだろう。

それから、バカと海斗は『異能は向こうのチームの出方が分かってから使用先を決める。特に何も無かったのなら、陽が本当に天城とヒバナの部屋の出口に待機していたのかどうかを確認するか、もしくは、天城とヒバナが死ぬ瞬間を確認する』ということに決めた。決めたのは海斗だが。バカは『そっかぁ！』と言っていただけだが。

……そんな時、リンゴン、リンゴン、と鐘が鳴る。夜が来たのだ。

「そっちの話はもう大丈夫かな」

「おう！　多分大丈夫だ！」

陽が近づいてきたので、バカは元気に返事をする。海斗が『お前が決めるな！』と怒っているが、最早《もはや》バカも陽も耳は貸していない。

「ドアが開いた。早く行こう。向こうのチームの様子も気になることだし……」

「おう！　分かった！」

陽とたまに促されて、バカと海斗もドアの前へと向かう。

「ミナとビーナスと土屋のおっさんは何やってきたのかなあ」

向こうもおいしいもの食べられてたらいいなあ、とバカは暢気《のんき》に思いながら、のんびりとドアを出るのだった。……すると。

「誰か来て！」

すぐに、ビーナスの叫び声が聞こえた。

二日目夜：大広間

バカ達《たち》は顔を見合わせ、すぐに走り出す。……が、脚力には差があるので、バカが先行することになる。世界記録も真っ青な走りぶりであった。

バカが急いで声の方へ走っていくと、こちらへ向かって来たビーナスと丁度、落ち合えた。

「ああ……助けて！」

そしてビーナスは、バカの胸に飛び込んでくるようにして、そのままバカに縋《すが》りつく。

バカは『どした!?』とビックリしながら、ビーナスの様子を見た。

……ビーナスの衣服には、血が付着している。なにかあったんだ、と、バカにもすぐに分かった。

どく、どく、とうるさい心臓の音を感じながら、バカは、ビーナスの言葉を待って……。

「ミナが、土屋さんを……殺したの！」

……そう聞いて、バカは、頭をぶん殴られたような衝撃を、心に受ける。

土屋が、殺された。しかも、ミナに。

……言葉の意味を咄嗟《とっさ》に理解できず、バカはただ、ぽかん、とする。

「土屋のおっさんが……!?」

「ええ……ああ、もう、どうしたらいいの？　何が起こったのか、もう、何も分からない……」

ビーナスは明らかに混乱している様子で、ガタガタと震えていた。

バカに縋りついたまま力を失って崩れ落ちそうになるビーナスを、バカは『あわわ、危ない』と、ちゃんとその場に座らせてやった。青ざめて、緊張の糸が今にもふつりと切れそうなほどに張り詰めた様子のビーナスは、見ているバカの心もざわめかせる。

「信じて……。お願い。助けて……。ミナに裏切られて、もう、何も分からないのよ……」

「え、えっ、えっ、ええと……」

バカは、おろおろ、としながらビーナスを前にまごまごする。……そうしている間に、バカの健脚に追いついた陽《よう》とたまと海斗《かいと》もやって来た。

「どういう状況だ？　これは……」

「え、あの、土屋のおっさんが……死んじゃった、って……その、ミナが、殺した、って……」

ただ青ざめて震えているビーナスの代わりにバカが伝えれば、他三人も表情に緊張を走らせる。

「……状況を見てみよう。案内して」

そして、陽とたまがビーナスを連れて、ビーナス達が入ったらしい部屋へと進んでいく。

海斗も後を追って中へ入った。バカは、ビーナスの体を支えながら、一緒に部屋へと向かった。

……すると、そこは。

「これは……」

そこは、ただの白い部屋。だが、拘束具付きの椅子が円状に並んでおり、その椅子にはヤギの人形が座っていた。それぞれの椅子の横には……銃が設置されている。

そして。

「……土屋のおっさん……」

椅子の傍《そば》に、胸を撃ち抜かれたらしい土屋が倒れていた。

「……駄目だ、もう、死んでる」

土屋の傍に膝をついて土屋の様子を見ていた陽が、沈鬱な表情で首を横に振った。

「ミナが……撃ったのよ……」

そして、ビーナスが小さな声で、そう、零《こぼ》す。

「ゲーム中じゃ、ないわ。ゲームが、終わった後に……解毒も終わって、完全に、土屋さんが油断している時に……『ここにあるのはきっと、土屋さんの人形だから』なんて言って、土屋さんを連れて、この部屋へ来て……それで……」

……ビーナスの言葉を聞いて、陽とたまは顔を見合わせる。だが、何か結論が出るわけでもない。

人が死んでしまったのだ。もう、ここから何かが生まれることは無いのだ。

「……状況を見ていないからな。何とも、言えないが」

そんな中、海斗は蒼白《そうはく》な顔で、それでも努めて冷静で居ようとしていた。

……そう。海斗の異能を使えば、ビーナスの話の真偽は分かるだろう。だが、分かったからといって……ミナと土屋《つちや》は、帰ってこない。そして、海斗の異能でビーナスの話の証明をするならば、海斗は異能を皆に晒《さら》すことになる。そうなれば、海斗の身も、危ないのかもしれない。

バカは、こういう時にどうしたらいいのか、分からない。

ヒバナと天城《あまぎ》が死んでしまって、更に、土屋まで。その上、土屋を殺したのはミナだという。

犯人が分からない時よりも、犯人候補が居る時の方が、どうしていいのか分からない。

だって、だって……バカは、ミナもいい奴《やつ》だと、思っているのだ。

そうだ。ミナはいい奴だ。バカの代わりに、魚を捌《さば》いてお刺身にしてくれた。少し怖がりなんだろうな、というかんじがしたが、それでも頑張っているように見えた。

だから……バカは、どうにも、ミナが土屋を殺したとは、思えないのだ。

だが、ビーナスが土屋を殺したようにも思えない。だって、ビーナスは今、こんなに震えていて、バカに助けを求めていて……。

「……ミナさんが土屋さんを殺した、という確証は無い。ビーナス。君も、同じように土屋さんを殺せる立場だったはずだ」

陽はそう言い放つ。途端、ビーナスは顔を上げて『私を疑うの!?』と悲鳴にも似た声を上げた。

「俺達には、この部屋のゲームの実態も、この部屋の様子も分からない。君が先に助けを求めに来たからといって、本当に、ミナさんが加害者かどうかなんて、決めようがない」

陽はあくまでも、冷静だった。緊張感を表情に走らせながら、それでも。

「まあ……そうだな。証明、することもできなくはないんだが……」

そして、海斗は『自分の異能をどこで開示すべきか』とおろおろしている。冷静であろうとはしているようなのだが、思い切りは足りないようである。……そして。

「……ん」

そんな中、たまが小さく声を上げた。そして、そのまま土屋の傍ら、陽の横へ屈《かが》み……土屋の体に隠れる位置の床を、見る。すると。

「……これは、どう考えるべきかな」

そこにあったのは、血で描かれた、掠《かす》れた模様。

水星のマークである。

「……そういうことよ。土屋さんの、ダイイングメッセージ、ってやつ、でしょ……」

ビーナスはそう言うと、深く、細く、震えるため息を吐《つ》いた。

バカは、ショックを受けている。間にも、時は流れていく。そして、バカよりも、陽やたまの方が、立ち直るのが早い。

「……ミナさんは？」

「さあ……私が出て行った時には、まだ、部屋に残っていたと思うけれど……私のすぐ後に出たのかしら」

不安そうに視線を動かしたビーナスは、部屋の中をぐるり、と、見回して……。

「……あら？」

ふと、声を上げた。

「銃が……一つ、無い……もしかして、ミナが……！」

「え？　え？」

銃をミナが、持ち出したとしたら。そしてそれを、どこかで使おうとしているなら……。

バカがそれを考えようとした途端。

「……くそ、なんですぐに気づかなかったんだ！」

誰より先に、海斗が声を上げた。

「バカ！　こっちだ！」

「へっ!?」

海斗に呼ばれて、バカは半ば反射的に動く。

「ミナさんがこの状況で、他に居そうなところなんて……一つしかないだろう！」

「えっ!?　えっ!?」

まるで事情が分からないままに、バカは走り、そうして、バカ達は、天秤《てんびん》の部屋へと向かい……。

「こ、来ないでください」

そしてそこで……震えながらこちらを睨《にら》むミナの姿を見つけた。

「近づいたら……ビーナスさんの人形を、引き千切ります」

……ミナの後ろには、鍵の開いた小ドア。

そして、ミナの手にはビーナスの人形があった。


「ちょ、ちょっと……！　それ、どういうつもり!?」

「来ないでください。動いたら、すぐにでもあなたの人形を引き千切りますよ」

震えながらも、ミナの目はしっかりとビーナスへ向いていた。

「土屋さんを……どうして、土屋さんを殺したんですか!?」

そうして吐き出されたミナの叫びが、その場の全員を震撼《しんかん》させた。

「えっ……!?　な、何を言っているの!?　ミナ！　あなたが、土屋さんを殺したじゃない！」

「とぼけないで！　私じゃない！　ビーナスさんが土屋さんを殺したんです！　銃で、彼を、撃ち抜いて……！」

ミナとビーナスのやり取りに、バカは理解が追い付かない。

土屋は、ミナが殺したのではなかったのか。ビーナスが土屋を殺したのか。だとしたら、あのダイイングメッセージは。それに、ビーナスの言葉は演技だったのか？ はたまた、今、こうしているミナこそが嘘《うそ》を吐いているのか？ そもそも、何のために！

「ビーナスさん……あなた、躊躇《ちゅうちょ》が、ありませんでしたよね」

バカが混乱する中、ミナは、震えながらそう言った。

「……おかしかったんです。土屋さんも、ビーナスさんも、どうして銃の撃ち方を知っているんですか？」

「え？」

「構え方だって、私、知りませんでした。でも、ビーナスさんは迷うことなく、銃を構えていた。引き金を引くのだって……何の、躊躇も無かった」

ミナは、震える声で、しかし淡々と話す。この場の全員がミナの言葉を聞いて、立ち竦《すく》んでいる。

「それで……多分、ヒバナさんも、躊躇が無い人だったんじゃないですか？」

「……ヒバナ？」

「ええ」

ビーナスが、ぴくり、と反応したのを見て、ミナはその表情をまた一段と険しくした。

「彼が、私の先輩を殺したんですよね？」

「……ちょ、ちょっと待ってよ。何のこと？」

「ビーナスさん。あなたは知らないかもしれない。でも、知っていたって、おかしくない。……知っているでしょう？　一年前の火事の現場に、私も居たんです」

ミナの言葉に、ビーナスはただ、眉を顰《ひそ》める。だが、ミナは構わず続けた。

「暴力団同士の抗争だった、って聞いています。あの商店街のお店の一つが、暴力団が経営していたお店だったということも。……それで、何かの拍子に火が出て、延焼して、小さな商店街の一角が丸ごと、焼けてしまった」

ミナの冷たい声が、震えながら、潤んでいく。恐怖と緊張しか無かったミナの目に、ちらり、と別のものが覗《のぞ》くようになる。

「私の先輩の小料理屋も、そこにあったんです。私はそこでアルバイトをしていました。あの日、私が開店前のお店に向かった時……お店が燃え上がっていました。仕込みを終えて仮眠していたはずの先輩を、残したまま……」

ミナの目に溢《あふ》れ始めるのは、涙だ。それでいて、深い悲しみと……怒り。

「あなたは忘れたかもしれないけれど、私は忘れたこと、ありません。あのまま火に巻かれて死んでしまった先輩のことも、忘れたこと、ありません。それから……首に刺青《いれずみ》がある人が、火元のお店から逃げ出してきて、そのまま、逃げていったことも。忘れたこと、ありません」

ミナは、一歩、ビーナスに近づいた。人形を握った手には徐々に力が入って、ビーナスが、ふと苦し気な顔をする。

「ヒバナさんの首に、刺青があるの、見ちゃいました。蛇の刺青。……私が、あの時見た刺青です」

「蛇、の、刺青……なんて、いくら、でも、居るでしょう……？」

ビーナスの首が、絞まる。それは、ミナがビーナスの人形を握りしめているからだ。

そして。

「……無関係な人を殺してまで、願いを叶《かな》える気にはなれませんでした。先輩はきっと、そんなこと、望まないから。……でも」

ミナは、いよいよ大粒の涙を零しながら、ビーナスに怒りをぶつける。

「先輩を殺した人が相手なら、話は別です！　それに、その元凶になった人も！　ビーナスさん！　あなたは蛇原《へびわら》会の」

ぱぁん、と音がして、ミナの胸に穴が開く。

……ビーナスがいつの間にか手にしていた銃から、硝煙が上がっていた。

ミナがその場に倒れる。途端、絞まっていたビーナスの首が、ふ、と緩んで、ビーナスは激しく咳《せ》き込んだ。

「これは……」

そうして、ビーナスは咳き込み終わると、皆の沈黙の中で、ぽつり、と零《こぼ》す。

「……どうして、生まれた瞬間から運命が決まってるのかしらね」

ビーナスは、表情も無くそう零すと、そのまま体を起こし……。

「生まれた瞬間からどうしようもないことが決まっている。そんな感覚、あなた達《たち》に分かるかしら」

……持っていた銃を構え直し、銃口をたまに向けた。


「……何のつもりだ」

たまの代わりに前に出たのは、陽《よう》だった。

「見て分かるでしょう？　場合によっては殺す。そういうつもりよ」

ビーナスの、銃を構える手つきは実に滑らかだ。不慣れなところがまるで見えない。そんな様子を見て、陽は緊張を表情に過《よ》ぎらせた。

……さっき、ミナが言っていた。『躊躇が無い』と。

そうだ。ビーナスの動きには、躊躇が無い。

ビーナスは間違いなく、やると思ったらやるのだろう。それが、人殺しであったとしても。

「……さっきの、ミナさんの話と合わせて、色々と聞きたいことがあるんだけれど」

「どうぞ。冥途の土産っていうことで教えてあげてもいいわ」

一方、陽よりもたまの方が、肝が据わっていたのかもしれない。たまは多少緊張しながらも、それでも冷静に、ビーナスを見上げていた。

「あなたとヒバナの関係について」

「関係？……舎弟よ。それでいい？」

「しゃてい……？」

バカが『しゃてい……しゃてい……』と呟《つぶや》きつつ、頑張って頭の中の辞書（ほとんどのページが白紙である！）をめくっていたところ、ビーナスは少しばかり呆《あき》れたような緩い息を吐く。

「私はヤクザの娘。ヒバナは私の父の下についている若衆の一人。そういうことよ」

「ヤクザの娘……実在するんだなあ……」

バカがそんなことを言うと、ビーナスは、ふ、と笑った。

「そうね。父が若かった頃と比べたら、大分減ったと思うわよ。もう、暴力団自体が成り立たなくなりつつあるから。知ってる？　もう、最近じゃあ暴力団は暴力じゃ飯を食っていけないのよ？」

そうして……ビーナスは、ふ、と視線を床に落とす。

「だからヒバナも、こんなところまで付いてくる義理、無いのにね。本当に、バカなんだから……」

「……本当なのか。その、ヒバナが、商店を燃やした、というのは……」

ビーナスに海斗《かいと》が恐る恐る問いかけると、ビーナスは肩を竦めた。

「さあ……うちの組の者は一定以上の地位になったら、全員、首に蛇の刺青を入れるから。ヒバナじゃなくったって、刺青くらいあるのよ」

どうやら、ミナの勘違い、ということも、ありそうだ。とはいえ……全くの無関係、とは言えないようにも思えるが。

「……一つ、推理を発表してもいいかな」

それから、陽が手を挙げてそう発言した。

「ええ。どうぞ」

すると、ビーナスはたまから銃口を逸《そ》らさずに許可する。……陽は相変わらず緊張を走らせつつ、それでもはっきりと、言い切った。

「土屋《つちや》さんを殺したのは、やっぱり、ビーナス。君だ」

ビーナスは陽の言葉と視線を受けて、それでも表情を動かさない。

「……とはいえ、直接的な証拠は何も無い。ただ、君が嘘を吐《つ》いていたことだけは確かだから」

「……というと？」

「銃だ」

陽がそう切り出すと、ビーナスは『ああ』と何かを理解したような顔をした。

「君は、銃が一つ足りない、というようなことを言っていたけれど……その一つが、君の手の中にあるんじゃないかな」

ビーナスの手には、未《いま》だ、銃がある。しかと、たまに向けられた銃が。

「それから、ダイイングメッセージ。あれは、いくらでも偽造ができる。……金星を水星のマークに書き換えるのは簡単だからね」

……分からないバカは頭の上に『？』マークをいっぱい浮かべていたが、それを見ていた海斗が、横から教えてくれる。

『♀』が金星のマークだが、その上部、円の上に角を二本生やせば、それだけで水星のマークになる。……つまり、後から少し書き足すだけで、土屋のダイイングメッセージは偽造が可能なのだ。

「そうね。それで？」

「それにやっぱり……躊躇が、無さすぎる」

そうして最後に、陽はそう言うと、少し迷って……それから、言った。

「人を殺したことがあるとしか、思えない」

「……そうね。確かに私、そういうのに抵抗、無い方よ」

ビーナスはそう言って、笑う。

「悪魔のゲームみたいな殺しの現場に居たこともあるし……だから、一発銃弾を撃ち込むくらいは、まあ、簡単、ってことよね。これでも肝は据わってる方よ」

「……何のために、土屋さんを？」

笑顔のビーナスを前にして、陽はいよいよ緊張気味に、そっと、たまと手を繋《つな》いだ。それを見てビーナスは微笑《ほほえ》ましげにまた笑って……。

「何のため？　そんなの、願いのため、以外にある？」

いよいよ、引き金に掛けられたビーナスの指に、力が籠った。

「生まれた時から決まっていた運命を捻《ね》じ曲げるためなら、悪魔の言いなりにくらい、なってやるわよ！」

その時だった。

ぶちり、と……嫌な音が響く。

「……え」

それと同時、ビーナスの首が、千切れ飛んだ。

血飛沫《ちしぶき》があまりにも鮮やかで、現実味が無い。

バカがただぼんやりしている横で、ミナが、ふらり、と立ち上がっていた。

「……忘れたんですか？　私の異能は、治癒です。撃たれたって……一度なら、なんとでも……」

だが、ミナが言い終わるより先に、ぱぁん、ともう一度銃声が響き、ミナの胸にまた、穴が開く。

銃なんて、どこに、と見てみれば……いつの間に現れていたのか、白大理石の彫像が銃を手にしていた。

「うおおおおおおお！」

次に動いたのは、バカだった。

こういう時にどうしなければならないのかは、誰に何を言われずとも、分かった。バカは彫像に向かって床を蹴って進み、そして……。

「でぇやあぁぁあああ！」

勢《いきお》いよく、彫像にタックルをかました！　すると、彫像は簡単に吹き飛ぶ。そのまま壁に叩《たた》きつけられた彫像は、めしゃ、と音を立てて砕けた。大理石は、そう固くない。少なくとも、バカよりは固くない。壊れた彫像は、それでも動こうとしていたが、やがて、ピクリとも動かなくなった。

……そうして、部屋の中はすっかり静かになる。

ビーナスの死体。ミナの死体。そして、大理石の彫像の残骸。

そんなものが転がっているばかりで、誰も、何も、言わない。

「……どうして、こんなことになったんだ」

ただ一つ、海斗の呟きだけが、空《むな》しく部屋の中に響いた。

……バカのみならず、もう、誰も何も、考えられなかった。


土屋とミナとビーナスの遺体をどこかに寝かせてやろう、と動く余裕も無かった。四人で大広間に戻って、そのまましばらく、ずっと何も喋《しゃべ》らずにいた。

なんだか重い空気がずしりと部屋の中に圧《お》し掛かっているようで、バカには息をするのも苦しいように感じられた。……だが。

「樺島《かばじま》」

名前を呼ばれて、バカは顔を上げる。

すると、海斗がじっと、バカを見つめていた。

「いくつか、確認しておきたい。少し、二人で話せるか」


それからバカと海斗は二人で連れ立って、羊の闇鍋会場へ戻って来た。ここなら芝生があって、羊がめえめえしていて、少しだけ、気分が明るくなる。

それでも海斗はしばらく黙っていたが、やがて、話し始めた。

「話しておきたいのは、他でもない。お前の異能のことだ」

「え？……あっ」

そこでバカはようやく、思い出す。

そうだった！　バカは、やり直せる！　やり直せるのだ！　ヒバナも天城《あまぎ》も、土屋もミナもビーナスも死んでしまったこの状況を全部無かったことにして、やり直すことができる！

「そ、そっか！　やり直せる！　やり直して……」

「だが、やり直した結果が今のお前なんだったな？」

が、海斗に水を差されて、バカは、しゅん、とした。そうであった。やり直しても、これなのだ！　バカがバカなばっかりに！

……前回も、多くの人が死んだ。天城が死に、海斗とヒバナが死に、ビーナスも死に、そして、陽《よう》も死んでしまった。そして今回も、多くの人が死んだ。ヒバナと天城が死に、土屋が死に、ミナとビーナスが死んで……結局、事態は好転していない！

「どうしよう……やっぱ、無理なのか？　五人くらい、絶対に死んじゃうのか？」

「まあ待て。その話をするために、お前をここに連れてきたんだ」

バカが泣きそうになっていると、海斗が『落ち着け』とばかり、バカの背中をぽふぽふやって落ち着かせてくれた。それからそっと顔を近づけて、バカを落ち着かせるようにバカの目を覗《のぞ》き込む。

「いいか？　まず……次回は、誰の首輪も外さない方がいい。少なくとも、ヒバナの首輪は、外しちゃダメだ」

最初に、海斗はそう言ったのだった。

「え？　駄目、なのか……？」

「……前回は、ミナさんが人を殺すことは無かったんだったな？」

「え、あ、うん。多分」

「そして今回のミナさんは、言っていた。『首に蛇の刺青《いれずみ》があるのが見えた』と。……これはつまり、ヒバナに首輪が無かったからこそ見えたもので、それによって殺人が起きていると考えられる」

海斗の言葉を聞いて、順番に考えて……バカは、ようやく理解した。

今回の犯行の一部……ミナがビーナスの首を引き千切った件については……バカがヒバナの首輪を引き千切ったことから、巡り巡って起きたことなのだ、と。

「お、俺のせいで……ミナが……？」

「別に、お前のせいじゃない。巡り巡ってそういう状況になっただけで、誰のせいと言えばミナさんか、或《あ》るいはヒバナとビーナスのせいだ。……だから、その、あまり気に病むな」

バカは非常にショックを受けたのだが、そんなバカを宥《なだ》めるように、海斗はそう言って、またバカの背をぽふぽふと叩いた。

「だが、もしかすると、ヒバナに首輪が付いたままなら、ミナさんはヒバナやビーナスを殺そうと考えないかもしれない。だからとにかく、首輪は外すな」

海斗の言葉に、バカはこくこく頷《うなず》く。首輪は外しちゃ駄目。バカは覚えた。

「……まあ、ミナさんより、ビーナスの方が問題だな。彫像が彼女の異能だと仮定するならば、だが……ビーナスは土屋とミナさん、二人を殺している。きっかけはヒバナの死だろうが、そもそも、何故《なぜ》天城はヒバナを部屋に連れ込んだ？　その狙いは一体何だったんだ？　同士討ちになったのは事故、なのか……？　ミナさんと同じ動機、だったのか……分からないな」

「俺も分かんない……。前回も天城のじいさん、死んじゃったんだよぉ……」

海斗が天井を仰《あお》いだのを見て、バカも天井を見上げる。海斗に分からないことはバカにも分からないのである！

「ひとまず……その、なんだ。お前が次にやるべきことは四つだな」

バカが途方に暮れていたら、海斗はそう言って、指折り数え始めた。

「一つ目は、お前の首輪を持って大広間へ向かうこと。二つ目は、金庫を開けて、ちゃんと自分の異能の説明書きを持っていくこと。三つ目は、ヒバナの首輪は外さないこと。そして四つ目は……」

四つ目は？　とバカが海斗を見れば、海斗は、非常に気まずげに視線を彷徨《さまよ》わせつつ……ぼそ、と言った。

「……次の周でも、僕を味方にすることだ」

「……ほえ」

バカは、ぽかん、とした。ぽかんとしたまま、海斗《かいと》を見つめた。海斗はバカに見つめられている内になんだか恥ずかしくなってきたらしく、目が泳ぎ、耳の端が赤くなってきたが……。

「……そっか！　そうだよな！　俺、海斗と仲良くなったんだから、次はもっと上手《うま》くいくよな！」

バカはとても元気になった！　そう！　バカはもう、一人ではない！　そして、事態は良い方へ向かっている！　だって、バカは海斗と仲良くなれたのだから、その分前進できるはずだ！

「いや、待て！　だがやり直したら間違いなく、僕はお前のことを知らない状態になるんだぞ!?」

だが、海斗がそう言ったことにより、バカは、『あっ……』と気づき、そして、一気にしょげ返ったのだった！

「……海斗もたまみたいに、俺のこと忘れちゃうのか？」

バカは今回、とてもショックだったことがある。それは……約束をしたのに、たまに、忘れられてしまったことだ。たまに『誰？』とやられた時のあの衝撃を、バカは生涯忘れないだろう。

「いや、忘れるんじゃない。知らなかった状態に戻るんだろう」

「同じじゃねえかよぉ……俺、バカなんだよぉ、違いなんてわかんねえよぉ……」

バカは、すっかりしなびた草のようになってしまった。

「……さびしいよぉ」

そう。何せバカは、寂しい。やっと、海斗と仲良くなれた。一緒にゲームをクリアして、一緒に鍋をつついて……前回はほとんど喋れなかったが、今回は沢山喋れた。仲良くなれた。このデスゲームの後の約束もできた。それが嬉《うれ》しい。

なのに……なのに、この悲しい現実をやり直すために、海斗との楽しい現実も、やり直しになってしまうなんて！

「……そうか。それは光栄だな。全く……」

海斗は『やれやれ』とポーズを取りつつ、それでもどこか満更でもなさそうに口元を緩めていた。

「まあ、それでもお前はやり直したいだろう？」

「うん……」

「なら、くよくよしているんじゃない。考えるべきことも覚えるべきことも、多いぞ」

「……うん」

海斗にまた背をぽふぽふやられて、バカは少しだけ、元気と気力を取り戻した。

「まず、天城の死の真相を調べるべきだろうな」

海斗は分かりやすいように、バカに説明してくれるらしい。バカは芝生に正座して聞く！

「彼がヒバナを部屋に連れ込んだことは間違いないが、その先で死んでいるのがあまりに不可解だ。お前の言う『前回』も彼が死んでいたというのなら、彼には絶対に何かがある」

一つ目は天城だ。

天城は……バカから見ても、ちょっと怪しい。一日目が終わった段階で死んでしまうし、死んでしまう部屋も同じだ。

それに、最初からバカのことが嫌いなようだった。前回、最初からバカ殺害の提案をされた時には本当にびっくりした！　初対面なのに！　殺されるところだった！……もしかして天城は、バカのことを元々、どこかで知っていたのだろうか。

「それから、僕としては、陽とたまさんのことも気になる」

バカは天城について考えていたが、海斗がとんでもないことを言い出したので考えが吹き飛ぶ！

「ええっ!?　陽とたまはいい奴《やつ》だよぉ！」

海斗は陽とたまを怪しんでいるらしい！　だが、バカは……バカは、特にたまとは、約束もしているのだ！　怪しむ気は無いのだが……。

「陽はたまさんと二人で、土屋《つちや》さんにも聞かれたくない話をしていたな。あれが怪しい。何故なら、土屋さんは穏健派を宣言しているし、異能も実に穏健なものだ。この中で一番、信用を勝ち得ている人だろう。……そんな土屋さんに聞かれたくない話、というと、何だと思う？」

「ええー……おねしょしちゃった時の話とか……？」

「……お前はデスゲームの最中におねしょしちゃった時の思い出を語ることがあるのか!?」

海斗は呆《あき》れかえっていたが、バカは他に『信用できる人に聞かれたくない話』が思いつかない。『そもそも陽はおねしょしたこと無いかもしれない！』とは思った。バカなので。

「とにかく、陽とたまさんのことも、一度は疑ってみるべきだと僕は思う。彼らは怪しいぞ」

海斗にそう諭されて、バカは、前回のことを思い出す。

陽は、たまを守って死んでしまった。あの時の陽の心に、偽りは無かった。そう思う。

そしてバカは、たまと約束した。誰も死なないように頑張ると、約束した。そんな約束をした相手を疑うことはできない。

「……まあ、陽とたまさんが怪しいと言うなら、僕も相当に怪しいわけだが……いや、でも、僕はお前に異能を晒《さら》したし、陽やたまさんとは事情が違……」

「うん！　俺、海斗のこと信頼してる！」

「……それはそれで心配なんだが」

バカは『みんなのこと、信じてる！』と満面の笑みである。それを見た海斗は、バカを説得することは諦めたらしい。『案外、それで上手くいくのかもな』と言って、ため息を吐《つ》いた。

「まあ……陽とたまさんのことは、一旦おいておいていい。だが、人の『願い』は調べろ」

続いて、海斗はそう提案してきた。バカは『たまを疑うよりは気が楽！　でも難しい！』と難しい顔をする。

「ミナさんは復讐《ふくしゅう》のためにヒバナとビーナスを殺そうとしているんだったな。そしてビーナスは、自分の願いを叶《かな》えるための人殺しは躊躇《ためら》わないらしい。当然、他にもそういう考えの奴が居るだろうな。そいつらが居る限り、絶対に死者が出る」

「そんなあ！」

「だから、そいつらを全員縛り上げて置いておくか、はたまた、願い事の詳細を聞いて、悪魔に頼らずとも解決する方法を探すか……そんなところだろう。前者は、お前にならできてしまいそうな気もするが……何せ、異能があるデスゲームだからな。正直、確かなことは何も言えない。ならやはり、願いの方を調べるべきだ」

海斗の言うことが、バカにはよく分からない。だが、確かに、悪魔に頼らなくても叶えられる願い事があるのは、分かる。ある種、キューティーラブリーエンジェル建設もそうだ。キューティーラブリーエンジェル建設も、人の願い事を叶えるために存在している会社だ。『大きなお家《うち》が欲しい！』とか、『階段をスロープにしたい！』とか、『美味《うま》い納豆を食べたい！』とか、『迷いネコを探してほしい！』とか、色々な願いを叶えているのだ。

だから……もしかしたら、ビーナスの願いも、そうかもしれない。悪魔ではなく、バカが、叶えることができる願いもあるかもしれないのだ。

「分かった！　俺、ビーナスとヒバナとも話してみる！」

「ああ。そうしろ。とにかく、お前はそれぞれの人の願いを調べろ。願いや互いの素性が分かれば、もしかしたら、回避できる殺人もあるかもしれない。回避できなかったら……その時は、諦めて『どちら』を優先すべきか、考えなければならないだろうが……それを考えるのは、僕が手伝ってやろう」

バカは早速、元気になった。目標が決まって、しかも、目標を手伝ってくれる友達がいる！　こんなに心強いことは無い！

「あっ」

「な、何だ」

だが、バカはそこで、ふと気づいた。気づいて、海斗のことを、じっと見つめる。

「……海斗の願いは？」

「へ？」

「海斗も、叶えたい願いが、あるんだよな？」とバカが身を乗り出すと、バカが身を乗り出した分、確かそういうことだったはず！

海斗はそっと、身を引いた。

「……その、実に、馬鹿馬鹿しい願いだ。復讐だとか、信念に基づくものだとか、そういうものでもなくて……その」

海斗は、そろり、と目を逸《そ》らし、目を輝かせるバカに対して申し訳なさそうに、言った。

「……賞を、取りたいんだ。小説の」

「……しょうせつの、しょう？」

バカが、こて、と首を傾《かし》げると、途端、海斗は言い訳のように言葉をつらつらと紡ぎ始める。

「小説を書いているんだ。趣味で。趣味だから、小説で大成できるなんて思っていないし、できもしないものを目指す気も無い。僕は現実主義だからな。だから、その……今は、願いを叶えるために人を殺す気はもう、無い。だが悪魔に唆されたあの時は、本当にどうかして……」

「小説!?　すげえーっ！」

……だが、海斗の言い訳は、バカの歓声に掻《か》き消されてしまった。こういう時、バカは人の話を聞いていないのである！　バカだから！

「すげえ！　すげえ！　やっぱ海斗って頭いいんだなあ！　なあなあ、どういうの書いてるんだ？」

「半ば私小説めいたものを……いや、でも、純文学を気取る程度の体裁は整えていて……」

「ししょーせつ!?　じゅんぶんがく!?　よく分かんねえけどすげえー！」

「……だろうな。まあ、お前には理解が難しい類の文学だよ」

バカがあまりにもはしゃぐので、海斗は気まずく思っているのがバカらしくなってきたらしい。はあ、とため息を吐くと、芝生の上にころり、と寝転んで、話し始めた。

「樺島《かばじま》。お前は僕に、『将来、社長になるのか』と聞いてきたな」

「え？　うん」

そういえばそうだった、とバカが頷《うなず》くと、海斗は苦い顔をした。

「アレに答えるならば……『何もしなければそうなるだろう』と、答えることになる。生《あい》憎《にく》……まあ、ええと……生まれが、社長令息……その、父が社長だったものでね」

「えっ!?　社長の息子!?　なんかすげえ！」

バカはまた目を輝かせて海斗を見つめる。それと同時に、キューティーラブリーエンジェル建設の社長のことを思い出していた。社長には子供が居ないが、子供が居たら海斗のようなかんじだったのかもしれない。

「父は、僕が会社を継ぐと思っている。当たり前に。だが……期待に応えられるとは、思えないな。向いていないんだ。人の上に立つのは。自分の器ぐらい、この年になればもう、自分で分かる。そして生憎、僕は挑戦的でもなければ、楽観的でもない」

バカは、『器、そんなに小さくないんじゃないかなあ』とも思ったのだが、それを言えるほど無遠慮ではなかった。なのでただ黙って、海斗《かいと》の話を聞く。

「……本当は、経営学ではなく文学を学びたかった。だが、結局は期待された通りの学部に進学したさ。なのに割り切ることもできなくて、どうにも息苦しくて……違う生き方をしたい、なんて思って……それで、小説を書き始めたんだ」

海斗は、ふ、と薄く笑うと、幾分楽しそうに芝生の上でころり、と寝返りを打った。寝返りを打った海斗は向こうを向いてしまったので、その表情は分からない。バカはただ、海斗に合わせてころりと寝返りを打って、海斗の背中を見つめることになる。

「ずっとこれだけやって生きていられたら、と思うよ。会社経営なんて重責も、身に余る期待も、全部他の誰かに引き受けてもらって、僕はひたすら、自分の世界を文字に書き表し続けていられたら、と……でも、まあ、そういうわけには、いかないから」

もそ、と海斗の体が緩く丸まる。人は、ちょっぴり不安な時、こういう寝相になるらしい。入社したての頃のバカは毎晩こういう寝相で寝ていたらしくて、当時、先輩が教えてくれた。

「大学卒業と共に父の会社に入って、いずれ、社長業を継ぐことになる。それできっと、親の七光りだの、無能の二代目だの、色々と陰口を叩《たた》かれながら、会社を衰退させていくことになるんだろう。……行き止まりだと分かっている暗い道を、手探りでずっと進んでいくような気分だ」

「……そっかあ」

辛《つら》そうだなあ、と思った。声に滲《にじ》み出るものが、なんとも、辛そうだった。『俺が助けられたらよかったのになあ』と思うが、社長のことも文学のことも、生憎バカには分からない。

「だから小説を書くのは楽しい。現実とは違うことをいくらでも書けるし、現実を忘れていられるし……まあ、言ってしまえば逃避だ。何の役にも立たないものに打ち込んで、いずれ迫りくる壁も、それを待つだけの虚《むな》しさも、なんとか忘れようと惨めに足掻《あが》いているだけだ」

壁ならいくらでも俺が壊してやるのになあ、とバカは思った。だが、多分、海斗の前にある壁は、バカには壊せない壁なのだ……。

「でも……認められたかったのは、確かなんだ。小説に対して、後ろ向きなだけじゃなかった。自分が人生で初めて、自分から好きになって、自分で打ち込んだものを、認められたかった、んだと、思う。まあ……それも錯覚だったのかもしれないが」

海斗はそう言うと、ふう、と息を吐いて、一度、言葉を途切れさせた。こういう時、この隙間に何か気の利いた言葉でも挟み込めればいいのだが、生憎、バカにはそんなことはできない。

「まあ、そんな時に、悪魔が現れてね。このデスゲームへの参加を唆されて……僕はまんまとそれに乗った。ああ、あの時は本当にどうかしてたんだ。本当に……」

「えっ、悪魔、直接来たのか！」

海斗が嘆く横で、バカは『悪魔って直接来るんだぁ……』と感心していた。海斗への気遣いは悪魔へのびっくりのせいで吹き飛んでいる！

「ああ、そうだが……あ、お前は『気づいたらいつの間にかここに居た』んだったな……？」

「うん……俺、悪魔と話したことねえよぉ、多分……」

「なんてこった……いや、お前のことだから、悪魔が悪魔だと気づいていなかったとか、そういうこともあり得るんじゃないか……？」

海斗は呆れ返っていたが、バカは『関係者以外立ち入り禁止』は絶対なのに、無関係かもしれない俺が来ちゃった！　と大層心配になってきた！　どうか関係者でありますように！

「……まあ、お前があまりにイレギュラーだという話はさておき、僕の願いについては以上だ。だから、もう今更、人を殺して願いを叶えようとは思っていない。……とはいえ、もし叶うなら、小説で生きていきたいと思うよ。まあ、人を殺して叶えたところで、その重みに耐えきれなくなりそうだから……ああ、何も言うな。自分の肝の小ささも器の小ささも自覚してるんだから」

「そっかぁ……うん、ええと、うん……」

だがひとまず、これで海斗の話は終わりらしい。『何も言ってくれるな』というように海斗がバカをじっとり見つめてきたので、バカはこれ以上何も言えない。

言えない、のだが……気になるものは、気になるのだ。


「でも、俺、海斗が書いた小説、読んでみてえなあ」

バカがそう呟《つぶや》くと、海斗は途端に、怪訝《けげん》な顔になる。

「……お前、文字が読めるのか？」

「ば、バカにすんなよぉ！　俺だって『安全第一』とか読めるよぉ！　長いのは苦手だけどぉ！」

「……そのレベルだと、僕が書くものは間違いなくお前には難しすぎるぞ」

呆《あき》れた様子の海斗を見て、バカはまた悔しくなる。仲良しが書いた小説がこの世にあるらしいことは分かったのに、バカがバカなあまり、それを読むことが叶わないとは！

「頑張ったら読めるようになんねーかな！　俺、海斗の小説、読んでみてえよぉ！　悔しいよぉ！」

バカは素直に悔しがり、そして、ごろろん、ごろろん、と芝生の上を転がった。その勢いで草が千切れ飛び、バカは草まみれになった。羊達《たち》は遠巻きにローリングバカを見て怯《おび》えていた。

「……そういうことなら」

が、上体を起こした海斗がバカの頭上からそう声を掛けてきたので、バカは、ぴたり、とローリングを停止して海斗を見る。

「……いつか、お前が僕にゲームを貸してくれたら、その時にはお前にも分かるような、簡単な短いやつを書いてやるよ」

そして、海斗はそう言って、随分と屈託なく笑った。

バカは、大喜びした。『海斗が俺のために簡単で短い小説書いてくれる！』と大喜びして、それから更に『海斗が笑ってくれた！』と大喜びした。喜びのあまり、ぎゅるるるる！と勢いよく回転して転がっていった。草が舞い飛び、バカは草刈り機と化した。羊達は逃げ出した。

そんな光景を見て、海斗はけらけらと笑っていた。バカも、笑っていた。何も解決していないはずなのに、それでも何かが救われたような、そんな心地だった。

そうしてバカは帰ってきた。すっかり草まみれである。そして芝生は綺麗《きれい》に刈り揃《そろ》えられた。

「ま、まあ、僕のことはいい。だから、その……とにかく！お前は次の周で、『天城《あまぎ》とヒバナの死の真相調査』と『他の参加者の願いの調査』を行え！」

「うん！　がんばる！」

「忘れるなよ？　ああ、そうだ、お前は首輪を投げ捨てるな！　千切ってもいいが、持っていけ！　あと、金庫をちゃんと破れ！　それから……」

「真っ先に海斗に会いに行く！　分かってる！」

バカは満面の笑みで、海斗に頷いてみせた。海斗は『心配だ……』というような顔をしていたが、そんな心配、バカに対しては全くの無駄である。

……何せ、バカはバカ。できる時はできるし、できない時はできない。そして、そこそこの頻度で皆の想像の斜め上や斜め下のことをやらかす！　それがこの樺島剛《つよし》なのだ！


「さて。そういう訳で、樺島。そろそろ、やり直しの時間じゃないか？」

「えっ？　今、もうやり直しちゃっていいのか？」

「お前がいいなら。……正直なところ、僕もこんな状況は好ましくないんでね。やり直すならさっさとやり直してしまえ」

海斗がそう言うのを聞いて、バカは『やっぱり海斗っていい奴《やつ》なんだよなあ！　信じてるぜ！』とにっこりした。そして。

「あー……一応、たまと陽《よう》に言ってからやり直すよ。挨拶しておきてえし」

そう言って、海斗を怪訝な顔にしてしまった。が、バカは親方からキッチリと『挨拶は大事だぞ！』と教え込まれているのである！　挨拶は大事！　大事なのだ！

「……あっ、それに、そういえば、陽が『天城について調べる』って言ってたし！　なんか、陽なら分かってるかもしれねえし！」

「成程……そうだな。そうした方がいい。今後も、お前はやり直す前に手に入れられる情報を手に入れてからやり直した方がいいぞ」

「うん！　分かった！」

話は終わった、とばかり、海斗は歩き出した。バカもそのまま付いていきかけたが、『草まみれだとよくないよな！』と、自分の体に付着した草を、ぺぺぺぺぺ、と払い落として粗方綺麗にしていく。が、頭のてっぺんと背中の草はノータッチである！　つまりやっぱり草まみれ！


……と、その時。

「樺島！　こっちへ来るな！」

解毒装置の部屋の方……つまり、大広間へと繋《つな》がる出口の方から、海斗の声が、聞こえてきた。

「今すぐ……やり直っ……」

……そして、海斗の声が、途絶えた。

バカは、一瞬迷った。だが、結局は、海斗の方に向かって、バカは走り出していた。

……そうして。

「……海斗！」
出口付近で血を吐いて倒れている海斗の姿が、そこにあったのである。
「海斗！」
一瞬、立ち竦《すく》んだバカだったが、すぐさま海斗へ駆け寄ろうとする。
……だが。その瞬間に立ち上った海色の光が人の形を作っていく。それは、本当につい
さっきのものであろう、海斗の姿。
海斗の影は、血を吐きながらもバカの方を見ていた。そして、手で口を塞いでみせてい
る。その姿は、避難訓練の時、煙を吸わないようにする姿勢に似ていた。
海斗の影は、必死にバカの方を見て、……『息を止めろ』とアピールして……そして、
『早く行け』と、バカを追い払うような仕草をして見せた。
そして血を吐いて、倒れて、動かなくなった。
……これが何なのかは、バカにも分かった。
これは、海斗が、動けなくなる前にバカのために遺《のこ》した、異能によるメッセージだ。
ふと、バカは、目に刺激を感じる。
ぴり、としたそれを感じた途端、バカの目に涙があふれ始める。バカはそれを感じてす
ぐ、『あ、これ、よくないガスだ』と察した。職場でこういうのも、教わった。

バカは海斗《かいと》の教え通り、瞬時に息を止め、そして、じりじり、と後退していく。よくないガスは広がってきているのか、バカの目からはどんどん涙があふれてくる。まるで、玉ねぎをたくさんみじん切りにした時のようだ。このままでは、危ない。

だが、海斗を、海斗をここに置き去りにしていくのは……。

「ちくしょー!」

だがバカは、海斗に従う。彼が遺したメッセージを、無駄にしないために。そのために、倒れたままの海斗を置き去りにして、羊の部屋へと駆け戻る。

……最後に、ちら、と振り返って見た海斗は、どこか満足気な顔をしているように見えた。


そうしてバカは、やり直す。

こんなこと、やり直さなきゃいけない。海斗が……友達が死ぬなんて、あってはならない。もう二度と、あんな目には遭わせない!

それで……それで。

「次は一緒にゲーセン行こうなーッ!」

バカは泣きながらそう叫んで、そして、ぽや、と光りはじめ……九十秒後、バカの意識は、ぱっ、と途切れたのであった。

書き下ろし番外編：吾輩はたまである。

駒井《こまい》つぐみ、またの名を『たま』は奇妙な食事会に参加していた。

「ほら樺島《かばじま》、もっと食べてくれ。こっちはお前が完食できると思って鶏《とり》つくねを五百グラムも入れてるんだぞ」

「いいのか!?　いいのか!?　ならもらう！　やったー！」

「いやあ、樺島君は本当によく食べるよね。ははは……」

ほこほこと湯気を上げる鍋の中に味も香りも良い合《あ》わせ出汁《だし》が張られ、中では鶏つくね、豚バラ薄切り、大根、白菜、白ネギ、九条ネギ、飾り切りしてあるしいたけ、えのき、ひらたけ、豆腐、ねじり梅の人参《にんじん》……といった食品が煮込まれている。

駒井つぐみは、デスゲームに参加していたと思ったら、奇妙な食事会に参加していたのだ。

そう。一応ここは、デスゲームの会場である！

妙にほのぼのとして、妙にぬくぬくとして、そして緊張感はまるで無く、あと美味《おい》しい。

……一応、たまはこのデスゲームに参加する前に、デスゲームについて調べていたのだが。まあ読んで字のごとく、死のゲームが目白押し、であるはずだったのだが……。

「そういえば樺島君って普段何してるの？　学生……っていうかんじでもないけれど」
「ん？　しょくぎょー？　俺、建設！」
……やっぱり、緊張感が無い。まるで、無い。そしてその原因は……今、たまの向かいに座っている男。樺島剛である。

樺島剛がイレギュラーな存在であろうということは、たまにも察しがついている。……鋼鉄の首輪を引き千切り、やはり鉄製であろうドアをぶち破ってきてしまっているのだから、まあ当然、イレギュラーだろう。デスゲームの主催者である悪魔がこんなのを想定しているとは思い難い。何せ、この樺島のせいで、このデスゲームは『デス』部分が根こそぎ消えている！

今もデスゲームが一つ、ただの鍋パになっているわけで……たまはこの現象を起こす樺島を、非常に興味深く、冷静に……まるで、路地裏で一匹生きている黒猫のように、じっと見つめている。

……たまの望みを叶《かな》える鍵を、樺島が握っているような気がして。

「そっか。建設業なら普段から沢山食べるよね」
「おう！　いっぱい食べるぞ！　この間さあ、ご近所さんがお裾分けしてくれた玄米が美味しくってさあ、あと、先輩が作ってくれた味噌《みそ》漬けのお野菜が美味しくってさあ、ご飯が進んでさあ……一気に四合食っちまったら流石《さすが》に食い過ぎって先輩に怒られた……」

何か思い出しているらしい樺島は、しゅん……としてしまった。表情がころんころんと変わるので、樺島は見ていて中々楽しい。

「なんかそういうのあったよね。宮沢賢治の」

「だがこいつは一日どころか一食に玄米四合と味噌と大量の野菜を食べ、だからな。雨風どころか、猛吹雪にも負けそうにないぞ」

樺島の周りで、光《ひかる》……今は『陽』と名乗っている彼も、『海斗』と名乗っ……いや、樺島に勝手に名付けられてしまっている彼も、少し楽しそうにしている。

たまから見ると、この海斗の変化がなんとも意外だった。海斗は最初から孤立するような立ち回り方をしていたし、かなり神経質そうに見えていたので。それが今、少々ぎこちなくも笑いながら一緒に鍋を囲んでいるのだから。

樺島が『やり直し』できる、という点について、たまは疑っていない。だからもしかすると、樺島は既に海斗のことを色々と知っていて、懐柔するのも簡単だったのかもしれない。

「ああー、もうちょっとで無くなっちまうよぉ……どうして美味しいものって食べると無くなっちゃうんだろうなあ……」

「美味しくなくても食べると無くなると思うよ」

「うん、そうなんだけどさぁ、でも、美味しい方が無くなるの速いじゃん。三二ストップのソフトクリームとかさぁ、しゅんっ！　て消えちゃうじゃん……」

「……椿島、お前、余程三二ストップのソフトクリームが好きなんだな」

……しゅん、とする椿島と呆《あき》れた様子の海斗を見て、たまは『いや、やっぱ無いかな』と首を傾《かし》げる。椿島について、たまはまだ測りかねている部分があるが……彼はどうも、とんでもなくバカなようである。或《あ》いは、とんでもないバカのふりができて、それがバレない程度に賢い、のか。

「だから俺、考えたんだ！　ソフトクリームの機械買ったら無限に食えるんじゃないかって！」

「お前バカか？　ああ、うん、バカなんだな。そうだったな……」

……いや、やっぱり単なるバカなだけな気がする。たまの直感がそう告げている。こいつはただのバカ。裏も表も、どっちもバカ、と……。

「なー、ここ出たら皆で三二ストップ行こうぜ！　で、ソフトクリーム食べよ！　な！」

「うん。そうしようね」

にこにこと嬉《うれ》しそうに笑う椿島を見ていると、たまはなんとなく、落ち着いた気分になってしまう。……このデスゲームの中で、たまは自分の願いを叶えるためにも、落ち着いている場合ではない、のだが……。

「あと、鍋パももっかいやろうな！　で、その時はもっといっぱい作ろうな！」

「えっ、これ以上？　うーん、ごめん。ならもっと食材、入れても良かったな……」

苦笑している陽《よう》を、ちらり、と見てみると、彼もまた、たまのことをちらりと見て、少し笑った。どうやら、陽も樺島の毒気の無さに笑いしか出てこないらしい。まあそうだよね、とたまは思う。恐らく、樺島はどこまでも善良で、どこまでもバカだ。どうしてこんなのが紛れ込んでいるのかは分からないが……この善良さとバカさ、そしてパワーと『やり直し』を上手《うま》く利用しなければ。

「ほら、樺島君。もうちょっと食べなよ。まだあるよ」

「いいのか!? たまの分、なくなっちゃわないか!? ご飯にして一合分も食ってないよな!?」

「私、そんなにいっぱい食べないよ」

「なんでぇ!? あっ、ダイエット中か!?」

「たまさんはただ人類として正常な胃袋を持っているというだけだぞこのバカ」

……いや、樺島は、たまの手には余るかもしれない。利用するなど、本当にできるのだろうか。できない気がする。

どちらかというと、樺島に巻き込まれて、振り回されて……そうしている内に、何かが愉快に解決していそうな、そんな予感がする。

「……樺島君ってさ」

「ん？」

鍋をよそいつつこちらを見てくる樺島の、その警戒心も無ければ邪気も無く、只々《ただただ》

『きょとん』という言葉がふさわしいような顔を見て、たまは思わず笑ってしまう。

「いいバカだね」

たまがそう言えば、樺島……この素敵なバカは、『うん！』と元気いっぱい、陽《ひ》だまりのような笑顔で頷《うなず》くのだった。

OVERLAP

頭脳と異能に筋肉で勝利するデスゲーム 1
～頭脳戦に舞い降りた最強のバカ～

発　　行　2025年4月25日　初版第一刷発行

著　　者　もちもち物質
発 行 者　永田勝治
発 行 所　株式会社オーバーラップ
〒141-0031　東京都品川区西五反田 8-1-5
校正・DTP　株式会社鷗来堂
印刷・製本　大日本印刷株式会社

Printed in Japan　ISBN 978-4-8240-1143-5 C0193